Tom Limes

Tick Tack F*ck

#echthartezeiten

Arena

Wir danken der Band Heisskalt, Sparta Booking GmbH & Co. KG sowie Affen Publishing für die freundliche Genehmigung zum Abdruck der zitierten Liedzeilen auf S. 172, 180, 181, 238 und 244.

FSC
www.fsc.org
MIX
Papier aus verantwortungsvollen Quellen
FSC® C110508

1. Auflage 2018

Dieses Werk wurde vermittelt durch die Literarische Agentur Thomas Schlück GmbH, 30827 Garbsen
Covergestaltung: Max Meinzold unter Verwendung von Motiven von Shutterstock (juefraphoto, Diego Cervo)
Gesamtherstellung: Westermann Druck Zwickau GmbH
ISBN 978-3-401-60410-7

Besuche uns unter:
www.arena-verlag.de
www.twitter.com/arenaverlag
www.facebook.com/arenaverlagfans

Für Paula und Clara
Jede Sekunde neue Chancen!

Lust auf Musik beim Lesen? Die Playlist zum Buch findest du auf *www.tom-limes.de*

1
Kopfkino

Geschichten schreiben ist was für Lutscher, dachte Xaver, während er auf das neue Notizbuch in seinen Händen starrte. Seine Mutter hatte den Tipp seiner Deutschlehrerin also nicht vergessen.

Die Erinnerungen an den Elternsprechtag vor drei Wochen wurden wieder lebendig.

Alles begann mit diesem bescheuerten Termin bei der Miller.

»Du musst einfach ein bisschen mehr Übung im Schreiben bekommen. Regelmäßiges Geschichtenschreiben ist dafür ein *ganz* tolles Training. Am besten, du kaufst dir ein schönes Notizbuch und schreibst einfach rein, was dich so im Innersten bewegt. Das macht nebenbei auch noch richtig viel Freude«, gab die Miller in einem Singsang von sich, den selbst Xavers kleine Schwester Issy lächerlich gefunden hätte. Dann blickte sie Xaver direkt an und schob ihm den Kopf entgegen wie eine alte Schildkröte. »Du kannst dabei ganz viel loswerden und über deine Gefühle erzählen, weißt du? Ich mache das auch so.« Die Schildkröte nickte lächelnd und befeuchtete ihre Lippen mit der Zungenspitze.

Haben Schildkröten überhaupt Zungen?, überlegte Xaver, während er mechanisch zurücklächelte. Angestrengt stellte er sich seine vor einem Jahr verstorbene Schildkröte vor. Er konnte sich beim besten Willen nicht mehr erinnern, ob sie eine Zunge gehabt hatte.

»Xaver?«, fragte ihn da die Schildkröte. Ihre Augenlider schlossen sich wie im Zeitlupentempo. Kurz darauf kam wieder ihre Zungenspitze zum Vorschein.

Xaver schüttelte den Kopf und blinzelte. Die Konturen der Schildkröte verschwammen und sie verwandelte sich zurück in seine Deutschlehrerin. Frau Miller war rund 40 Jahre alt. Starkes Übergewicht hatte bei ihr vor allem den Rumpf, nicht aber Arme und Beine anschwellen lassen. Diese Optik sorgte dafür, dass sie in ihrer Abwesenheit von allen nur »Turtle« genannt wurde.

»Äh, ja?«, stammelte Xaver verwirrt.

»Dann meldest du dich einfach bei mir, nicht wahr?«, schloss Turtle. Ihr Kopf nickte wieder, dieses Mal auffordernd. Es schien lediglich eine rhetorische Frage zu sein.

Xaver fing den Blick seiner Mutter auf. Die saß neben ihm und lächelte auch, doch ihre Augen signalisierten: SAG! JETZT! JA!

Er überlegte fieberhaft, was die beiden gerade besprochen haben könnten. Die Entschuldigung, er habe nicht zugehört, da er über Schildkröten nachgedacht habe, wäre selbstmörderisch gewesen. Spätestens seit einem legendären Spieleabend des Lehrerkollegiums war die bloße Erwähnung dieses Tieres in Gegenwart von Miller tabu. Schulleiter Schlicht soll zu vorgerückter Stunde beim Versuch, das Wort Schildkröte pantomimisch darzustellen, einen Lachkrampf bekommen haben. Mit tränennassem Gesicht und dem Erstickungstod nahe, habe er schließlich einfach auf Miller gezeigt. Zwei Drittel des Kollegiums riefen daraufhin sofort: »Schild-kröte!«

»Okay ... einverstanden«, gab Xaver nach. Das schien die

gewünschte Antwort zu sein, denn Mutter und Lehrerin wirkten zufrieden, die Audienz war beendet und Xaver verließ mit seiner Mutter den Klassenraum.

»Ich finde es wirklich gut, dass du an dieser AG teilnimmst«, murmelte Xavers Mutter geistesabwesend, während sie den ausgedruckten Raumplan nach dem Weg zum nächsten Lehrer absuchte.

Xaver blieb fassungslos stehen. »Äh ... Mom? *Woran* werde ich teilnehmen?«

»Na, wie eben besprochen. An Frau Millers AG zum kreativen Schreiben.«

»Bitte *was?!*«

»Das ist doch ein super Angebot von ihr.«

»Dann geh selber hin! Mich wirst du dort nicht treffen. Never!«

Seine Mutter seufzte und stemmte einen Arm in die Hüfte. »Ach komm, jetzt sei nicht so. Das ist nur einmal in der Woche und es sind ja auch nur acht Termine. Dann starten schon die Sommerferien.«

»Und was passiert in dieser AG?«

»Ihr bringt eigene Texte mit und besprecht sie mit Frau Miller. Damit ihr auch was lernt, weißt du? Hast du denn gar nicht zugehört?«, erwiderte sie ungeduldig.

»Mit *Turtle* meine Texte besprechen? Hallo?« Xaver breitete fassungslos seine Arme aus.

»Habt ihr beide eben so vereinbart.«

»Nein, ganz sicher nicht. Das war ein Versehen. Ein Missverständnis! Wir müssen noch mal kurz reingehen, ich war irgendwie abgelenkt«, protestierte Xaver.

Doch seine Mutter rauschte bereits weiter und die Tür zum Schildkrötengehege hatte sich hinter der nächsten Sprechtagsmutti schon wieder geschlossen.

Xaver eilte seiner Mutter hinterher. »Warte ... Hey ... Das ist wichtig!«

»Xaver, nerv mich jetzt nicht. Da hättest du wohl einfach einmal besser aufpassen müssen, anstatt immer nur zu träumen. Nun ist es so – und wie es ist, ist es gut«, war der letzte Satz, den seine Mutter zu diesem Thema sagte. Es war Moms Standardsatz zum finalen Abwürgen lästiger Diskussionen.

Alle weiteren Lehrertermine des Tages verfolgte er nun mit größter Konzentration. Und er stimmte nur noch dann Vorschlägen zu, wenn er sich auch wirklich zu hundert Prozent sicher war, dass er alles exakt richtig verstanden hatte.

Am Ende des Sprechtages fühlte er sich völlig ausgelaugt. Gleichzeitig bekam er diesen bescheuerten hyperwachen und betont interessierten Ausdruck nicht mehr aus seinen Gesichtszügen herausgebügelt: Stirn leicht runzeln, Augen weit aufreißen, mit minimal geneigtem Kopf immer lächeln und in den passenden Momenten nicken. Das hatte sein Vater mit ihm vor dem Spiegel geübt und verraten, dass er selber so in langweiligen Besprechungen dem Redenden ein Höchstmaß an Interesse und Wertschätzung signalisieren könne, ohne überhaupt bei der Sache zu sein. Xaver nannte es das Ahsobla-Gesicht (Aha-aha-so-so-bla-bla) und das Krasseste war: Der Scheiß funktionierte echt.

Das Gegenüber fühlte sich in seiner Arbeit bestätigt und freute sich über so viel »ehrliche« Aufmerksamkeit. Es fiel meist nicht auf, wenn Xaver gar nicht mehr zuhörte, zum Beispiel, wenn seine Energie nach einer kurzen Nacht nur noch dafür reichte, wach zu bleiben, nicht aber, um zu begreifen, worum es im Unterricht eigentlich ging.

Das konnte natürlich auch schiefgehen, wie vorhin beim Turtle-Date.

Zu Xavers Teilnahme an der Turtle-AG war es dann allerdings

doch nicht gekommen, weil sich ein bedauernswerter Konflikt mit einem anderen regelmäßigen und superwichtigen Termin ergeben hatte. Dachte zumindest die Miller, der er das aufgetischt hatte. Und Xavers Mutter hatte enttäuscht zur Kenntnis nehmen müssen, dass das Schreibtraining mangels Anmeldungen nicht zustande gekommen sei. Tja, so kann's gehen ...

Es war also alles beim Alten geblieben und Xaver hatte den lästigen Schreibkurs schon erfolgreich verdrängt, als seine Mutter unaufgefordert mit einem Päckchen in sein Zimmer platzte.

»Leg's dahin«, murmelte er und zeigte grob in Richtung seines Schreibtischs.

Seiner Mutter genügte das jedoch nicht. Erwartungsvoll reichte sie Xaver das Paket und forderte ihn auf, es sofort zu öffnen. Er gab nach und zog ein Notizbuch aus der Verpackung. Der Einband war aus weichem Leder mit einem goldverzierten Rand.

»Oh, äh, danke? Das ist ja ziemlich ... schick!«

»Es ist die Marke der Genies und Schriftsteller«, sagte seine Mutter stolz. »Ich dachte, wenn der Kurs schon ausfällt, dann kannst du ja trotzdem Geschichten schreiben. Und nun dreh das Buch doch mal um ...«

Das Verhalten seiner Mutter machte ihm Angst. Zu Recht, wie er beim Anblick der Vorderseite feststellte.

Geschichten, Band 1 – von Xaver von Göttschling stand dort in Goldprägung.

»Oh, Mom ... Du hast das jetzt echt für diesen Geschichten-Scheiß besorgt? Wieso? Der Kurs findet doch gar nicht statt. Und was soll der dämliche Titel vorne drauf?«

Anscheinend hatte seine Mutter mit mehr Begeisterung gerechnet, denn keine Sekunde später rauschte sie beleidigt schnaubend aus seinem Zimmer.

Xaver durchblätterte missmutig 192 Blatt gähnend leeren Blankopapiers. Okay, so eine Ansammlung weißer Blätter könnte man natürlich auch für Songtexte, Notizen, Skizzen oder anderen sinnvollen Kram nutzen. Nicht sein Problem, dass das nicht im Sinne seiner Mutter war. Er hatte sich dieses Buch schließlich nicht gewünscht. Bloß weil sie der Meinung war, dass er für sein Abi mehr bräuchte als nur gute Noten in Mathe und Physik, würde er jetzt nicht plötzlich einen auf großer Dichter der Neuzeit machen.

Außer der Kladde befand sich noch ein recht edler Füller in dem Päckchen. Xaver entfernte die Kappe und ließ ihn auf die erste Seite sinken. Was schreibt man in so ein Buch? »Das, was dich so im Innersten bewegt«, hatte Turtle beim Elternsprechtag gesagt und komisch wissend gezwinkert. Xaver glaubte nicht, dass eine in ollen Gesundheitslatschen aufrecht durch Schulflure schlurfende Schildkröte auch nur annähernd wusste, was ihn *wirklich* bewegte. Zumindest hoffte er es. Er betete überhaupt inständig, dass keiner jemals mitbekäme, welche kranken Gedanken seit einigen Monaten in seinem Kopf regelmäßig Partys feierten.

Er blickte auf das aufgeschlagene Buch. Das weiße Blatt nuckelte an der Füllfeder und hatte bereits einen ausgefransten blauen Flecken von der Größe einer Ein-Euro-Münze auf dem Papier erschaffen. Xaver entnahm dem Füller die Patrone und ließ ein paar Tropfen Tinte auf die erste Seite fallen, faltete das Blatt beim Tintenklecks, öffnete es wieder und betrachtete konzentriert die Form des nun entstandenen blauen Flecks.

Kein Zweifel: eine Vagina.

Sie hatten diese Tintenexperimente mal im Kunstunterricht gemacht. Die Mitschüler erkannten in den Klecksen meist tanzende Menschen, Schmetterlinge, Fledermäuse. Er selber fast immer nur Vaginas oder Brüste, selten erigierte Penisse, gelegentlich auch ganze Orgien. Je begeisterter die Mitschüler von ihren tanzenden Schmetterlingen waren, desto stiller war Xaver geworden und hatte beschlossen, seine Assoziationen lieber für sich zu behalten. Eine kurze Internetrecherche bestärkte ihn in seinem Schweigen. Es gab da diesen Psychotest, bei dem man sagen musste, woran man spontan beim Anblick diverser Tintenkleckse dachte. In einem Punkt schienen sich die Experten einig: Siehst du Genitalien oder irgendeinen anderen versauten Kram, sprich mit keinem darüber. Anscheinend entschieden nur die Gedanken des Betrachters, was dieser sah. Drehte sich in seinem Kopf also alles nur um Sex? Die Antwort war einfach, doch bedrohlich: ja.

Für seine Abschlussarbeit in diesem verstörenden Kunstprojekt hatte er eine Eins bekommen, was ein ziemlicher Erfolg war, da Xaver eigentlich fand, dass er seinen künstlerischen Zenit bereits sehr kurz nach der Einschulung erreicht hatte.

Sein bester Kumpel Leo feierte ihn für die Bestnote. Ihm hatte Xaver als Einzigem von seinen Tintenklecks-Assoziationen erzählt. Leo, der ebenfalls 16 war und am liebsten über Mädchen und Videogames sprach, brach daraufhin noch wochenlang jedes Mal wieder in schallendes Gelächter aus, wenn sie gemeinsam klecksähnliche Gebilde sahen. Zum Beispiel die Struktur der ungleichmäßig trocknenden Schultafel oder einen Schuss Sahne in der Suppe.

Dem Genitalien-Arrangement von Tintenklecksen hatte Xaver übrigens den geheimen Titel »Pussyschwarm« gegeben. Begeistert hatte die Kunstlehrerin ausgerechnet sein Werk für die Besprechung vor der Klasse ausgewählt. Sie lobte Anordnung, Farbgebung, Symmetrien und die Gesamtkomposition. Xaver setzte sein Ahsobla-Gesicht auf und sehnte den Pausengong herbei.

Es sah zugegebenerweise eigentlich ziemlich cool aus, weil

sie bei den Abschlussbildern mit Acrylfarben gearbeitet hatten. Das Bild hatte trotzdem nie den Weg zu ihm nach Hause gefunden, weil Xaver befürchtete, dass seine Mutter es sofort neben dem Esstisch aufhängen würde, und das hätte er wirklich nicht ertragen. Er wurde in seiner Sorge bestätigt, denn er entdeckte die Klecksbilder aus dem Kunstunterricht wirklich an den Wänden einiger Mitschüler. Eingerahmte Genitalien als Wandschmuck gutbürgerlicher Häuser und Wohnungen.

Ein *einziges* Mal meinte Xaver, bemerkt zu haben, dass auch ein anderer keinen Schmetterling wahrnahm. Der Vater eines Mitschülers hatte nur kurz auf den Klecks geblickt und ziemlich entsetzt reagiert. Xaver hätte ihm gerne ein Zeichen gegeben, ihn wissen lassen, dass sie die gleichen Assoziationen hatten und somit quasi Brüder im Geiste waren, doch wie signalisierte man so etwas? Gab es einen Gruß für Vagina-Sehende? Und was, wenn Xaver am Ende unrecht hätte und der Vater auch nur einen Schmetterling sah? Dann doch lieber schweigen und auf eindeutig zweideutige Gesten über den Tisch hinweg verzichten.

»Was mich wirklich bewegt ...«, murmelte Xaver mit einem langen Blick auf das Notizbuch und setzte den Füller erneut an, um unter seiner ersten Hinterlassenschaft, der blauen Vagina, nun auch mit dem Schreiben zu beginnen.

Die Leiden des jungen X. oder: Was mich wirklich bewegt, kratzte er mit der Feder auf das Papier, um das Ganze sofort wieder durchzustreichen. Neustart.

Name: Xaver von Göttschling

Alter: fast 17 (noch 27 Tage ...)

Klasse: 10

Sternzeichen: Löwe

Besonderes Kennzeichen: jungfräulich seit ... Er griff nach seinem Taschenrechner: *148.272 Stunden*

Die ersten 120.000 davon waren ja ganz okay gewesen, aber seitdem ist es die Hölle, dachte er.

HÖLLE, schrieb er darunter.

Mit der Gestaltung dieser ersten Seite war das Schicksal des Buches entschieden. Er würde wirklich das aufschreiben, was ihn bewegte, aber weder seine Mutter noch Turtle noch überhaupt jemand durfte seine Notizen jemals zu Gesicht bekommen.

Auf der Suche nach einem geeigneten Versteck blieb Xavers Blick am Dachfenster hängen. Er verpackte es in einer Plastiktüte, befestigte diese an einer Kordel aus seinem Kleiderschrank und ließ es wie an einer Angel die Dachziegel herunterrutschen, bis es von den Blättern des Weins, der sich um ihr Haus rankte, verschluckt wurde. Das Ende des Seils befestigte er am Fenster und hoffte, dass das Buch so vor neugierigen Blicken geschützt war.

»Da bist du ja, Xavi!«, hörte er seine sechsjährige Schwester hinter seinem Rücken.

Xaver richtete sich ruckartig auf. Er knallte mit dem Kopf gegen den Fensterrahmen; ihm wurde schwindelig und er hielt sich an der Wand fest.

»Issy ... Shit. Ich hab dich gar nicht kommen hören.«

»Ich hab mich auch extra superleise angeschlichen. Guck mal, so ...« Sie setzte katzengleich einen Fuß vor den anderen, was mit ihren zwei blonden Zöpfen und dem ausgefransten Indianerkostüm echt sehr professionell aussah. »Nichts zu hören, ne? Ist ein Indianertrick, hab ich aus Flinke Feders Trickbuch gelernt.«

»Issy, tu mir den Gefallen, klopf einfach an, wenn du zu mir willst. Verstanden?«

»Was hast du denn am Fenster gema-hacht?«

»Hast du mich verstanden? An-klop-fen!«

»Jaja ... Und was ist jetzt mit dem Fenster?«

Xaver stöhnte. »Nichts.«

»Glaub ich nicht, du lü-hügst!«

»Okay. Du hast recht ... Ich hatte geschaut, ob der fette Guinness da draußen die ganze Zeit miaut hat«, kam es Xaver über die Lippen.

»Gini ist nicht fett«, verteidigte Issy ihren ollen Hauskater. »Außerdem liegt er doch auf deinem Bett.«

Stimmt, da lag er. Fuck.

»Äh, eben. Deshalb hab ich ihn wohl auch nicht draußen gesehen. Und jetzt lass uns runtergehen!«

»Ja ... auf deinem Rücken! Yeah, ich reite auf dir durch die Prärie und suche Großer Donner.«

Bevor Xaver überhaupt in Worte fassen konnte, wie sehr das nicht infrage kam, war Issy bereits auf seinen Rücken gesprungen und gab ihm die Sporen.

2 Getroffen

Der nächste Montagmorgen begann brutal, wie immer. Xaver litt bereits seit längerer Zeit vor allem unter der Woche darunter, dass sich sein Schlafbedürfnis sehr ungleichmäßig auf den Tag verteilte. Während er sich abends und nachts angenehm wach und ausgeruht fühlte, empfand er die Morgenstunden als puren Horror.

Als sie in Bio mal über das Thema Diabetes gesprochen hatten, war er in Panik geraten. Die dort besprochenen Symptome trafen vollständig auf seinen allmorgendlichen Zustand zu:

- Kopfschmerzen
- Müdigkeit
- Konzentrationsstörungen
- Koordinationsstörungen
- Sprach- und Sehstörungen
- psychische Wesensänderungen (vor allem Aggressivität)
- Bewusstseinsstörungen

Er hatte seinen Eltern direkt mitgeteilt, dass er Diabetiker sei, zumindest phasenweise. Sie hatten ihn ausgelacht. Frustriert und enttäuscht – es ging hier schließlich um sein Leben! –, bat er seinen Hausarzt um Rat. Doch der arrogante alte Sack nahm nicht mal Blut ab und sagte nur, Xaver solle mal früher ins Bett gehen und nicht immer »bis in die Puppen im Internet surfen«.

Tja, genau das war das Problem der Schwerkranken. Sie werden einfach von keinem ernst genommen, bis es dann irgendwann zu spät war. Xaver fühlte sich mies und nahm sich vor, seinen Symptomen weiter auf den Grund zu gehen, solange er noch dazu in der Lage war.

Geschwächt schlurfte er also an jenem Morgen von seinem Dachzimmer nach unten. Auf halber Strecke feierte seine kleine Schwester schon wieder das Leben, indem sie wie ein Flummi durch ihr Zimmer hopste. Sie musste als Säugling echt in einen Powerdrink-Kessel geplumpst sein, anders ließ sich ihre unbändige Energie nicht erklären. Heute hörte er sie *Was soll ich heute tun, was soll ich tun ...?* im Duett mit Pipi Langstrumpf kreischen. In Xavers Ohren klang das eindeutig nach einer Drohung. Er hatte es fast geschafft, unbemerkt an ihrem Zimmer vorbeizukommen, als eine singende rosafarbene Elfe im Glitzer-Tutu in den Flur huschte und begann, um ihn herumzutanzen.

Na ja. Das war auf jeden Fall mal ein gewagtes Outfit für die Schule, dachte Xaver.

»Hey, kleiner Onkel ... Lass uns zur Quelle reiten und schauen, was es dort heute zu futtern gibt«, forderte Issy ihn auf.

»Bitteissymalnbisschenruhigerja?«, presste Xaver zwischen fast geschlossenen Lippen hervor und hielt sich mit seiner Hand am Geländer fest. Issy hatte sich für ihren Weg nach unten bereits an seinen Schultern festgekrallt. Die Rollen waren klar verteilt: er Pferd, sie Reiterin, Widerspruch zwecklos. Sie war eh die Hartnäckigste der ganzen Familie. Mit endloser Ausdauer redete sie auf Xaver ein und konnte es nicht akzeptieren, dass sich ihr Bruder morgens völlig anders verhielt als abends.

Mit unsicherem Gang und dröhnendem Kopf schleppte er sich mit Issy auf seinem Rücken Schritt für Schritt die Treppe hinunter.

In der Küche zwitscherte seine Mutter, als hätte sie zum Frühstück ein Rotkehlchen gefuttert, während sein Vater vorgab, ausgesprochen konzentriert einen Artikel in der Zeitung zu lesen.

Issy war abgestiegen und bestürmte jetzt ihre Mutter, sodass Xaver seine Frühstückinfusion exen konnte. Es war eine von Moms »Hallo-Wach-Smoothie-Kreationen«. Der Geschmack war heute dank vieler Zitronen akzeptabel und es musste immerhin nicht gekaut werden. Es folgte ein großer Becher bereits auf Trinktemperatur abgekühlten Kaffees auf dem Weg zur Dusche. Abtrocknen, Jeans und Hoodie anziehen, seine widerspenstigen dunkelbraunen Haare in Form gelen, Pickelcheck und raus.

Xaver sah auf die Uhr. 23 Minuten vom Aufstehen bis zum Verlassen des Hauses. Perfekt. So würde er es schaffen, Charly heute wieder auf dem Schulweg abzufangen. Natürlich »rein zufällig«.

Charly ... tja, was sollte man über Charly sagen. Sie war blond, schlank, fast genauso groß wie Xaver und sie war schon seit längerer Zeit seine absolute Traumfrau. Nicht dass er ihr das jemals gesagt hätte, aber er war der festen Überzeugung, dass sie füreinander bestimmt waren. Dummerweise hatte sie erstens nur Augen für ältere Jungs und zweitens meistens eh schon einen Freund und liierte Mädels waren selbstverständlich tabu.

Es sei denn, der Freund war ein Megaspacken, was in Xavers Augen auf die Gesamtheit der bisherigen Charly-Freunde ausnahmslos zutraf. Er beschloss deshalb, dass Punkt zwei in diesem Fall zu vernachlässigen war.

Er fuhr mit dem Rad die Strecke bis zu der Bushaltelle, an der Charly morgens einstieg. Von Weitem sah er schon ihre glänzenden blonden Haare ... nicht.

Er war zu früh dran. Shit. Ungefähr 100 Meter vor der Haltestelle hielt er deshalb an und überlegte, wie er die Wartezeit unauffällig überbrücken konnte. Er bückte sich, um seine Schnürsenkel möglichst umständlich zu verknoten. Immer noch keine Charly zu sehen. Nächster Schuh, mühsam knoten, laut fluchen, damit es wirkte, als ärgere er sich über den Zeitverlust.

»Hey, Xaver, was machst du denn da?«

Xaver drehte sich ruckartig um. Hinter ihm hatte Leo mit seinem rostigen Mountainbike angehalten.

»Das ist eine gute Frage«, lobte er Leo mit einem Blick auf seinen Schuh. »Eine seeehr gute Frage. Ach, jetzt fällt es mir wieder ein: Ich glaube, man nennt es ›Schnürsenkel zubinden‹.«

»Bist du krank? Schnürsenkel?! Hattest du hier auf dem Weg zur Schule eben plötzlich die Eingebung, das Schleifenbinden zu üben, oder was?« Leo kratzte sich ratlos seinen stoppelig rasierten Schädel.

»Fahr einfach weiter, okay?«

Leos Blick wanderte den Gehweg in Richtung Schule entlang, als suche er dort nach einem Grund für Xavers Verhalten. Dann blickte er ihn ratlos an. »Häh?«

Xaver richtete sich mit gequältem Blick auf. Wenn es darum ging, Stimmungen zu checken, war Leo noch nie die hellste Kerze auf dem Leuchter gewesen, was er gerade wieder eindrucksvoll unter Beweis stellte. »Leo, wir sehen uns gleich in der Schule. Ich muss jetzt erst noch was erledigen.«

»Lass uns doch zusammen fahren. Ich warte, bis du fertig bist.«

»Alter«, setzte Xaver an, doch da war endlich der Moment gekommen: Charly tauchte auf. Xaver setzte sich schnell auf sein Rad und ließ den irritierten Leo einfach stehen.

»Ah, Charly. Hi!«, rief er zu ihr herüber.

Charly drehte sich um. »Oh hallo, Xaver.«

Oh Gott. Dieser Augenaufschlag und dieser lässige, leicht verruchte Blick! Charly war einfach der Hammer. Halb geschlossene Augenlider, dazu dieses unglaublich erotische Lächeln und dann noch eine Bluse, die mehr zeigte, als es für Xaver gut gewesen wäre, denn er spürte feuchte Handflächen, eine beginnende Erektion und wurde von einer akuten Sprechhemmung überfallen. Immer wieder hatte er trainiert, was er in Momenten wie diesem sagen würde. Vergebens, denn er mutierte auch jetzt wieder zu einem verschüchterten Schwachkopf, dem die Gedanken an seine Spielzeugeisenbahn erheblich besser stünden als der Wunsch nach einem Date mit dem angesagtesten Mädchen der Schule.

»Ist was, Xaver?«

Xaver schnappte nach Luft wie ein Fisch auf dem Trockenen und entschied sich für einen gespielten Hustenanfall, um sich wieder etwas zu beruhigen. »Sorry, hab mich verschluckt«, röchelte er.

»Oh, du Ärmster«, gab sie zurück und verzog die pinkfarbenen Lippen mitleidig. »Wir sehen uns dann ja gleich in der Schule, okay?«

Und weg war sie. Mit ihren knappen Hotpants quetschte sie sich in den mittlerweile angekommenen Bus und fuhr in Richtung Schule. Stattdessen hielt Leo mit seinem Rad neben Xaver.

»Hallooo, Ksawäääärr, mein Süßaaaa ...«, äffte er Charly völlig bescheuert nach. »Meine Haare sind leida nicht soooo lang, aber für dich würd ich sie glatt wachsen lassööön.«

Leo war galant vom Rad gesprungen und tänzelte wie eine dürre Zwei-Meter-Bohnenstange mit Megahüftschwung umher, als übe er für eine Karriere als Topmodel.

Xaver stöhnte. Er wusste ja, dass Leo nicht sonderlich viel von Charly hielt. Aber das musste er ihm ja nicht ständig auf die Nase binden. »Boah, halt einfach die Klappe, ja?«

»Jetzt mal im Ernst: Stehst du immer noch auf diese Tussi?«

»Schnauze halten«, knurrte Xaver und schob sein Rad langsam den Gehweg entlang.

Leider folgte ihm Leo sofort. »Es hat die ganze Zeit nicht aufgehört, oder? Du hast nicht mehr über Charly gesprochen, aber du hast immer noch den bescheuerten Plan, sie in die Kiste zu kriegen, ne? Ich fass es nicht. Unser braver Moralapostel Xaver und die größte Bitch der Schule. Ich gebe der Story den Titel ›Der Papst und das Flittchen‹. In den Hauptrollen sehen wir Xa...«

Xaver schob sein Rad nach links gegen Leos, sodass der leicht stolperte.

Leo lachte nur. »Hey, im Ernst. Charly ist strunzdoof«, sagte er. »Übelst arrogant und fickt mit jedem, der gute Kontakte, ein Auto oder Kohle hat. Hmm ...« Leo blickte ratlos seine drei beim Abzählen aufgestellten Finger an. »Zu welcher dieser Kategorien gehörst du noch gleich ...? Sorry, ich sehe da leider keine Chance für dich.«

»Idiot, red nicht so einen Müll. Ihr macht sie alle nur schlecht, weil ihr null Chancen bei ihr habt.«

»Ach, aber *du* hast Chancen ...? Sorry, das wusste ich jetzt echt nicht. Xaver, Mann. Die nutzt dich doch nur aus! Du willst es bloß nicht sehen.«

Xaver schwieg. Es gab keine Antworten, die Leo nicht direkt zerpflückt hätte. In Sachen Frauen war Leo eh überlegen. Der Glückliche hatte sein erstes Mal nämlich schon längst abgehakt. Und das, obwohl ihm Einfühlungsvermögen völlig fremd war und er diesen Mangel noch nicht mal optisch rausreißen konnte.

Die beiden blickten sich an und beschlossen stillschweigend, das Thema zu beenden, auf die Räder zu steigen und zur Schule zu fahren.

Kurz nachdem der Gong zur ersten Stunde verstummt war, betraten sie das Schulgebäude und rannten durch den Flur.

»Zu spät, die Herren«, zischte es aus Richtung des Lehrertrakts. Direx Schlicht nahm jeden Morgen die Zuspätkommer persönlich in Empfang. »Stehen bleiben!«, rief er ihnen nach, doch sie sprinteten einfach weiter die Treppen hoch. Als sie in den Flur zu ihrem Kursraum einbogen, war der pfeifende Husten des Schulleiters das Letzte, was sie noch von ihm hörten. Er würde in Kürze ein neues Opfer finden und sie vergessen. Vielleicht eine arme Fünftklässlerin, die er dann genüsslich in seinem Büro grillen würde, bis sie in Tränen ausbrach.

3
Ver-datet?

Während des Unterrichts wanderten Xavers Augen immer wieder zu Charly, die am anderen Ende der Klasse saß. Wenn sich ihre Blicke trafen, lächelte sie ihm eine Gänsehaut auf den ganzen Körper.

Wieso war es für ihn nur so schwer, sie anzusprechen? Warum bekam er in ihrer Gegenwart nicht hin, was ihm zu Hause vor dem Spiegel so gut gelang? Er wartete auf den Beginn der großen Pause, denn da wollte er einen neuen Versuch starten.

Als es gongte, war er bereit. Er würde zu Charly schlendern, sich lässig auf ihren Tisch setzen und sie dann fragen, ob sie mit ihm ins Kino gehen wolle. Das hatte er schließlich schon einmal geschafft. Also, das mit dem Verabreden. Das Treffen war dann leider eine andere Sache gewesen.

»Hey, Xaver, es ist Pause!«, rief Leo.

»Ich komme gleich.«

Die Klasse leerte sich und Xaver lauerte auf den richtigen Moment, um seinen nächsten Vorstoß zu wagen.

Charly tippte Nachrichten in ihr Smartphone, doch bevor Xaver loslegen konnte, schlenderte Klassenpfosten Piet, der Meister des geistigen Tiefflugs, auf sie zu. »Hey, Charly ... machst du Überstunden oder was?« Er ließ mit einem kurzen

Stirnrunzeln die auf den zurückgegelten blonden Haaren ruhende Sonnenbrille auf seine Nase herunterrutschen.

»Sorry!«, antwortete Charly, sprang auf und küsste Piet. Auf den Mund.

Zack. Plan gescheitert.

Kurz darauf saß außer Xaver nur noch Florian Jazinsky im Klassenraum, der sehr geschäftig in seinem Rucksack kramte. Flo suchte *immer* irgendwas in seinem Rucksack, wenn die Pause begann. Meistens brauchte er so lange, dass darüber bereits die nächste Stunde anfing. Und natürlich wussten alle, dass er nur deshalb nicht rauswollte, weil er dann dort ganz alleine rumstehen würde.

Flo war überhaupt ein komischer Typ. In seinen Klamotten aus irgendwelchen Secondhandshops sah er regelmäßig so aus, als sei er gerade auf dem Weg zu einem Job in der Geisterbahn.

Ne, auf die Gesellschaft hatte Xaver jetzt auch keinen Bock. Also raffte er sich auf und schlurfte nach draußen. Passend zum alten Schulgebäude des Immanuel-Kant-Gymnasiums, hatte auch der Pausenhof den Charme eines Gefängnishofs. Keine Verstecke, keine Bäume oder Sträucher, es war einfach nur grau und öde. Er peilte den üblichen Treffpunkt seiner Freunde an und versuchte, auf dem Weg seinen Automatenkaffee vor den kreischenden Unterstufenschülern zu retten. Ihnen gehörte das Zentrum des Hofs, während alle älteren Schüler und die stets aufmerksame Pausenaufsicht sich an den Rändern des Platzes verteilten.

»Hey, Casanova, komm zu uns«, rief Noah. Breit grinsend, stand er mit Leo und Lasse zusammen.

Xaver ging zu ihnen und überlegte, was genau bei Noah die Assoziation mit dem italienischen Oberrammler hervorgerufen haben könnte.

Drei Augenpaare blickten ihn gespannt an. »Und? Gedatet?«

»Was meinst du?«

Die Gruppe lachte.

»Was wohl? Hast du Charly klargemacht?« Zur Unterstreichung ihrer Worte ließen alle drei ihre Hüften von hinten nach vorne schnellen. Xaver schoss einen wütenden Blick zu Leo, der unschuldig lächelnd die Schultern hob.

»Du bist manchmal so ein Penner!«

Lasse grinste. »Bleib mal locker. Gib dich doch nicht mit dieser dummen Tussi ab.«

»Hast was Besseres verdient!«, stimmte Leo zu.

»Die wird bestimmt gerade auf dem Schulklo vom Nächsten gepoppt«, vermutete Lasse gewohnt ungefiltert.

»Haltet einfach euer Maul«, raunte Xaver. »Euer dummes Gelaber interessiert mich nicht. Ich will so was nicht mehr hören! Charly ist kein Flittchen.«

»Xaver, jetzt mal im Ernst«, sagte Noah, der von dem Trio noch den meisten Grips hatte. »Jedes Mal wenn du im Charly-Fieber bist, macht die halbe Oberstufe sich über dich lustig. Wir sagen dir wenigstens, was wir davon halten, statt hinter deinem Rücken zu lästern.«

»Oh danke, ihr seid so gut zu mir«, blaffte Xaver wütend. Ständig zogen ihn seine Kumpels wegen Charly auf und das nervte tierisch. Also drehte er sich einfach um und rauschte ab, zurück zum Schulgebäude.

Er wusste ja, dass seine Chancen bei Charly ziemlich knapp über dem Nullpunkt lagen. Auch rein optisch. Sein Körperbau war eher schlaksig und man musste schon suchen, bis man so was wie einen Bizeps fand. Er war zwar recht groß und durchaus tageslichttauglich, aber das machte ihn noch nicht automatisch zum Traumtypen der Jahrgangsstufe.

Charly dagegen ... na ja, Charly war eben Charly. Und sie hatte quasi freie Auswahl, denn jeder wollte mit ihr zusammen sein.

Trotzdem mussten seine drei »tollen« Freunde ihn nicht ständig daran erinnern, was für ein hoffnungsloser Fall er war.

In Klassenraum war Flo immer noch alleine und nach wie vor halb im Rucksack verschwunden. Xaver setzte sich und wartete mit düsterer Mine auf den Gong zur nächsten Stunde. Hier still zu sitzen, war definitiv die bessere Wahl, als unten von seinen Freunden ausgelacht zu werden.

Der Gong beendete erst die Pause, dann die Stille in den Fluren. Xaver blickte stur vor sich auf seinen Tisch. Das Letzte, was er jetzt brauchte, war, von irgendwem vollgequatscht zu werden. Seine Klassenkameraden schienen das zu verstehen und ließen ihn in Ruhe. Da schob sich eine löchrige Jeans in sein Blickfeld. Toni, seine frühere Sandkastenfreundin, hatte sich auf seinen Tisch gesetzt.

»Was 'n los mit dir?« Sie strich sich ihre langen braunen Haare aus dem Gesicht und lächelte ihn fragend an.

Xaver seufzte tief. »Nix.«

»Sieht man.« Toni schwieg für einen Moment und Xaver beobachtete interessiert, wie ihre kurz geschnittenen Nägel auf die Tischplatte trommelten.

Sie war das einzige Mädchen in seiner Klasse, das nie Nagellack trug, fiel ihm da auf.

»Stress mit deiner ...«, Toni malte Anführungszeichen in die Luft, *»... Gang?«*

»Ach, was weißt du denn schon? Lass mich einfach in Ruhe.«

»Puh, ›Xaver, the lonely wolf‹, ja? Wie du meinst.« Sie stand auf und ging zu ihrem Tisch.

Mit einem Stöhnen ließ Xaver die Stirn auf sein Pult sinken. So verliefen seine Gespräche mit Toni in letzter Zeit dauernd.

Früher waren sie unzertrennlich gewesen, aber seit gut zwei Jahren hatten sie sich kaum noch etwas zu sagen. Seine Mom bezeichnete das immer als so eine »Phase«, aber Xaver war sich da nicht so sicher. Es hatte sich zuletzt eher noch weiter zugespitzt.

Zugegeben, wahrscheinlich lag die aktuelle Eiszeit zwischen ihm und Toni auch an seiner Laune. Er war im Moment ständig unzufrieden, genervt oder enttäuscht, manchmal auch alles zusammen. Warum konnten sie ihn nicht einfach alle in Ruhe lassen? Also alle bis auf Charly. Irgendwann käme er dann Arm in Arm mit ihr in die Schule, sie würden sich während der Schulstunden anschmachten und jede Freistunde knutschend auf dem Schulhof verbringen.

Er würde es den anderen zeigen.

Zur nächsten großen Pause entschied er sich für eine weitere Schweigeviertelstunde in der Gesellschaft von Rucksack-Flo. Die Stille half Xaver, seine Gedanken zu sortieren. Es gab weiterhin ein Ziel und das hieß Charly. Er würde sie ansprechen. Gleich nach der Schule und er würde dieses Mal nicht wieder warten, bis Piet seine Chance bekäme. Sobald er diesen Entschluss gefasst hatte, notierte er auf einem Zettel Phrasen und Satzteile, die er zu ihr sagen könnte.

Als es zum Ende der sechsten Stunde gongte, hatte er seine Tasche schon gepackt und den auswendig gelernten Spickzettel in die Hosentasche gestopft. Er stand auf und schlenderte in Richtung Charly. Noch drei Schritte, zwei, eins, null, minus eins, Tempo verzögern, gaaanz langsam umdrehen. Nachdenklich dreinschauen. Sprechen.

»Ach, Charly ...« Pause. »Mir fällt gerade auf ...« Nächster nachdenklicher Blick, dieses Mal in die Ferne. »... dass ich heute noch nichts vorhabe.« Pause. »Sollen wir vielleicht was zusammen machen?«

Kopf schräg, souveräner Frageblick wieder in Richtung Charly. Es lief. Xaver hatte es geschafft. Er hatte sie angesprochen und es war perfekt. Die Aufregung ließ den Puls in seinen Ohren pochen, es war schwer, noch die Geräusche der Umgebung zu hören. Nun bewegte sie die pinkfarbenen Lippen, doch er konnte nichts verstehen, das Pochen übertönte ihre Stimme.

»Äh, bitte was?«, fragte Xaver, als er sich etwas beruhigt hatte.

»Ja. Guter Plan. So um drei?«

»O-kay, das passt«, presste er mühsam hervor. »Ich ruf dich später an.«

Jetzt nur noch lässig winken und langsam federnd Richtung Klassentür gehen. Treppe runter, Schulhof. Ausatmen.

Verdammt, ich habe es geschafft, dachte Xaver. Ich habe mit ihr gesprochen und es nicht verkackt. Sie hat JA gesagt und alle, ich betone a-l-l-e anderen haben es mitbekommen. Wow, was für ein geiler Tag! Scheiße, Noah hatte recht. Er *war* der große Casanova!

Um zwei rief er Charly an und sie vereinbarten, sich in einer der unzähligen amerikanischen Kaffeebuden, die es in der Kölner Innenstadt gab, zu treffen und danach ins Kino zu gehen.

Eine hässliche Stimme in Xavers Kopf warnte, dass sein letzter erbärmlicher Date-Versuch mit Charly auch so gestartet hatte und danach alles schiefgelaufen war, aber egal! Heute hatte er eine neue Chance. Und dieses Mal würde es perfekt klappen.

Er war natürlich zu früh am Treffpunkt und ihm war schlecht vor Nervosität. Suchend blickte er sich nach dem besten Platz für das Date mit seiner Traumfrau um. Mit einem Cappuccino in der Hand steuerte er eine etwas abseits gelegene, leicht dämmrige Ecke an und ließ sich dort in einen Ledersessel fallen. Mechanisch griff er nach seinem Handy in der Jackentasche. Es war nicht zu finden. Hektisch klopfte er alle Taschen ab, aber es war weg. Scheiße, hatte er es auf der Arbeitsplatte in der Küche liegen lassen?

Um drei hatte er die zweite Tasse geleert. Seine Handflächen waren nass und die Finger zittrig. Ob es am Kaffee lag oder an der Tatsache, dass Charly gleich kommen würde, ließ sich nicht klären und war auch egal.

Er wartete und sein Blick pendelte zwischen Eingangstür und Uhr. Das tat er noch sehr oft, denn Charly kam und kam nicht. Nicht um halb vier und auch nicht um vier. Um halb fünf stand Xaver auf und ging. Wo war sie nur? Hoffentlich war ihr nichts passiert. Er fuhr mit dem Rad, so schnell er konnte, nach Hause, um sein Handy zu checken.

Issy und seine Mutter begrüßten ihn, doch er steuerte nur stumm auf sein Handy zu, starrte auf das Display und lief damit nach oben. Eine Sprachnachricht. Von Charly.

Sorry, äh, Xaver. Ach, ich hoffe, du hörst das jetzt noch rechtzeitig ... Mir ist da nämlich was Superdoofes passiert. Tut mir total leid, aber ich habe voll einen anderen Termin vergessen. Mann ey, ich wäre so gerne mit dir in die Stadt gegangen. Etwas knallte, vermutlich eine Kaugummiblase *Sorry, nicht böse sein, ja? Küsschen!*

Xaver fühlte sich wie betäubt. Hätte er doch nur sein Handy dabeigehabt. Er hörte die Nachricht ein weiteres Mal. Sie war exakt drei Minuten vor dem verabredeten Zeitpunkt gesendet worden.

Da kam eine weitere Sprachnachricht, dieses Mal von Leo: *Hey, Xaver! Kevin ist ein Arsch, lass dich nicht von diesem bekackten Foto fertigmachen. Ist doch egal, dass er den Zettel gefunden hat. Hauptsache, du hattest dein Date mit Charly.*

Und dazu: Kompliment, hätte ich echt nicht mit gerechnet! Meld dich mal schnell und berichte, wie es war. Er lachte anzüglich. *Und sorry wegen heute Morgen. War ziemlich dumm von mir, es Noah und Lasse zu erzählen.*

Ein Date bekommen. Einen Scheiß hab ich! Und alle haben es mitbekommen. Schlimmer ging es eigentlich nicht.

Aber was für ein Foto meinte Leo? Wenn Kevin etwas postete, konnte es nichts Gutes bedeuten. Er war Xavers Zwangs-Sitznachbar in der Schule und absoluter Profi darin, andere bloßzustellen oder lächerlich zu machen.

Xaver öffnete den Klassenchat und scrollte durch die Nachrichten, ohne sie zu lesen, bis er an einem Foto hängen blieb. Abgebildet war ein Blatt aus einem Collegeblock. Auf ihm standen jede Menge gekritzelter, teilweise durchgestrichener oder eingekreister Wörter und Sätze. Xaver musste nicht lesen, was draufstand. Es waren die Notizen, die er gemacht hatte, als er überlegt hatte, wie er Charly nach Schulschluss ansprechen könnte. Der Zettel musste aus seiner Tasche gefallen sein, Kevin hatte ihn gefunden und gepostet. Die Kommentare darunter troffen vor Häme, das Foto war bereits zwanzig Mal geteilt worden.

Xaver schmiss sein Handy in die Ecke und überließ sich der aufkommenden Verzweiflung.

4 Gletschereis

Den Eingang der Schule schmückten Transparente. Auf ihnen standen Zitate von Xavers Notizzettel. Im Foyer hielt Flo, auf einem Podest stehend, einen Vortrag darüber, wie man ein Date mit seinem Traumpartner klarmacht. Hinter dem Podest knutschten Leo und Charly. Sie lösten ihre Umarmung und verschwanden Händchen haltend auf dem Schulklo. Xaver bahnte sich den Weg durch Spaliere feixender Schüler. Sie zeigten auf ihn und lachten, bis ihr Lachen zu einem Kreischen anschwoll.

Irgendetwas piepste. Er kannte dieses Geräusch.

Es war sein heldenhafter Wecker. Er versuchte, ihn von einer Nacht voller Albträume zu erlösen. Beharrlich piepste er so lange Risse in Xavers Traumwelt, bis er es nicht mehr ignorieren konnte.

»Xaver? Hallo? Was ist denn los mit dir?«

Als Xaver seine Augen öffnete, blickte er in das genervte Gesicht seiner Mutter. Ruckartig setzte er sich auf und schüttelte sich. Was für eine Nacht. Doch war die Realität wirklich besser? Die Erinnerungen an den gestrigen Tag waren sofort wieder präsent. Sollte er heute überhaupt in die Schule gehen? Was, wenn der Traum nur eine Vorwarnung war? Angreifen oder aufgeben?, überlegte Xaver.

»Nun gib endlich Gas«, forderte ihn seine Mutter auf.

Der Blick auf die Uhr gab ihr recht. Wortlos hastete Xaver ins Bad und machte sich in Rekordzeit fertig. Ohne Frühstück und Kaffee verließ er das Haus und schwang sich nur zwei Minuten später als sonst auf sein Rad. Er hatte sich für Angriff entschieden. Heute würde er zeigen, was er draufhatte.

Xaver trat in die Pedale, um die Zeit wieder reinzuholen. In der Ferne tauchte Charlys Bushaltestelle auf. Als er ihre im Wind wehenden langen blonden Haare entdeckte, schöpfte er Hoffnung. Doch er sah auch, dass der Bus schon kurz vor seinem nächsten Stopp war. Er ließ sich auf das Wettrennen ein und raste auf die Haltestelle zu, aber die kurz vor Charly geplante Vollbremsung geriet außer Kontrolle, das Rad schlidderte, Xavers Zeitempfinden wechselte auf Zeitlupe und er stellte sich schon mal vorsorglich auf intensive Schmerzen ein. Hoffentlich würde es wenigstens wie ein cooler Stunt aussehen.

Aber es wurde weder ein beeindruckender Stunt noch spürte er echte Schmerzen. Es war eher wieder mal eines seiner scheißpeinlichen Missgeschicke.

Das Hinterrad fing an zu pendeln wie der Schwanz eines hektischen Terriers, Xaver rutschte von den Pedalen und tat alles, um nicht mit dem Sack auf die Fahrradstange zu knallen, sprich, er tippelte in einem irren Tempo auf Zehenspitzen, als sei er eine Ballerina auf Speed. Nach ein paar Metern war der Spuk vorbei und Xaver kam kurz vor Charly und einer Gruppe lachender Schüler zum Stehen. »Oh hi, Charly ...«, keuchte er und versuchte, überrascht zu klingen.

»Hi, Xaver«, sagte Charly mit einem klimpernden Augenaufschlag. »Puh, da hast du aber gerade echt Glück gehabt, was? Mir tut das echt voll superleid mit gestern, bitte nicht böse sein, ja? Wir sehen uns dann gleich in der Schule.«

Bevor Xaver etwas sagen konnte, stieg sie schon in ein rotes Cabrio mit geöffnetem Verdeck. Es hatte anscheinend während seines Bremsmanövers neben ihnen gehalten, um Charly mitzunehmen. Am Steuer saß Piet, der ohne seinen reichen Vater nie ein Auto, ohne Auto keine Chance bei Charly gehabt hätte und auch überhaupt nur deshalb als Einziger in der Klasse einen Führerschein besaß, weil er Rekordhalter im Sitzenbleiben war.

Piet am Steuer, Charly auf dem Beifahrersitz, wummerndes Soundsystem, aufheulender Motor, quietschende Reifen und ein Piet, der Xaver zum Abschied breit grinsend mit dem Mittelfinger winkte.

Die wartenden Schüler stiegen in den Bus.

Xaver stierte dem Bus hinterher, aus dessen Rückfenster einige Schüler immer noch auf ihn zeigten und lachten. Nun waren sie wenigstens nicht mehr zu hören, sondern bewegten nur karpfengleich ihre Münder.

Was für ein beschissener Start in den Tag. Warum konnte es nicht einfach mal glattlaufen?

»Alles okay, Xaver?«, hörte er da hinter sich. Er drehte sich um und entdeckte Toni.

»Hi, Toni«, antwortete er möglichst lässig. »Na ja, was soll schon sein? Arme dran, Beine dran.« Er setzte sich wieder auf den Sattel und Toni stieg auf ihr riesiges Longboard. Das war immer ein komischer Anblick bei ihrer Körpergröße von nicht mal eins sechzig, doch jetzt wirkte sie durch ihr heutiges Outfit, eine bunte Stoffhose und einen schlabbrigen Kapuzenpulli, besonders verloren auf dem großen Board. Schweigend setzten sie den Weg zur Schule fort.

Toni – beziehungsweise Antonia Simons – war nur zwei Tage und dreizehn Stunden jünger als Xaver und ihre Mütter hatten sich im Doppelzimmer der Geburtsstation kennengelernt. Tonis Mutter zog dort mit riesigem Bauch und heftigen Wehen ein, während Mini-Xaver schon ziemlich abgeklärt seinen Milchshake aus dem Fläschchen sog. Später dann, als Tonis Mutter mit ihrem frisch gepressten Säugling im Arm aus dem Kreißsaal zurückgeschoben wurde, habe Xaver zu Tonis Begrüßung die Hand zum Peacezeichen erhoben. Natürlich konnten sich weder Xaver noch Toni dran erinnern, aber ihre Mütter hatten es ihnen so oft in den letzten 16 Jahren erzählt, dass sie es nie vergessen würden.

Nach der Geburt blieb der Kontakt und die Mütter verbrachten gemeinsam viel Zeit in all den Kursen, die fürsorgliche Mamis halt mit ihren süßen Kindern so machten. Es sei so niedlich gewesen, die beiden »Nackedeis« beim Spielen zu beobachten. Geschichten, die die Welt nicht braucht. Toni und Xaver guckten sich immer leicht betreten und verlegen an, wenn solche Themen bei Familientreffen ausgebreitet wurden.

Bei einem Kaffeeklatsch vor ungefähr sechs Monaten hatte Toni allerdings etwas getan, für das Xaver sich wohl lebenslang ehrfürchtig vor ihr verneigen würde.

Neben Tom und ihrer Mutter war auch Xavers feine Großtante Bernadette von Göttschling zu Besuch und irgendwann wurden natürlich wieder die muffigen Fotobücher herausgekramt. Fotobücher mit jeder Menge Nacktbilder von Kleinkindern, die nun zwar als Teenager, aber letztendlich ja immer noch mit denselben Genitalien am Tisch saßen.

Nicht zum ersten Mal überlegte Xaver, ob man die Sache nicht mal vor den Gerichtshof für Menschenrechte bringen sollte.

»Ach, wie süß, die zwei. Das würdet ihr wohl heute nicht mehr machen, oder?«, meinte die Großtante gluckernd, während sie auf ein Bild deutete, in dem Xaver und Toni sich splitterfasernackt umarmten. Xavers Mutter stimmte fröhlich kichernd mit ein.

In dem Moment blickte Toni Xaver an und sagte mit lauter, fester Stimme: »Ach, Xaver, warum eigentlich nicht? Komm lass uns mal in dein Zimmer gehen.«

Es wurde sofort sehr still im Raum. Dann sprang Toni auf, schnappte Xavers Hand und zog ihn hinter sich die Treppe hoch.

In Xavers Hirn liefen die Synapsen Amok. Das war zu viel, zu schnell, zu unerwartet. Meinte sie das jetzt wirklich ernst?? Tausend Gedanken schossen gleichzeitig durch seinen Kopf, angefangen von: Sie ist doch fast meine Schwester!, bis zu: Welche Unterhose hab ich heute Morgen noch mal angezogen?

Im Zimmer angekommen, hatte Xaver einen gefühlten Puls von 250 und stand unter Strom wie ein Atomreaktor. Zu allem Überfluss wölbte sich seine Hose vorne bereits unübersehbar. Möglichst unauffällig streckte er den Po leicht nach hinten, was seine übliche Technik war, um unbeabsichtigte Erregungszustände etwas zu kaschieren. Es verlieh ihm zwar das Aussehen einer Ente, aber besser Ente als Lattenmann.

Toni schmiss sich auf das Bett, zog die Schuhe aus und verknotete sich im Schneidersitz. »Puhhh, sind die anstrengend«, sagte sie und schaltete Xavers Musikanlage an. Dann blätterte sie mit angefeuchtetem Zeigefinger in einem Magazin, das sie neben Xavers Bett gefunden hatte.

Sie hat nur einen Scherz gemacht, verstand Xaver. Und ich habe es echt ernst genommen. Hoffentlich merkt sie meine Reaktion nicht, das ist ja megapeinlich.

Eigentlich war Toni für ihn ein nahezu neutrales Wesen. Klar hatte sie sich körperlich verändert und es gab Jungen aus seiner Klasse, die fanden sie ziemlich hübsch und sogar erregend, wenn sie beim Schwimmunterricht im Badeanzug auflief. Aber für Xaver war sie einfach die kleine Antonia, die er immer schon kannte. Sie war halt ein Teil von ihm, eine Art Zwillingsschwester mit null erotischer Anziehungskraft.

Dennoch hatte ihn die Aussicht, das erste Mal ein Mädchen in seinem Alter in echt völlig nackt zu sehen, eben komplett ausgeknockt. Warum eigentlich nicht Toni? Mädchen war Mädchen, oder nicht? Toni hat doch auch alles, was mich brennend interessiert, schoss ihm deshalb durch den Kopf.

Die Gruppe von Mitschülern, die noch nie ein nacktes Mädchen live gesehen hatten, schmolz nämlich rasant. Xaver war ein Teil dieser aussterbenden Spezies, und wenn er Toni so betrachtete, würde sich das heute nicht mehr ändern. Sie las gerade total entspannt irgendeinen Artikel.

Xaver stand halb verdeckt hinter seiner Zimmerpalme und war erleichtert, dass wenigstens seine Hosenbeule langsam wieder verschwand.

»Ist irgendwas?«, fragte Toni und schaute Xaver irritiert an.

Dann klopfte es an der Tür und fast im selben Moment stand Xavers Mutter im Türrahmen, um Getränke zu bringen. Sie wirkte mächtig nervös und verlegen, was Xaver insgeheim beruhigte. Er war also nicht der Einzige, der Toni ernst genommen hatte. Im Gegensatz zu ihm schien seine Mutter jedoch erleichtert zu sein, dass es nur ein Scherz war.

Der Rest dieses Nachmittags war geprägt davon, dass seine Mom gefühlt alle fünf Minuten den Kopf hereinsteckte, um sich nach Hunger oder Durst zu erkundigen. Xaver konnte sich auf nichts mehr konzentrieren, weil er vollends mit der Frage beschäftigt war, ob es normal sei, sich seine Sandkastenfreundin nackt zu wünschen.

»Was faselst du da?«, riss Toni ihn aus seinen Gedanken.

Xaver schaute sie irritiert an. »Hm? Was meinst du?«

»Na, du hast gerade gemurmelt: ›Ist das nicht schon Inzest‹?«

Xaver wurde schwindelig. Wie fatal war das denn, er schien laut gedacht zu haben. Um Zeit zu gewinnen, rettete er sich wieder einmal in einen Hustenanfall. Als er sich etwas beruhigt hatte, fragte er halbherzig lachend: »Was soll ich gesagt haben? Quatsch, du hörst vielleicht 'nen Scheiß.«

Toni runzelte die Stirn und las dann einfach weiter.

Als sie sich später mit ihrer Mutter auf den Weg nach Hause machte, war Xaver erleichtert. Die feine Großtante Bernadette hatte bereits ein Taxi genommen, ohne sich von Xaver zu verabschieden.

»So eine ordinäre Göre!«, hatte sie Xavers Mutter im Rausgehen zugespien und war verschwunden. Dabei sollte sie durch Thommy, Xavers Cousin und Bernadettes einzigen echten Neffen, eigentlich Kummer gewohnt sein, denn dieser Motorradmacho war der Prototyp des Mädchenvernaschers, Kopfverdrehers und Herzenbrechers. Vielleicht fürchtete sie jedoch auch, dass durch Tonis Einfluss nun auch die Moral des vorbildlichen Xavers gefährdet wurde.

Seit diesem legendären Nachmittag wurden also keine alten Nacktfotos mehr bei Familie von Göttschling ausgepackt und auch das Thema fortan vermieden. Toni war für Xaver wieder in die Rolle des Neutrums zurückgeschnurzelt. Das beruhigte ihn sehr, denn seine damalige Reaktion hatte ihn nachhaltig verstört.

Leider gehörte er jedoch immer noch zu der Gruppe, die nackte Tatsachen ausschließlich aus dem Internet kannten. Und das, wo mittlerweile auch schon die Gruppe der Mitschüler zu schrumpfen begann, die noch nie mit einem Mädchen rumgemacht hatten, an Weiteres wollte er gar nicht erst denken.

Und er lag ja nicht nur in seiner Schule weit zurück. Bei seinem letzten Friseurbesuch stieß er in einer Illustrierten auf den Artikel »So versext sind Deutschlands Teenies« auf harte Fakten: Die meisten Jungen haben ihr erstes Mal im Alter von 16 bis 17 bereits hinter sich.

Die Entwicklung all dieser Gruppen um sich herum hatte für Xaver also verdammt viel mit Gletschereis und der Erderwärmung zu tun: Ihm schmolz quasi seine Gruppe unterm Arsch weg.

Dabei fing eigentlich alles mal so gut an. In der fünften Klasse war er der erste Junge, der von Mädchen zum Geburtstag eingeladen wurde. Die anderen Jungs hatten ihn dafür beneidet, er reagierte cool, während er innerlich vor Stolz platzte. Sehr bald merkte Xaver aber, dass etwas gehörig schieflief. Der »beste Freund« zu sein, war alles andere als ein Privileg. Das wurde ihm spätestens dann klar, als die Mädels begannen, mit ihm über andere Jungs zu sprechen.

Er erinnerte sich noch daran, wie er mit Anna, dem heißesten Mädchen der sechsten Klasse, schmachtend im Eiscafé saß und sie ihm stundenlang erzählte, wie hammersüß Phil aus der achten Klasse sei und dass sie ohne ihn nicht leben könne. Dann kam Sophie, die ihm im Kino ins Ohr flüsterte, dass sie eben noch Max aus ihrer Klasse in einem Brief gefragt habe, ob er mit ihr gehen wolle, und das, als Xaver gerade im Begriff war, seinen Arm auf ihre Armlehne gleiten zu lassen.

Kurzum: Der beste Freund zu sein, war Folter!

Und was machte Xaver unter dieser Folter? Genau das, was man von so einem lieben und aufmerksamen Jungen erwartete: Er lächelte den Mädchen stets verständnisvoll zu, tröstete sie, wenn sie traurig waren, und baute sie wieder auf. Sein Shirt sog die Tränen der Unglücklichen auf, damit sie wieder

Kraft sammeln konnten, um sich dem nächsten Typen hingeben zu können.

Das war nicht fair, aber irgendwie hatte Xaver beim Verteilen der Rollen wohl im falschen Moment »Hier!« gerufen. Und jetzt saß er scheinbar für immer in der Friendzone fest.

5
Projektstart

Noch mürrisch vom Stunt an der Bushaltestelle, betrat Xaver zusammen mit Toni den Schulhof und blickte sich suchend nach Charly um. Eine Gruppe von Schülern lachte wieder bei seinem Anblick und begann, synchron auf den Zehen tippelnd, imaginäre Fahrräder zu steuern.

Einer der Schüler war größer. Er trat aus der Menge hervor und animierte weitere Schüler mitzumachen. Es war natürlich Piet. Grinsend von einem Ohr zum anderen, warf er Xaver einen Luftkuss zu, um sich dann lässig in den Schritt zu fassen. Charly stand neben ihm – und sie kicherte.

In Xaver brodelte es. Irgendwo in den tiefen Windungen seines Gehirns hörte er zwar ein leises Stimmchen, das verdächtig nach seiner Mutter klang, sagen, dass Gewalt keine Lösung war, doch dieses Mal ignorierte er sie. Piet zog ihn seit Monaten andauernd auf und nun reichte es einfach.

Als Piet mit seinen Trippelschritten näher kam, brannte in Xaver eine Sicherung durch und er rammte ihm mit voller Wucht ein Knie zwischen die Beine. Piet hatte keine Chance, ihm auszuweichen, und ging stattdessen mit einem piepsigen Wimmern vor Xaver auf die Knie.

Auf dem Schulhof wurde es still.

»Was zum Teufel ...?«, hörte Xaver wie durch Watte. Schulleiter Schlicht, der kurz darauf vor ihm stand und zu Piet heruntersah.

»Von Götschling«, knurrte Schlicht, nachdem die Aufsichtslehrerin sich des Verletzten angenommen hatte. »Du kommst jetzt sofort mit mir.«

Wortlos gingen sie durch die Eingangshalle in den Lehrertrakt und dann ins Direktorenbüro. Schlicht schloss die schalldichte Doppeltür und alle Fenster. Seit dem Verlassen des Schulhofs hatte er nichts mehr von sich gegeben.

»Von Göttschling. Was du da gemacht hast, kann für dich ernste Konsequenzen bis hin zum Schulverweis haben. Ich werde alles in meiner Macht Stehende tun, um ...« Er atmete pfeifend ein und wirkte sehr aufgewühlt.

»Es tut mir leid«, stammelte Xaver. Sein plötzlicher Gewaltausbruch überraschte ihn selbst immer noch.

»Unterbrich mich nicht, halt einfach den Mund, hörst du? Also. Ich werde alles in meiner Macht Stehende tun, damit du möglichst ungeschoren davonkommst.«

Xaver klappte die Kinnlade herunter und er schob fragend den Kopf nach vorne. Hatte er sich gerade verhört?

Da begann der dürre, grauhaarige Schlicht, mit den Schultern zu zucken, sein Atem rasselte und sein Gesicht verzerrte sich zu einer hässlichen Maske. Er *lachte,* realisierte Xaver. »Du guckst, so wie mich Miller auch immer anschaut. Wie eine gottverdammte Schildkröte ... Hahaha ...«

Xaver lächelte pflichtbewusst, Schlichts Lachanfall wurde nahtlos zum Hustenkrampf, der den Direktor sich krümmen ließ. Als der Husten wieder zu rasselndem Atmen schrumpfte, trocknete Schlicht ein paar Tränen mit dem Taschentuch, reichte Xaver die rechte Hand und legte seine Linke gönnerhaft obendrauf.

»Dieser Piet und seine ganze Familie ...« Er schaute sich

noch einmal vorsichtig im Zimmer um, als wolle er sichergehen, dass nicht mittlerweile weitere Zuhörer anwesend waren. »... diese hochnäsigen Arschlöcher gehen mir so auf die Nerven. Piets Vater kommt hier ständig angedackelt und will neue Investitionen durchboxen, die dann ganz zufällig seinem Sohnemann zugutekommen. So ein Lackaffe! Danke, dass du wenigstens seinem Sohn mal so richtig einen gegeben hast. Danke.«

Schlicht löste den Handgriff und schritt, nun beschwingt grinsend, durch sein Büro. »Aber versteh mich nicht falsch!«, rief er. »Gewalt geht nicht. Gar nicht! Ich muss das eigentlich auch ahnden, aber in diesem einen – und nur in diesem – Fall werde ich ich mich darum bemühen, dass du davonkommst.« Seine Augen stachen bedrohlich hervor. »Doch jetzt verlass erst mal die Schule. Einschließlich Donnerstag bist du beurlaubt. Danach wird es wohl noch eine Schulkonferenz geben.«

Und dann ging er langsam auf ihn zu, bis er so nah stand, dass Xaver seinen muffigen Atem riechen konnte. »Und wenn ein Satz oder auch nur ein einziges klitzekleines Wort von dem, was ich dir hier gerade gesagt habe, nach außen dringt ... dann werde ich dich zerstören. Also wage es nicht.«

Xaver spürte feine Spucketropfen, die Schlichts Mund wie Geschosse verlassen hatten, auf seinem Gesicht, doch traute sich nicht, sie wegzuwischen. Nun war wieder das böse Blitzen in den Augen des Direktors zu sehen, welches ihm deutlich besser stand als die kurze Freundlichkeit.

Nichts ist so leer wie Schulflure außerhalb der Pausen. Noch immer völlig verwirrt von Schlichts Reaktion, schritt Xaver an den Klassenzimmern vorbei und hörte gedämpfte Stimmen aus den Räumen. Französisch. Mathe. Englisch. Ethik. Jede Tür eine andere Welt. Hinter jeder Tür saßen Schüler und ärgerten sich, ignorierten einander oder schmachteten sich an.

Und Xaver? Er war ausgeschlossen worden. Ausgespien aus einem System, zu dem er vor Minuten noch gehörte. Ein paar Tage schulfrei klang eigentlich verlockend, doch dieses Mal schmeckten sie wie der kräftige Biss in einen faulen Apfel.

Er fuhr nach Hause, aber keiner war da. Hungrig schnappte er sich aus dem Kühlschrank einen Nudelrest von gestern Abend und schlang ihn im Stehen kalt herunter. Was werden meine Mitschüler jetzt machen? Was wird wohl Charly gerade tun? Als Xaver in seinem Zimmer war, zog er sein Smartphone aus der Tasche und blätterte in den Fotos. Es gab dort einen eigenen Ordner mit Charly-Fotos. Auf seinem Lieblingsfoto lächelte sie strahlend in die Kamera. Ein Milchbart, den sie vom Nippen an ihrem Latte Macchiato hatte, gab dem festgehaltenen Moment etwas sehr Intimes.

Das Piepsen des Handys ließ das Bild verschwinden und stattdessen ein Foto von Mom auftauchen.

Verdammt.

»Xaver, der Direktor hat mich angerufen und gesagt, dass du ... also ...«

»Ja, Mom, ich habe Piet getreten.«

»Genau, das hat er gesagt. Was soll das denn? Bist du verrückt geworden?«

»Nö? Eigentlich nicht.«

»So was hast du noch nie gemacht.«

»Stimmt. Aber weißt du ... Es musste sein.«

»Xaver, Gewalt ist *nie* eine Lösung.«

»Jaja, schon klar. Aber Piet ...«

»Nein, auch der wird wohl nicht verdient haben, getreten zu werden.« Ihre Stimme hatte sich mittlerweile noch eine Oktave höhergeschraubt.

»Oh doch!«

Seine Mutter seufzte ebenfalls. »Es gibt immer einen anderen Weg, mein Schatz.«

»... außer der ganze Schulhof lacht sich über dich kaputt«, fügte Xaver hinzu.

»Was? Über *dich?* Und das war Piets Schuld?« Mom klang ernsthaft entrüstet. Das Telefonat schien sich gut zu entwickeln.

»Yep.«

Xaver erzählte knapp, was passiert war, und merkte zufrieden, wie sich die Wut seiner Mutter nun gegen Piet richtete. »So ein widerlicher, arroganter Schnösel«, zischte sie am Ende seiner Beschreibung.

»Mutter!«, sagte Xaver gespielt entrüstet, während sich gleichzeitig ein Lächeln auf seine Lippen stahl. »Ich bitte dich!«

»Xaver, nun mach dich nicht lustig darüber! Lass uns später noch mal drüber reden, okay?«

Sie legten auf und das Display wechselte wieder zum Charly-Fotoalbum.

Mit Zeigefinger und Daumen vergrößerte Xaver das erste Foto von Charly und betrachtete jeden Pixel ihres Gesichts. Mit geschlossenen Augen stellte er sich vor, wie es wäre, sie zu küssen. Wie mag es überhaupt sein, jemanden zu küssen? So richtig auf den Mund und mit Zunge? Andere Jungen wussten das ja schon aus Grundschulzeiten, als sie dem einen oder anderen Mädchen einfach einen Kuss aufgedrückt hatten. Xaver fand das damals ziemlich bescheuert. Das war wohl die Quittung der verdammten »werteorientierten Erziehung«, von der seine Eltern gerne so stolz sprachen. Von früh an wurde ihm eingeimpft, dass er sich nicht verschenken, sondern auf die Richtige warten solle. Am Ende würde er ihnen noch dankbar sein dafür.

Einen Scheißdreck würde er!

Ich hab dieses Gelaber wirklich geglaubt, dachte Xaver. Klar ist es vielleicht toll, wenn irgendwann die Richtige kommt und dann *Yippie!* ... aber was, wenn die Richtige erst den Weg zu mir findet, wenn ich 20 oder 30 bin? Und wenn ich dann merke, dass es die Falsche ist? Aber auch das wüsste ich ja noch nicht mal, weil ich keinen Vergleich hätte. Ich bin 16 und der einzige Vollpfosten auf diesem Kontinent, der noch keine Doktorspiele gemacht hat und der bei »Wahrheit oder Pflicht« immer seine Schildkröte füttern gegangen ist.

Ich bin fast erwachsen und habe den sexuellen Erfahrungsstand eines Neugeborenen. Gut, es gab da eine Phase des allgemeinen Pimmelvergleichs und so ein bisschen experimentelles Rumgefummel unter Jungs. Damals dachte ich noch, alles sei okay. Heute weiß ich, dass ich da irgendwo falsch abgebogen bin. Stecken geblieben in einer Endlosschleife zwischen feuchtem Traum und erstem Mal. Also: Werte hin, Werte her. Ich bin Xaver und ich habe es satt, ein »guter Junge« zu sein, feuerte er sich an.

In knapp vier Wochen würde er 17 Jahre alt werden und er durfte auf keinen Fall – unter keinen Umständen – dann immer noch Jungfrau sein. Also ging er entschlossen zum Fenster und angelte sich sein goldverziertes Storybuch.

Wenn er eines von seinem Vater gelernt hatte, dann war es effizientes Projektmanagement, und genau das war jetzt gefragt. Dad war früher so ein Ober-Kontrolletti gewesen, dessen Job es war, erst Projekte zu planen und später zu prüfen, ob alles klappt. Deshalb kannte Xaver sie alle, die wichtigen Projektphasen, von der Definition eines Projektes über die exakte Planung und Durchführung bis hin zum erfolgreichen Abschluss.

Die größten Fehler, die der erfolgreichen Realisierung eines Projektes im Wege stehen, sind ungenaue Definitionen und unrealistische Ziele. Berücksichtigt man das, kann man jedes Projekt umsetzen. Jedes, verstehst du?, dozierte Xavers Vater gerne.

Mittlerweile war Arne von Göttschling Trainer, Redner, Coach, also einer von denen, die durchs Land reisten, um andere dazu zu bringen, immer besser und toller zu werden. Im Grunde ein reisender Arschtreter – und er schien ziemlich gut zu sein, denn er war fast ständig weg.

Auf seiner Internetseite sah man ihn als einen Mann, der seinen Job liebte und der ausstrahlte: »Ich habe es geschafft.« Zu Hause war er ... *ähnlich*. Manchmal war das ziemlich anstrengend, aber er war auch recht locker, und das war eigentlich ganz gut.

»Dein Papa ist so ein netter, sportlicher Typ. Nur in Bewegung, hat aber trotzdem immer ein offenes Ohr. Und so hilfsbereit!«, schwärmte die ältere Nachbarin von gegenüber immer. Andere Nachbarn würden das sofort so unterschreiben. Und die paar Sonderheiten, die er hatte, sah man ihm gerne nach.

»Schubladen sind langweilig!«, pflegte sein Vater zu sagen, was dazu führte, dass er durchaus mal mitten in der Fußgängerzone begann, zur Musik aus seinem Kopfhörer zu tanzen, sich neben einen Bettler setzte, um mit ihm Kaffee zu trinken, oder auch in irgendeiner Eckkneipe die Proleten beim Kickern herausforderte.

Heranwachsende Kinder wünschen sich bestimmt so einen Vater, weil er ähnlich bekloppt ist wie sie. Ab circa acht Jahren wurde aber genau das vor allem peinlich, denn man wusste nie, wie ein Ausflug mit ihm endete. Inzwischen begann Xaver jedoch wieder zunehmend, Bewunderung zu entwickeln, wenn er seinen Dad mit seiner Art durchs Leben schweben sah. Er hatte keine Ahnung, ob es etwas gab, was ihn umhauen könnte.

Voller Zuversicht öffnete Xaver das Buch und begann, schwungvoll zu schreiben.

Projektziel: Charly ins Bett kriegen

Zeit bis zum Projektende: 24 Tage

Etappenziel 1: Charly küssen

Grundüberlegungen: Um Charly zu küssen, brauche ich Zeit mit ihr. Ohne Störungen. Charly verbringt Zeit mit Menschen, die sie beeindrucken. Charly beeindrucken Menschen, die …

- *Markenklamotten tragen*
- *Auto fahren*
- *Fotografen oder Agenten sind*
- *viel Geld haben*
- *berühmt sind*
- *älter, als sie sind*
- *Bartwuchs haben*
- *einen trainierten Körper haben*
- *ihr in der Schule helfen können*
- *sie zur Schule fahren können*

Vorgehen: Charly beeindrucken → mit Charly verabreden → Charly küssen → mit Charly schlafen

Xaver betrachtete die Auflistung und strich gleich wieder alle Punkte durch, die er nicht erfüllte. Stehen blieben die letzten drei, wobei er beim letzten Punkt auch nur den Gepäckträger seines Rades anbieten konnte, was nach der heutigen Aktion nicht gerade megaverlockend erschien. Blieben zwei Punkte. Zu wenig, Scheiße.

Markenklamotten wäre noch eine Möglichkeit. Vielleicht sollte er shoppen gehen? Und mit dem Bartwuchs könnte auch noch was drin sein. Er betastete seinen Oberlippenflaum. Ne, der musste auf jeden Fall weg. Besser keine Haare im Gesicht als so etwas. Er machte ein Fragezeichen an den Punkt und würde recherchieren, was Bärte wirklich sprießen ließ.

To-do:
- Klamotten kaufen
- Rasierer und Rasierschaum kaufen
- Recherche Bartwuchs

Er terminierte die Countdown-App auf seinem Handy auf den Tag vor seinem Geburtstag.

Xaver lächelte siegessicher. Fuck you, Vorzeigesohn, dachte er mit einem Blick auf das Buch. Ich scheiß auf das ganze Wertegedöns. Ab heute wird scharf geschossen.

6
Hassliebe

Charly hieß eigentlich Charlotte Müller, aber ihre Eltern legten Wert auf die französische Sprechweise des Namens, also *Scharrlott*. Das klang in Kombination mit Müller sehr dämlich und verleitete einen dazu, ebenfalls den Nachnamen lächerlich französisch auszusprechen, also *Scharrlott Mülär*.

Die Müllers waren stinkreich und zeigten das auch gerne. Großes Haus, schnelle Autos und irre Urlaubsziele waren nur ein paar Auswüchse ihres Reichtums. Und ihr ausschweifender Lebensstil und die Tatsache, dass Herr Müller mit Vornamen Robert hieß, trugen dazu bei, dass früher oder später Assoziationen zu den Geissens aufkamen.

Charly schien allerdings immun gegen Lästerattacken und Anfeindungen in der Schule zu sein. Sie schwebte regelrecht darüber, denn in ihren Augen war es purer Neid, der die Mitschüler antrieb. In der sechsten Klasse war sie von einem Tag auf den anderen nicht mehr in der Schule erschienen, weil ihre Eltern sie damals an einem Eliteinternat angemeldet hatten. Kurz nach dem Beginn der zehnten Klasse war sie genauso überraschend wieder zurückgekommen. Es wurde gemunkelt, dass irgendetwas vorgefallen sei, doch keiner wusste Genaues. Viel interessanter war sowieso, dass Charly die Schule als kleines, pummeliges Mädchen mit Hasenzähnen verließ, um dann mit meterlangen Beinen, einem Körper wie aus einem Hochglanzmagazin und perfekten strahlenden Zähnen wieder aufzutauchen.

Ihre Rückkehr wurde von sämtlichen geschlechtsreifen Jungen der Schule gefeiert, die Mitschülerinnen hingegen waren entsetzt. Weniger über Charlys Aussehen als vielmehr darüber, dass die Jungs fortan nur noch als sabbernde Lustmolche herumliefen. Die Schlange ihrer Verehrer war lang und wuchs täglich. Dass sie seit einiger Zeit für Fotoshootings gebucht wurde, erhöhte ihren Marktwert noch und bescherte Xaver eine große Auswahl an Fotos seiner Traumfrau.

Charly war optisch jedenfalls einfach der Hammer und verlockte dadurch mindestens die Hälfte aller Jungen der gesamten Schule wie ein Glas Honig einen Ameisenstamm. Unvergessen war zum Beispiel ihr Auftritt bei der ersten Schwimmstunde des neuen Schuljahres. Die meisten Schüler, Xaver eingeschlossen, standen schon, auf den Unterrichtsbeginn wartend, am Beckenrand, als sie einen spitzen Schrei hörten. Er kam von Chantal Benini, ihrer französischen Sportlehrerin.

»Mon dieu. Oh mein Gotte, steh mir bei!«, rief sie und schlug entsetzt die Hände vor den Mund. Xaver folgte ihrem Blick, um zu sehen, was der Grund für die Aufregung war. Es war Charly. Sie schritt wie eine Hollywooddiva die Freitreppe von den Umkleidekabinen im ersten Stock zum Schwimmbad herunter. Ihre langen Beine bewegten sich wie in Zeitlupe tänzelnd von Stufe zu Stufe. Mit halb geschlossenen Lidern blickte sie lasziv in die Ferne, ihre Lippen umspielte ein verführerisches schiefes Lächeln. Und sie war fast nackt. Ihren Bikini konnte man eigentlich überhaupt nicht als Bekleidungsstück bezeichnen. Das Unterteil bestand aus einem winzig kleinen Stoffstreifen, gehalten von einer Kordel, die zwischen den Pobacken verschwand. Zwei nur geringfügig größere Dreiecke und etwas mehr Kordel bildeten das Oberteil. Auf Xavers Netzhaut hatte sich diese Erscheinung innerhalb von Millisekunden unlöschbar eingebrannt.

Charlys Auftritt führte zu kreischenden Mitschülerinnen und einer Schar völlig überforderter Jungen, die, schlagartig kollektiv ihre Erregung kaschierend, den Hintern ausstreckten, um wie ein Haufen verlegener Erpel auf der Suche nach dem Teich herumzustaksen. Nach und nach fanden sie den Weg zum Schwimmbecken und sprangen zur besseren Lattentarnung hinein. Benini rannte hektisch zur Treppe, warf Charly ein Handtuch um den spärlich bedeckten Körper und schickte sie zurück in die Umkleidekabine.

»Wir sind ier nischt in einäm Püffe, Mademoiselle!«, spie sie ihr hinterher, wofür sie sich ein paar Tage später offiziell in Gegenwart von Schlicht und Charlys Eltern entschuldigen musste.

Xaver fühlte sich spätestens seit diesem Erlebnis darin bestätigt, dass Charly das Ziel seiner Träume war. Ein Date mit ihr war allerdings ähnlich wahrscheinlich wie ein Lottogewinn. Deshalb war Xaver vor ein paar Wochen unglaublich stolz gewesen, es trotzdem geschafft zu haben.

Sie verabredeten sich damals im selben Café wie gestern und wollten von dort aus weiter ins Kino gehen. Über fünf Euro hatte der Pott laktosefreier Karamell-Latte gekostet, den Charly bestellt hatte, aber er war Xaver jeden Cent wert. Was war das schon, für eine volle Stunde gemeinsame Zeit mit ihr? Eine ganze Stunde nichts als Xaver und Charly, noch nicht einmal ihr Handy störte, denn ihr Akku war leer.

Nachdem der Kaffee ausgetrunken war, machten sie sich auf den Weg zum Kino. Das war Xavers Chance und er wollte sie nicht versemmeln. Deshalb hatte er sich, seit Charly seine

Einladung zu Kaffee und Kino angenommen hatte, auf diesen Nachmittag vorbereitet. Stundenlang hatte er zu Hause überlegt und geprobt, wie er sie während des Kinobesuchs erobern würde. Issys Stoffbär saß dabei als Übungsobjekt an seiner Seite. Er hatte fachmännisch Dialoge mit seinem Spiegelbild geführt, überarbeitet und fand, dass er immer besser wurde. Regelrecht unwiderstehlich.

Auf dem Weg zum Kino fühlte er sich also mehr als bereit. Doch mit jedem Schritt wuchs die Aufregung. Charlys Vorschlag, an ihren Lieblingsboutiquen vorbeizuschlendern, passte ihm deshalb sehr gut, denn es klang nach Ablenkung. Zielstrebig lotste Charly ihn zu den Topboutiquen der Stadt. Xaver beäugte Schuhe für 320 Euro, Kleider zum Preis von 750 Euro und versuchte, so zu tun, als sei all das für ihn nicht ungewöhnlich.

Die Verkäufer schienen Charly zu kennen, sie kamen jedenfalls winkend zu den Schaufenstern angeschwebt und begrüßten sie mit gehauchten Wangenküssen.

»Das ist mein Freund Xaver«, hatte Charly ihn dann vorgestellt und Xaver war megastolz. Sie hakte sich sogar zweimal ein, was bei ihm fast zu einem Herzstillstand geführt hätte. Wie würde das erst im Kino werden?, fragte er sich und es ploppten Bilder in seinem Kopf auf, die ihn selig grinsen ließen.

Doch dann bemerkte Xaver, dass Charlys Arm gar nicht mehr bei ihm eingehakt war. Stattdessen stand sie bereits einige Meter vor ihm – direkt vor einem großen, dunkelhaarigen sonnengebräunten Typ. Aus seinem weit aufgeknöpften Hemd quollen drahtige schwarze Brusthaare, sein rechter Mundwinkel war zu einem überlegenen Grinsen hochgezogen und die Augen verschwanden hinter verspiegelten Brillengläsern. Er lehnte gegen ein weißes Mercedes-Cabrio.

»Ach, Karl ...«, setzte Charly an und Xaver staunte nicht schlecht. So ein Kerl hieß Karl?

»Wie crazy, dich hier zu treffen ...«, fuhr Charly fort und hauchte ihm ein Küsschen links, Küsschen rechts gegen die Wange.

»*Bella,* lange nicht gesehen. Was machst du hier?«

»Ach, nur so rumlaufen. Klamotten gucken und so. Und du?«

»Ich wollte gleich was essen gehen und dann mal schauen. Wahrscheinlich noch zu einer Vernissage. Hast du Lust mitzukommen?«

»Oh ja. Das klingt mega!«

Hä? Xaver verstand nur noch Bahnhof. Hatte sie eben wirklich zugestimmt? Es konnte nicht sein, er musste sich verhört haben. Zaghaft näherte er sich Charly und berührte sie am Arm. Sie zuckte erschreckt weg, als hätte sie total vergessen, dass er da war. Er setzte zum Sprechen an, doch Charly ließ ihn gar nicht zu Wort kommen.

»Ach, Karl, das ist übrigens Xaver, ein Schulfreund von mir. Xaver? Das ist Karl, er ist Chef der Agentur, die mich manchmal für Fotoshootings bucht. Du, er hat mich gerade eingeladen, mit ihm essen zu gehen. Sorry, tut mir echt voll leid! Vielleicht ein andermal?«

»Ja ... äh, klar«, gab Xaver überrumpelt zurück. »Kein Problem, ich wollte eh noch zu Hause ... Vokabeln lernen.«

Oh Gott, was für eine selten dämliche Reaktion von ihm. Xaver wäre am liebsten im Boden versunken. Doch Charly lächelte ihn nur professionell und irgendwie seelenlos an und wendete sich Karl zu.

»Du siehst übrigens wieder umwerfend aus, Kleine«, gurrte der, streichelte ihre Wange und ließ mit prüfendem Blick seine Hand an ihr herabgleiten. Dann blickte Karl Xaver an, als habe er gerade einen besonders hässlichen Käfer entdeckt, und wedelte hinter Charlys Rücken unmissverständlich mit der Hand, als wolle er ihn verscheuchen. Dieselbe Hand drückte sodann ihren Hintern mit der gleichen Bewegung, mit der Xavers Mutter im Supermarkt prüfte, ob eine Avocado reif war.

Was für ein Riesenmist, dachte Xaver wütend. Die Bilder vom gemeinsamen Kinobesuch, die noch eben durch seinen Kopf geschwebt waren, zerplatzten, die beflügelnde Dopamin-Hormonproduktion war eingestellt und alle Kraft wich von ihm. Es war, als wäre er mit 180 Sachen gegen eine plötzlich auftauchende Mauer gekracht.

Sein erster Gedanke am nächsten Morgen galt damals natürlich trotzdem Charly. Er fühlte sich von ihr ausgenutzt und so überflüssig wie ein Klumpen auf die Straße gerotzter Schleim. Warum hatte sie so mit ihm gespielt? Mühsam hievte er sich aus dem Bett und setzte sich mit dem Smartphone in der Hand aufs Klo. Er suchte nach einer Nachricht von Charly, doch er fand keine. Dafür schaute er die Fotos an, die er am Vortag gemacht hatte. Charly lächelte immer noch unwiderstehlich verführerisch, als wäre nichts geschehen, und in Xaver rangen Wut und Liebe um die Vorherrschaft.

»Boah ... wie lange sitzt du denn noch auf dem Klohooo?«, riss ihn die piepsige Stimme seiner kleinen Schwester aus den Gedanken. »Ich muss mal!«

»Hey, nerv nicht«, gab er zurück. »Geh doch unten aufs Klo.«

Die unverschlossene Türe wurde aufgerissen und Issy stürmte herein.

»Du machst Handyspiele auf dem Klo, das ist gemein.«

»Issy, geh sofort raus!«

»Neheeein! Es ist Wochenende und du hast mir versprochen, dass wir heute spielen. Komm schon.«

»Du gehst raus und dann komme ich frühstücken. Alles Weitere werden wir sehen. Okay?«

Wenige Minuten später hüpfte Issy um den Frühstückstisch herum und schmiedete Pläne für den Tag. Xaver spielte darin eine wichtigere Rolle, als ihm lieb war, doch irgendwann ließ er sich von seiner kleinen Schwester mitreißen und landete mit ihr kurze Zeit später auf dem Teppich ihres Zimmers, um mit ihr im Playmobil-Universum abzutauchen. Es galt, das große, unter der Leitung von Larissa von Göttschling stehende Pferdeturnier vorzubereiten. Gemeinerweise sabotierten Graf Übelacker und seine Handlanger die Vorbereitungen. Issy und Xaver hatten deshalb alle Hände voll zu tun, die Bösen zu überführen und den göttschlingschen Pferdehof zu verteidigen. Xaver lächelte, als er seine spielende Schwester beobachtete. Klar war sie oft nervig, aber trotzdem liebte er sie eben abgöttisch.

Irgendwann steckte sein Dad den Kopf zur Tür herein.

»Gerade ist eine Charlotte gekommen. Kann sie hochkommen?«

»Was?! Charly ist hier?«, fragte Xaver mit aufgerissenen Augen. »Gib mir zwei Minuten!«

»Hey, Xaver! Wir spielen!«, protestierte Issy, doch Xaver hatte den Raum bereits verlassen.

Sein Puls war hochgeschnellt. Klar, er wollte Charly eigentlich nicht mehr sehen, nachdem sie einfach mit Karl abgerauscht war. Andererseits ... Ach was, keine Zeit für Grundsatzentscheidungen, er musste jetzt einfach nur sehr schnell sein Zimmer so weit herrichten, dass wenigstens die unangenehmsten Dinge nicht offen herumlagen. Als es an der Tür klopfte, saß er atemlos auf seinem Bett, blickte sich noch mal hektisch um und kickte die letzten störenden Sachen noch unters Bett. Alles okay.

Als er dann Charly sah, wurden jedoch sämtliche Erinnerungen an das beschissene Ende des gestrigen Nachmittags schlagartig lebendig. Hätte er Dad doch gebeten, sich irgendeine Ausrede für ihn auszudenken.

»Hi«, sagte Charly etwas verlegen. »Du, ich wollte mich entschuldigen für gestern, weißt du?«

Xaver fixierte einen nicht vorhandenen Punkt vor ihren Füßen. Sie war barfuß. Es ging nicht anders, seine Augen glitten an ihr hoch. Sie trug ein Sommerkleid, der dünne Stoff ließ ihre langen, schlanken Beine durchscheinen. Charly lächelte, und obwohl er wütend auf sie war, ließ ihr Lächeln seine Wut sofort schmelzen.

Charly war wirklich hier in seinem Zimmer. Nur er und sie. *Alleine*. Langsam kam sie auf ihn zu, und als sie ihn an den Händen hochzog, in den Arm nahm und ein paar Sekunden einfach nur hielt, waren aller Widerwillen und die Wut zu einem unbedeutenden Häuflein zusammengeschrumpft.

In Xaver vibrierte es und in diesem Moment verzieh er ihr alles, was gewesen war, und alles, was noch kommen würde. Er entspannte sich. Sie löste die Umarmung, doch hielt ihn weiter an den Händen.

»Tut mir echt superdoll leid. Karl ist einfach superwichtig für meine Karriere, verstehst du?«

»Verstehe«, sagte Xaver und versuchte nun ebenfalls ein Lächeln. »Kein Ding. Danke, dass du hier bist.«

Sie setzten sich auf das Bett und redeten, aber Xavers Gedanken huschten davon. Charly war hier, direkt neben ihm auf der Bettkante. Wie irre war das eigentlich? So langsam kam er drüber hinweg, dass sie gestern nicht im Kino gelandet waren. Irgendwann sprachen sie über die Schule und Charly stiegen Tränen in die Augen, als ihr die nahende Mathearbeit einfiel. Sie stand auf einer glatten Fünf und musste mindestens eine Vier schreiben, um versetzt zu werden. Also verbrachte Xaver den weiteren Nachmittag damit, ihr die aktuellen Mathethemen zu erklären. Später lehnte sie sich überraschend zurück und schaute mit einem breiten Lächeln auf ihr Handy.

»Du, vielen Dank!«, sagte sie. »Jetzt ist mir viel wohler. Ich glaube, ich schaffe das.«

»Äh, aber –«

»Ich muss leider los. Supereilig!«

Xaver blickte sie erstaunt an. Sie hatten noch überhaupt nicht über Funktionen gesprochen, dabei war das ein wesentliches Thema der Arbeit. Doch Charly packte schon ihre Sachen und stand auf.

»Danke, Xaver, ohne dich hätte ich null Chancen!« Sie hauchte ihm an der Haustür einen Abschiedskuss auf die Wange und dann ging sie auch schon. Die Augen auf ihr Smartphone gerichtet, schien sie Xaver bereits vergessen zu haben. Kurz nachdem sie an der Straßenecke verschwunden war, röhrte ein Motor und ein rotes Cabrio mit Charly auf dem Beifahrersitz glitt an der Stichstraße vorbei.

Was für eine Scheiße, dachte Xaver, als er ihr nachschaute. Charly konnte ihn echt immer um den kleinen Finger wickeln. Und würde sie in fünf Minuten klingeln, würde er natürlich bereitwillig die Türe öffnen und sich über ihren Besuch freuen. Er war echt so unglaublich dämlich.

Zurück in seinem Zimmer, kam ihm die Umarmung wieder in den Sinn und seine Haut begann zu kribbeln. Seinen Händen, seinen Armen, einfach allem haftete Charly-Duft an, als sei sie immer noch in seinem Zimmer. Er überkreuzte die Arme, legte sich die Hände auf die Schultern und begann, sich sanft zu wiegen. Mit geschlossenen Augen fühlte es sich fast an, als läge er wieder in ihren Armen.

»Was machst du da, Xavi?« Issys glockenhelle Stimme sorgte bei Xaver für den nächsten emotionalen Sturzflug.

»Kannst du verdammt noch mal anklopfen, wenn du reinkommst?«, fragte er wütend.

»Nöhöpodöhö«, sang Issy. »Hattest du gerade jemanden im Arm? Hast du eine Verliebte? War die das eben?«

»Issy, hau einfach ab, klar?«

»Fang mich doch, du Eierloch ...«

Nun reichte es wirklich. Xaver schritt auf seine Schwester zu und schrie: »HAU! JETZT! AB!«

Issy blickte Xaver überrascht mit großen Augen und aufgerissenem Mund an. Plötzlich kullerten dicke Tränen ihre Wangen herab.

Xaver erstarrte. Mist.

»Issy. Hey, sorry. Ich wollte dich nicht anschreien. Halt, bleib ... bitte entschuldige.«

Doch da wandte sich Issy bereits ab und rannte schluchzend nach unten.

Xaver schmiss sich aufs Bett. Konnte der Tag eigentlich noch mieser werden? Er nahm sein brummendes Smartphone in die Hand und sah, dass er in einem Beitrag von Piet getaggt worden war.

@Charly von der Mathenachhilfe bei @Xaver abgeholt. Jetzt wird's richtig nett ;-)

Dazu gab es ein Bild von Piet und Charly hinter einem riesigen Eisbecher im Eiscafé am Rhein.

Xavers Handy flog in die Ecke und er schlug auf sein Kopfkissen ein.

Dieser misslungene Kinobesuch lag inzwischen ganze vier Wochen zurück. Aber anscheinend hatte er immer noch nichts aus seinen Fehlern gelernt. Und das Schlimme war: Das alles konnte auch nichts an seinen Gefühlen für Charly ändern.

7

Abgründig

Xaver schob die Gedanken beiseite, denn was brachte es schon, in bereits ein paar Wochen alten Misserfolgen zu versinken? Nun war er einen entscheidenden Schritt weiter, denn er hatte einen Plan und würde die freien Tage, die der Schulverweis ihm brachte, nicht ungenutzt verstreichen lassen. Es war Zeit, Punkt eins seiner To-do-Liste in Angriff zu nehmen.

Charlys Lieblingsladen fand Xaver wie im Schlaf. Seit jenem verkackten Kinonachmittag schlenderte er immer dort vorbei, wenn er in der Stadt war, und lugte verstohlen in die Boutiquen. Es könnte ja sein, dass er dort Charly treffen würde. Ganz zufällig. Doch er sah sie nie, obwohl er mittlerweile mindestens einmal die Woche einen Vorwand für einen Trip in die Stadt fand.

Dieses Mal ging er selbstbewusst in einen der Läden hinein. Der junge Verkäufer vom letzten Mal kam schwungvoll aus dem Hinterzimmer. Sein Schädel war glatt rasiert, die Koteletten dafür lang und buschig. Er steckte in einem schwarzen Anzug, der von durchsichtigen Kunststoffteilen durchzogen war, durch die seine nackte Haut zu sehen war.

»Hallöchen, was kann ich für dich tun?«, flötete er.

»Ich hätte gerne ein schickes Oberteil«, sagte Xaver nun

doch etwas unsicher. Der Verkäufer schaute ihn skeptisch an und schüttelte dann zu allem Überdruss auch noch den Kopf. »Ein ›Oberteil‹? Ah ja«, antwortete er mit arrogant gespitzten Lippen, was ihm das Aussehen eines ausgesprochen hässlichen Vogels gab. Dann drehte er sich abrupt von Xaver weg und gab ihm mit zwei winkenden Fingern über seiner Schulter zu verstehen, dass er ihm folgen solle.

An einem Klamottenständer blieb er stehen und musterte Xaver, an seinen Koteletten kraulend, von oben bis unten. »Ich kenne dich doch. Du warst schon mal hier, nicht wahr?«

»Äh, ja. Das stimmt. Ist aber etwas her. Krass, dass Sie sich noch an mich eri…«

»Nicht an dich!« Er wirkte regelrecht beleidigt. »Es sind deine Socken.«

Xaver schaute an sich herab, obwohl er wusste, dass er weiße Tennissocken anhatte.

»So etwas sieht man hier nicht oft, verstehst du? Du warst mit Scharrlott hier, oder?«

»Ja …?«

Der Verkäufer lächelte ihn wissend an. »Sie ist ganz begeistert von diesen Hoodies von *Phant.*«

»Ach, was für ein Zufall«, sagte Xaver etwas kleinlaut. »Genau davon wollte ich ein paar kaufen!«

»Ein ›paar‹? Weißt du denn, was die kosten?«

Xaver schaute nach dem Preisschild. 165 Euro. Für einen Kapuzenpulli mit einem Elefantenlogo.

»Einen«, verbesserte er sich. »Ich meinte ›einen‹.«

Ohne Logo hätte es das gleiche Teil für unter 40 Euro gegeben. Aber dieser Pulli – pardon, *Hoodie* – war Teil seines Plans, also kaufte er ihn in Dunkelgrün.

Der Verkäufer starrte ihn an, als er das Geld entgegennahm. »Ach, und die Socken …«

»Ja?«

»Die sind so was von nie modern gewesen. Ich schenke dir das Paar hier, bitte ziehe sie an, wenn du das nächste Mal wieder hier bist.« Mit einem überheblichen Grinsen reichte er ihm eine erlesene Tragetasche. »Ich möchte hier so eine eklige Fußbekleidung einfach nicht sehen müssen, verstehst du?«

Xaver verspürte zum zweiten Mal an diesem Tag das Bedürfnis zuzuschlagen. Doch stattdessen schwieg er, zahlte und ging.

Draußen trat er in die warme Sonne. Er gönnte sich ein Eis und spazierte durch einen der vielen kleinen Parks, die das Grau der Innenstadt auflockerten. Hinter einer Gruppe von Büschen stand ein knutschendes Paar. Sie waren etwas jünger als Xaver und sie verschlangen sich leidenschaftlich.

Schön, dass er nun einen Plan entworfen hatte, wie er es schaffen würde, endlich nicht mehr zum Kreise der ewigen Jungfrauen zu gehören. Scheiße, dass er in diesem Moment trotzdem wieder so dastand wie ein kleines Kind, das einfach nur glücklich an seinem Eishörnchen nuckelte und sich gerade ein feines Pullöverchen vom Taschengeld gekauft hatte, während diese beiden Kinder hier miteinander rummachten wie die Profis.

Auf einmal fühlte er sich unglaublich lächerlich.

Da brummte plötzlich sein Smartphone. Leo bewies wieder mal ein perfektes Timing für seinen Anruf.

»Hey, Xaver, da hast du Piet ja heute Morgen mal ordentlich einen eingeschenkt«, startete er gut gelaunt.

»Na ja, war vielleicht ein bisschen dumm von mir.« Xaver beobachtete, wie der knutschende Junge eine Hand unter das T-Shirt des Mädchens schob.

»Hörst du noch zu? Hallo?«, zog Leo ihn ins Telefonat zurück.

»Sorry. War gerade etwas abgelenkt.«

»Wie sieht's denn so an der Charly-Front aus?« Leo sprach undeutlich. Wahrscheinlich schlang er nebenbei sein Mittagessen herunter, denn er konnte eigentlich gerade erst von der letzten Schulstunde nach Hause gekommen sein.

»Mal so, mal so.«

»Na, bloß nicht zu viel preisgeben, ne? Gib's doch zu, du stehst ganz kurz vorm Sieg, richtig?«

»Ich weiß nicht«, gab Xaver mit einem Seufzen zu. »Manchmal glaube ich, dass ich es wirklich schaffen kann, und dann denke ich wieder, ich werde irgendwann alt und tattrig den Löffel abgeben, ohne jemals überhaupt eine nackte Frau gesehen zu haben. Und auf dem Grabstein steht geschrieben: *Hier ruht jungfräulich und völlig –«*

»Boah, du redest ein Zeug vor dich hin!« Allmählich klang Leo leicht genervt. »Warte mal, ich muss gerade mal was checken ... Wo bist du jetzt?«

Xaver sendete ihm seinen Standort.

»Moment, bleib dran!«, sagte Leo und nach einer kleinen Ewigkeit dann: »Guuuut. Geh mal flott zum Hauptbahnhof, anstatt in Selbstmitleid zu ertrinken, okay? Wir treffen uns dort vor der Eisdiele in zwanzig Mintuten.« Damit beendete er das Gespräch.

Na toll. Das war das Letzte, was Xaver brauchte. Ziemlich missmutig stapfte er dennoch zum Treffpunkt.

»Xaver! Alles wird gut. Du kannst dich entspannen«, begrüßte Leo ihn euphorisch. »Ich hab einen genialen Plan. Bald schon wird aller Druck von dir abfallen. Komm mit!«

Xaver kapierte nichts, aber Leos Euphorie machte ihn neugierig und er folgte seinem Freund.

»Et voilà ...!« Leo war nach einem kurzen Marsch stehen geblieben. »Gleich wird sich ein neuer Horizont für dich öffnen«, raunte er geheimnisvoll und drehte Xaver um 90 Grad nach rechts. »Sei willkommen im Paradies der Lüste!«

Xaver traute seinen Augen nicht. An dem Haus, das er nun anschaute, prangte in goldenen Lettern das Wort »Joyclub«.

»Dein Ernst?«, fragte er. »Du willst jetzt in diesen Club da gehen? *Nachmittags?*«

»Wir, Xaver. *Wir,* nicht ich. Und dann wirst du schon mal nicht mehr sterben können, ohne nacktes Fleisch gesehen zu haben. Genial, oder?«

Xaver verdrehte die Augen. »Darum geht es doch gar nicht.«

»Nicht? Da hast du dich aber eben am Telefon anders angehört. Ach komm. Schalt einfach mal deinen Moralapostel auf Stand-by und lass dich gehen. Bist auch eingeladen.«

Leo schob Xaver vor sich her.

Warum eigentlich nicht?, fragte sich Xaver auf einmal und gab den Widerstand auf.

Sie schlüpften durch einen schweren Vorhang und dann waren sie drin. In einem riesigen Sexshop, den man erst ab 18 betreten durfte, doch niemand beachtete sie. Xaver realisierte, dass er die Luft angehalten hatte. Er atmete ganz leise aus und ein, damit bloß keiner mitbekam, dass er im Geschäft war. Nichts passierte. Es roch nach kalten Rauch und Dingen, die er gar nicht erst zuordnen wollte. Irgendwo stöhnte eine Frauenstimme aus Lautsprechern.

Leo schob ihn weiter vor sich her in Richtung Kasse.

»Zwei Tickets für die Show und das Kino?«, fragte der Verkäufer hinter der Theke.

»Gerne«, sagte Leo mit erstaunlich fester Stimme und tauschte einen Geldschein gegen Eintrittskarten.

Der Verkäufer wies ihnen den Weg und Xaver bewegte sich wie in Trance auf den Eingang zu. Drinnen war es warm und stank nach Schweiß, ungewaschenen Menschen und verschütteten Getränken. Der Boden klebte und gab Xavers Schuhe nur widerwillig für den nächsten Schritt frei.

In Xavers Kopf schrie es *Raus!,* doch seine Füße gingen einfach immer weiter. Alles andere hätte eh keinen Zweck gehabt, denn Leo war dicht hinter ihm und der hätte jeden Fluchtversuch vereitelt. Der Gang mündete in einem großen, durch ein paar Scheinwerfer spärlich erhellten Raum, in dessen Mitte sich eine angestrahlte runde Bühne mit einer senkrechten Stange befand. Sie war umgeben von Sesseln, von denen selbst um diese Uhrzeit einige besetzt waren. Aus Lautsprechern dröhnte Musik, Leo schubste Xaver in einen Sessel und setzte sich daneben. Xavers Puls ließ seinen Hals flattern, es fühlte sich an wie kurz vor dem Kollaps.

»Jetzt einfach zuschauen, entspannen und genießen«, empfahl Leo und machte es sich im Sessel bequem, als befände er sich zu Hause. »Showtime«, flüsterte er und stierte gebannt zur Bühne. Dort schritt mittlerweile eine wasserstoffblonde große, schlanke Frau, bekleidet mit einem hauchdünnen Stück Stoff, von Zuschauer zu Zuschauer. Vor Xaver blieb sie stehen, beugte sich weit vor, ließ dann den Umhang fallen und stand nur noch in megaknapper Unterwäsche da.

Wuahhh ... Xaver spürte, wie seine Hände sich in die Armlehnen krallten. Die große Blonde lächelte ihn an, ließ ihre Zungenspitze an den tiefroten Lippen entlanggleiten, richtete sich dann auf und drehte sich von Xaver weg.

Kurz war er erleichtert, doch sie hatte sich nur gedreht, um sich nun von ihm weg nach vorne zu beugen. Eine winzige Schnur zwischen den Pobacken sollte wohl so eine Art Slip darstellen, aber Xaver glaubte, alles sehen zu können.

Als die Stripperin weiterging, war er nass geschwitzt.

»Kannst den Mund wieder schließen, Alter«, sagte Leo grinsend. »Na? Ist das Hammer?«

Er musste echt dämlich ausgesehen haben, mit weit aufstehendem Mund und herausquellenden Glupschern, doch bevor Xaver weiter drüber nachdenken konnte, fiel auch der BH.

Schockstarre machte sich breit und sein Unterleib begann zu schmerzen. Vielleicht sollte er zur Beruhigung mal das Kino aufsuchen?

Er sagte Leo Bescheid, ignorierte dessen Protest und bahnte sich seinen Weg durch den dunklen Korridor. Auf der Leinwand im Kino sah er die stöhnende Frau, die er schon dumpf im Laden gehört hatte, nun in voller Größe. Oh Mann, dröhnte es in Xavers Schädel, dennoch setzte er sich in die Mitte einer Stuhlreihe. Außer ihm schienen sich noch ein paar andere Zuschauer im Raum aufzuhalten, doch es war zu dunkel, um sie genau zu erkennen. Wie aus dem Nichts setzte sich da jemand direkt neben ihn. Er roch nach einer Mischung aus kaltem Rauch, schalem Bier und Schweiß und auf einmal war da ein sanfter Druck auf seinem Knie.

Was zum Teufel?, dachte Xaver und spürte, wie dieser Druck zielstrebig seinen Oberschenkel entlangwanderte. Scheiße, was sollte *das* denn jetzt?

Die Hand wanderte weiter nach oben und da wurde Xaver endlich klar, dass der Kerl ihn ernsthaft befummelte.

»Geht's noch?!«, zischte er und schubste kurzerhand den Arm des Typen weg, sprang auf und eilte zur Toilette, die er im dunklen Gang auf dem Weg ins Kino gesehen hatte. Ein Schwall Mageninhalt kämpfte sich hoch und landete größtenteils in der Kloschüssel.

Was mache ich hier eigentlich?, fragte sich Xaver erschöpft und schaute sich im total versifften Klo um.

»Hallo? Xaver ...? Bist du hier??« Das war Leos Stimme, noch nie hatte sich Xaver so sehr über Leos Stimme gefreut.

Gemeinsam sprinteten sie durch den Shop nach draußen und blieben erst nach ein paar Hundert Metern stehen. Xaver hielt sich die stechenden Seiten. Sein Herz raste.

Während sie die Zeit im Joyclub noch einmal minutiös durchgingen, ausmalten und weiterspannen, machte Xaver im Geiste schon mal einen halben Haken hinter *nackte Frau gesehen*. Der Slip hatte nämlich einfach nicht fallen wollen.

Immer noch völlig entgeistert, berichtete Xaver abschließend auch noch von der Fummelattacke im Kino.

»Xaver, du bist ja ein ganz schlimmer«, lachte Leo und kriegte fast keine Luft mehr. »Da lässt man dich kurz von der Leine und schon machste die Pädos ganz wuschig!«

Xaver konnte Leos Lachkrampf nicht widerstehen. So, wie der das nun sah, war es irgendwie einfach lustig.

Den neuen Hoodie versteckte er zu Hause im Schrank. Duschen und schlafen. Mehr wollte er nicht.

Er zog sich aus und stellte sich unter die Dusche. Heiß – kalt – heiß – kalt – heiß – kalt. Xaver wechselte immer dann die Temperatur, wenn er sich gerade an eine gewöhnt hatte. Mit dem Wasser löste sich etwas vom Druck des Tages. Charly, Piet, Hoodie, Tabledance, Kino, langsam wurde es ein bisschen besser. Nach einer halben Stunde stellte er das Wasser ab, schlüpfte in den Bademantel und legte sich auf sein Bett.

Irgendwann spürte er sanftes Rütteln an seiner Schulter.

»Xaver. Aufwachen.« Es war Xavers Mutter.

»Ich kann jetzt nicht, ich bin gerade sehr beschäftigt«, ächzte er.

»Komm, es ist schon siebzehn Uhr. Schau mal, ich hab dir einen Milchkaffee mitgebracht. Trink einen Schluck.«

Xaver war nun zwar wach, aber er hatte nicht den blassesten Schimmer, wie er seiner Familie nach dem, was heute alles passiert war, nun wieder in die Augen schauen sollte. Er stellte sich weiter schlafend, um Zeit zu gewinnen.

Natürlich könnte er auch von seinem Tag berichten: »Ja Mom, stell dir vor, ich war mit Leo im Stripclub mit 'nem Pornokino! Wow, das war vielleicht cool da! Und bei dir so?«

»Komm, Xaver. Aufstehen, Krone richten und weitergehen«, sagte sie sanft. Das war Moms Lebensmotto. Sie wäre die Topbesetzung als Kummertante in der Zeitung. Mann gestorben? Aufstehen und weitergehen! Schwere Krankheit? Aufstehen und weitergehen! Schwangerschaft? Aufstehen und weitergehen! Keine Schwangerschaft? Aufstehen und weitergehen! Und nicht vergessen: Nun ist es so. Und wie es ist, ist es gut.

»Was auch immer dich quält. Wenn du magst, erzähl es mir, wenn nicht, lass es in deinem Kopf«, schlug Mom munter vor.

In meinem Kopf, das ist gut. Wo zum Teufel ist die dritte Möglichkeit? Ich möchte die Variante, bei der ich diesen Mist aus dem Kopf herausbekomme, ohne irgendwem davon erzählen zu müssen. Vielleicht schaffe ich es ja, mich so zu verstellen, dass keiner sieht, was zwischen meinen Ohren so passiert. Dann wäre ich gerettet und mein Leben noch nicht ganz im Eimer. Einmal Reset also, dachte Xaver und richtete sich mühsam auf. Seine Mutter reichte ihm den Becher.

»Hier, dein Muntermacher.« Sie lächelte. Der Schulverweis schien also wenigstens kein Thema mehr zu sein. »Komm doch runter zu uns und häng hier nicht in deinem Pumakäfig herum.«

Xaver fand es früher ja mal ganz witzig, dass sein Zimmer Pumakäfig genannt wurde, bis er zum ersten Mal im Zoo bewusst an einem Pumagehege stand und vor lauter Gestank fast keine Luft mehr bekam.

Seine Mutter riss die Fenster auf und pflückte automatisch im Vorbeigehen die auf dem Boden verstreute Wäsche auf.

»Toni hat übrigens eben angerufen und wollte dich besuchen. Vielleicht meldest du dich gleich bei ihr? Ach ja, und dann habe ich noch Charly getroffen, so heißt sie doch, die große Blonde, oder? Sie fragte nach dir. Die ist ja immer so nett! Und hübsch ist sie auch noch. Wär das nicht was für dich? Mit der könntest du doch mal weggehen, oder?«

Xaver wusste nicht, was er darauf antworten sollte, doch seine Mutter war eh bereits wieder verschwunden.

Xaver fühlte sich fremd und wenig zugehörig, als er das Wohnzimmer betrat und fröhlich von Dad und seiner Schwester begrüßt wurde. Die drei saßen zusammen und aßen frischen Erdbeerkuchen, als wäre nichts geschehen.

»Xavi! Xavi, setz dich hierhin, ich muss dir was zeigen«, rief Issy und drückte ihn auf den Stuhl neben sich. »Warte, ich hol es aus meinem Zimmer.«

Sie rannte singend nach oben und hinterließ Stille.

»Schlicht hat übrigens gesagt, du kannst Freitag einfach wiederkommen«, erzählte Mom, »aber es müsse auf jeden Fall ein Gespräch mit uns Eltern stattfinden und eine Konferenz mit dir. Mensch, warum musstest du diesen Jungen nur schlagen? Du hättest doch auch mit ihm reden können ...«

»Mit Piet reden? Is' klar. Was hätte ich denn sagen sollen? ›Du, Piet ... Also, wenn du mich da einfach so nachäffst, das finde ich echt nicht okay von dir, weißt du? Kannst du das bitte sein lassen?‹«

»Zum Beispiel«, sagte Dad grinsend. »Wäre doch ein guter Ansatz gewesen.«

»Arne, das ist jetzt ernst, mach keine Witze darüber«, schoss Mom gegen Dad. »Oder ihr hättet das auch mit diesem Mediationslehrer klären können. Aber schlagen ... so haben wir dich nicht erzogen.«

So nicht erzogen? War das nicht gerade das Problem? Diese

tolle Erziehung gegen Gewalt, Konsum und Sex? Na, vielen Dank dafür.

Xaver brummte als Antwort ein paar sinnleere Laute, um etwas Zeit zu schinden. Es konnte sich schließlich nur um Sekunden handeln, bis Issy die Treppe herunterpolterte und mit ihrem lautstarken Erscheinen die aufkeimende Moralpredigt vorerst killen würde.

Und da kam sie schon. Auf seine Schwester war Verlass.

»Schau mal, ich habe heute eine Urkunde in der Schule bekommen, weil ich das erste Leseheft durchhabe, und das war soooooo dick.« Issy hielt ihre gestreckten Hände etwa zehn Zentimeter auseinander und blickte, wichtig nickend mit gespitzten Lippen, hindurch. »Und *jehetzt* hab ich ein neues Buch. Da geht's um Pferde und Hunde und das lese ich dir gleich vor!«

Xaver musste grinsen, wenn auch nur sehr matt. Issy rutschte auf seinen Schoß. Ihre Haare kitzelten in seiner Nase und sie duftete so gut nach Resten von Kokosnuss-Shampoo, Sonnenmilch, Erdbeerkuchen und Unschuld. Er streichelte ihre weichen Haare und wünschte sich in diesem Moment nichts sehnlicher, als wieder sechs Jahre alt zu sein. Voller Energie und Lebensfreude. Dreckig, ausgetobt mit Regenwürmern in der Tasche und der Gewissheit, am Abend in der Badewanne auf eine jener großen Seeräuberreisen zu gehen, die immer in einem schweren Sturm endeten, aus dem er von Mom oder Dad in letzter Sekunde gerettet wurde.

All das war in diesem Moment so lebendig, fast als wäre es real. Mit tausend Gedanken im Kopf vergrub Xaver sein Gesicht im Haar seiner Schwester und spürte, wie alles in ihm ganz schwer wurde.

»Ihhhh, das ist ja ganz nass. Was hast du gemacht, Xavi? Weinst du?«, fragte Issy.

»Quatsch, nein. Entschuldigung«, stammelte Xaver, setzte Issy ab und stand auf, um ins Bad zu gehen.

Scheiße, er hatte echt geweint. Rote Augen blickten ihm ratlos aus dem Spiegel entgegen. Er wusch sich das Gesicht und kehrte zurück ins Wohnzimmer. Issy hatte bereits das Sofa zur Leseecke umfunktioniert und klopfte auffordernd auf den Platz neben sich. Xaver setzte sich und hörte Issy zu, wie sie voller Stolz, aber noch leicht stockend begann vorzulesen.

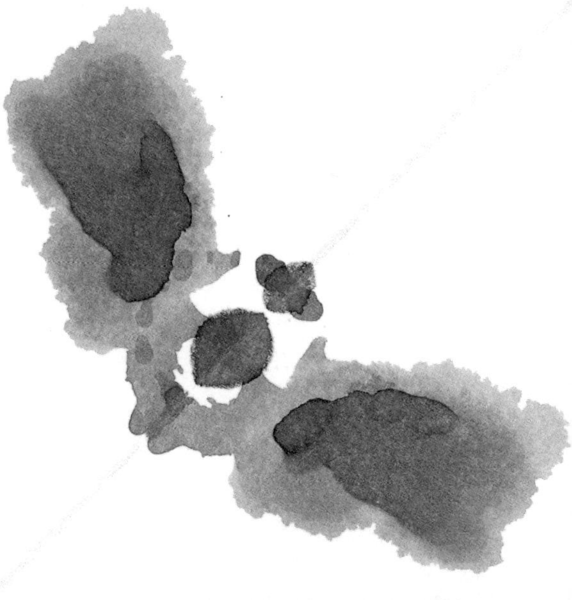

8

Flashback

Nach dem ersten Kapitel beschlossen die beiden, sich um das Abendessen zu kümmern. Issy wünschte sich als Soundtrack zum Backen Musik vom Pandabären, also *Cro*. Bei Issys Lieblingslied »Einmal um die Welt« drehte sie die Lautstärke auf und begann, mit ausgebreiteten Armen durch die Küche zu fliegen. Xaver folgte ihr, wie ein Flummi hüpfend. Das Schneidebrett wurde zur Gitarre, die Gurke zum Mikro, der Küchenboden zur Bühne. Issy kletterte auf die Arbeitsplatte und gab alles, Xaver hüpfte weiter am Boden kreuz und quer durch den Raum. Dann bemerkte er vor dem Küchenfenster ein rotes Longboard, das nur geringfügig von seiner Besitzerin Toni überragt wurde. Sie hatte die rechte Hand zum Surfergruß in die Höhe gereckt und schüttelte ihr langes braunes Haar im Rhythmus der Musik. Das Lied hörte auf und Toni brüllte, dass Xaver es durch das geschlossene Fenster hören konnte: »Was ist das für ein erbärmlicher Krach? Hat hier ein neuer Club eröffnet oder was?«

»Toni!!«, rief Issy und rannte zur Tür. Sie liebte Toni und bezeichnete sie standfest als ihre Geheimschwester. Kurz darauf zog Issy die grinsende Toni hinter sich her.

»Großartige Show heute Morgen!«, sagte sie und schlug Xaver freundschaftlich auf die Brust.

»Was denn, Xaver?«, wollte Issy wissen.

»Nichts. Lass uns später drüber reden, Toni«, antwortete er und versuchte, Toni mit einem unauffälligen Kopfschütteln klarzumachen, dass das jetzt nicht der richtige Zeitpunkt war, um über seinen kleinen Austicker zu reden.

»Komm, wir backen Pizza. Hilf uns«, forderte Issy.

Xaver fand diesen Vorschlag total beknackt. Klar war Toni im Grunde eine Art Schwester und gehörte fast zur Familie, aber im letzten Jahr hatten sie immer weniger miteinander zu tun gehabt. Er war auf der Suche nach Spaß, Mädchen und Party, da störte ein schwesternähnlicher Anstandswauwau massiv und produzierte nur unangenehme Momente am Fließband. Egal, was er tat, Toni schien immer etwas daran aussetzen zu haben. Und das konnte er gerade echt nicht gebrauchen.

Seine Kumpels zogen ihn schon regelmäßig mit Toni auf: »Frag mal deine Aufpasserin, ob du das darfst«, oder: »Was sagt denn deine Anstandsdame dazu, dass du Bier trinkst?«

Toni war nicht unbeliebt, aber sie gehörte halt nicht zu den Coolen. Sie war die Sorte Mensch, die immer darauf bestand, »sie selbst« zu sein, und all die Sachen, die Xaver gerade besonders viel Bock machten, waren nichts für sie. Zu läppisch, zu gefährlich, zu langweilig, blabla. Was sollte Xaver mit einer solchen Spaßbremse anfangen? Sie hatte keine Feinde, aber auch keine richtig festen Freunde. Gut, sie hatte schon welche, aber keine, auf die Xaver an ihrer Stelle stolz gewesen wäre. Es waren halt so Typen, die sich auch nur auf Skateboards fortbewegten, vom Atlantik schwärmten und sich mit riesiger Ausdauer gegenseitig Videos von Surfern in Monsterwellen zeigten.

In einem Urlaub vor drei Jahren hatte Toni zum ersten Mal auf einem Surfbrett gestanden und war seitdem völlig besessen von diesem Thema. Aber auch so hatte Xaver immer weniger mit ihr anfangen können. Deshalb hatte er sich zunehmend abgewendet und sah sie seit längerer Zeit nur noch in der Schule.

Eigenartig, dachte Xaver. Früher haben wir mehr oder weniger zusammengewohnt, sind zusammen mit unseren Familien in den Urlaub gefahren und haben uns im Dunkeln unter einer Bettdecke vor den Geräuschen der Nacht gegruselt.

Immer für dich da, von jetzt bis zum Tode. Ich für dich, du für mich, hatten sie gesagt, während sie ihre aufgeritzten Handrücken gegeneinandergepresst hatten.

Aber das war Kinderkram und sehr lange her.

In Gedanken versunken, hatte Xaver gar nicht mitbekommen, dass Toni bereits mit Issy den Teig rührte. Es machte keinen Sinn mehr zu widersprechen, weshalb Xaver sich seinem Schicksal beugte und weitere Zutaten organisierte.

Die Musikrichtung hatte sich abrupt geändert, Toni hatte anscheinend ihr Smartphone mit der Anlage verkoppelt. Statt *Cro* dröhnte nun ziemlich harte Surfermucke aus den Boxen. Issy tanzte schon wieder und auch Toni rockte die Zwiebeln in Ringe und sprang zwischendurch wie wild durch die Küche. Xaver stand still da und tippte nur mit dem Fuß den Takt. Er liebte es zu tanzen, aber nicht, wenn andere mit im Raum waren.

»Hey, Xavi, mach mit«, quiekte Issy atemlos, und bevor er etwas sagen konnte, begann sie schon, an seinen Hosenbeinen zu ziehen. Mit jedem Beat schrumpfte sein Widerstand und er begann mitzutanzen. Als er sich zu Toni drehte, sah er sie mit fliegenden Haaren in der Mitte des Raumes wie ein Rockstar auf der Bühne. Sie sah verändert aus und bewegte sich irgendwie verdammt cool. Da kam sie lachend auf ihn zu und umfasste seine Schultern mit ausgestreckten Armen. Er konnte winzige Schweißperlen auf ihrer Nasenspitze erkennen und ihren warmen Atem spüren.

»Was ist los?«, fragte Toni und schaute ihn schief an, als der Song gerade zu Ende ging.

Xaver zögerte, wusste selber nicht so genau, was er hatte. »Nichts«, presste er hervor und sie beide zuckten etwas zusammen, als der nächste Song sehr laut den Moment zerriss.

Als die Pizza wenig später auf dem Blech im Ofen lag, verabschiedete sich Issy bis zum Abendessen noch kurz zum Spielen mit einer Nachbarsfreundin und die Musik endete. Es wurde auf einmal sehr still und viel zu eng in der Küche, so alleine mit Toni.

Sie beide lehnten sich gegen die Arbeitsplatten und schauten einander etwas unsicher an.

»Wie geht's dir?«, fragte Toni. »Hab das Gefühl, wir haben ewig nicht mehr geredet.«

Xaver zuckte mit den Schultern. »Geht so.«

»Piet ist den ganzen restlichen Tag o-beinig durch die Schule gelaufen.«

Das brachte ein kleines Grinsen auf Xavers Lippen. Er räusperte sich. »Musste sein. Der Typ hatte es nicht anders verdient.«

»Mag sein, aber du warst ganz schön aggro. So kenn ich dich gar nicht.«

»Na ja, er hätte mich halt nicht so provozieren sollen.«

»Super, und jetzt hast du 'nen Schulverweis. War Charly das echt wert?«

»Oho. Daher weht der Wind«, sagte Xaver genervt. »Nein danke, ich habe keine Moraldusche bestellt.«

Er wendete sich ab. Jetzt wusste er wieder, warum Toni in seiner Nähe eine schlechte Idee war.

»Ist keine Moraldusche«, verteidigte sie sich. »Ich verstehe nur einfach nicht, wieso sich alle um ein Mädchen reißen, das bereits mehr Typen hatte, als sie es mit ihren kümmerlichen Mathekenntnissen überhaupt erfassen kann.«

»Höre ich da Neid?«, fragte er. »Das sagst du doch nur, weil dich noch keiner gefickt hat. Pass gut auf, dass du keine alte Jungfer wirst.«

Toni hob beide Augenbrauen und der verletzte Blick auf ihrem Gesicht brachte Xaver dazu, sich zu wünschen, er könnte die Worte gleich wieder zurücknehmen.

»Ja, du hast recht«, zischte Toni. »Ich habe noch nie mit jemanden *gefickt,* aber weißt du, was? Mich juckt das gar nicht. Wird sich schon irgendwann ändern und bis dahin ... hab ich zehn ziemlich coole Alternativen ...« Sie hielt ihre Hände hoch und wackelte mit ihren Fingern. »Und die haben's echt drauf!«

Xaver schnappte nach Luft, konnte kaum glauben, dass Toni ihm das einfach so erzählte.

»Charly ist nicht so, wie alle sagen«, lenkte er ab. »Mich mag sie und ich mag sie und ich kenne sie auch ohne ihre Machofreunde. Wenn ich sie allein treffe, ist sie ganz anders, als alle denken.«

»Und wann trifft sie dich mal alleine? Wenn du ihr ihren Lieblings-Tripple-extrateuer-Kaffee spendierst, ihr für die Schule hilfst oder sie gerade mal überhaupt keinen anderen findet?«

Bevor Xaver etwas antworten konnte, ertönten Schritte und im nächsten Moment betrat Xavers Mutter die Küche.

»Ach, Toni, du bist auch hier«, meinte sie mit einem Strahlen. »Wie schön. Und es duftet nach ... Pizza?«

»Ja, ist gleich fertig, viel Spaß damit«, murmelte Xaver und schob sich an den beiden vorbei. Er spürte, dass Toni ihn anstarrte, vielleicht sogar noch mehr sagen wollte, aber er musste jetzt einfach weg.

In seinem Zimmer schmiss er sich aufs Bett. Wieso machte Toni das dauernd? Ihm jegliche gute Laune zu nehmen, wann immer er sie sah. Und er hasste sie ein bisschen dafür, dass er nichts, was sie über Charly gesagt hatte, widerlegen konnte.

Es klopfte leise an der Tür. Xaver starrte an die Decke und hörte, wie die Türklinke heruntergedrückt wurde.

»Xaver? Es tut mir leid«, erklärte Toni, die nun in der Tür stand. »Ich hätte das nicht sagen sollen.«

Xaver presste die Augenlider zu. »Hast du aber.«

Toni ging zu seinem Bett und setzte sich unaufgefordert auf den Matratzenrand.

»Was mit dir und Charly ist, geht mich ja nichts an. Ist mir nur so rausgerutscht. Seit Wochen seh ich, wie sich bei dir alles nur noch darum dreht, was du machen musst, um ihre Aufmerksamkeit zu bekommen. Wenn ich dich beobachte, werde ich manchmal richtig wütend. Du bist doch ein klasse Typ, warum biederst du dich so an?«

»Ja, ich bin ein ›klasse Typ‹«, wiederholte Xaver mit einem abfälligen Schnauben. »Schulverweis, Konferenz in Planung, und verschossen in das angebliche Schulflittchen. Sag doch, wie es ist.«

»Das zählt doch alles nicht. Ich meine dich so ... insgesamt.« Sie schwieg für einen Moment, starrte intensiv auf ihre Hände und presste kurz die Lippen zusammen. Dann atmete sie einmal tief ein und stand auf. »Na ja, egal ... ich habe dir die Schulsachen von heute unten ins Wohnzimmer gelegt. Schlicht sagt, du musst alles zu Hause nachmachen. Ich schmeiße sie dir morgen am besten einfach nur in den Briefkasten, okay?« Sie wandte sich ab und ging in Richtung Tür.

»Toni?«

»Ja?«

»Ist nicht immer alles leicht, mit dem Leben, oder?«

Langsam drehte sie sich um und zuckte mit den Schultern. »Hängt viel von einem selbst ab, denke ich.«

»Toni?«

Jetzt lächelte sie. Zumindest ein kleines bisschen. »Ja?«

»Können wir die Zeit noch mal zurückdrehen?«

»Was?«, fragte sie verwirrt. »Um 30 Minuten?«

»Nö. Ich dachte eher so an zehn Jahre?«

Das Lächeln wurde zu einem breiten Grinsen. »Du meinst, als wir Piratenschiffe aus Sofakissen gebaut haben?«

Xaver lachte. »Und Wolldecken als Segel.«

»Seemonster jagen unterm Sofatisch.«

»Mit Gummistiefeln Frösche fangen.«

»Ameisen dressieren.«

»Marshmallows grillen.«

»Versuchen, bis Mitternacht aufzubleiben.«

Xaver blickte Toni unsicher an. »Bleibst du bitte noch ein bisschen hier?«

Als Toni sich wortlos zurück auf den Bettrand sinken ließ, richtete Xaver sich auf. »Ich hab Lust, Fotos anzuschauen. Wollen wir Pizza hochholen?«

Toni nickte und sie kamen mit einem großen Teller Pizza und einer Schale mit Gurken und Tomaten zurück. Zusammen setzten sie sich auf sein Bett und blätterten durch die Fotoalben. Auf einem Foto strahlten ein Junge mit strubbeligen Haaren und ein Mädchen mit zwei Zöpfen voller Selbstbewusstsein, aber ohne Schneidezähne in die Kamera. In der Hand hielten sie zwei riesengroße Schultüten. Aus den zarten Schulanfängern wurden überhebliche Viertklässler, die dann in der neuen Schule wieder zu schüchternen Fünftklässlern mutierten. Sie wurden kesse Achtklässler und verwandelten sich in verunsicherte Jugendliche.

»Irgendwie ist das doch komisch«, überlegte Xaver laut. »Man wird groß und vieles ist so normal und dann bist du nur ein bisschen älter und auf einmal ist alles anders. Schau mal Issy an: So, wie die eben einfach rumgetanzt ist, habe ich das früher auch gemacht. Heute stehe ich auf 'ner Party, es läuft die geilste Musik und ich traue mich nicht, mich zu bewegen.«

»Aber du kannst es doch.«

»Was?«, fragte Xaver verwirrt.

»Tanzen.«

»Ja. Privat. Aber wenn ich die coolen lockeren Typen auf den Partys sehe, werde ich neidisch.«

»Du tanzt besser als alle zusammengenommen.« Toni schüttelte verständnislos den Kopf.

»Jetzt schleim mal nicht rum.«

»Ach komm. Schau sie dir nur an, diese verklemmten Möchtegernschönis.«

»Mag sein, aber sie trauen sich, im Gegensatz zu mir. Dann doch besser scheiße tanzen als dumm rumstehen.«

Toni zuckte mit den Schultern. »Es liegt an dir, ob du abgehst oder stehst.«

»Ist das jetzt irgend so ein oberschlauer Alles-ist-gut-Chartbreaker-Deutschrock-Songtext?«

»Nö, das ist von mir. Mein persönlicher Soundtrack des glücklichen Lebens.«

»Boah, wie schmalzig. Aber zu dir passt es irgendwie. Du traust dich da viel mehr.«

»Ach Quatsch. Einfach bewegen und dann läuft das«, entgegnete Toni. »Denk beim nächsten Mal, du stehst mit Issy und mir in der Küche.«

»Wenn du so was sagst, klingt es immer so simpel.«

»Es *ist* simpel.«

Xaver grinste bitter. »Ja. Für dich.«

»Nein, für den, der sich traut.«

Xaver verdrehte die Augen und blätterte weiter. Als das letzte Album zugeklappt war, standen sie auf, streckten sich und gingen nach unten. An der Haustür griff Toni in die Hosentasche und zog einen Schlüsselanhänger in der Form eines Longboards hervor.

»Hier. Als Erinnerung, dass ich immer für dich da bin, wenn du Hilfe brauchst. Ich weiß, dass wir in letzter Zeit ... na ja, es war oft nicht wirklich perfekt mit uns. Aber ganz ehrlich, Xaver: Mach dich nicht verrückt, denn du bist schon verdammt okay.« Damit gab sie Xaver blitzschnell einen Kuss auf die Wange und verschwand.

Xaver schaute sich den Schlüsselanhänger an und betastete die Stelle an seiner Wange, die sich nach dem Kuss gerade seltsam anfühlte. Das Board befestigte er an seinem Schlüsselbund.

»Xavi ... bringst du mich ins Bett?«, rief da seine Schwester vom Flur.

Xaver erwachte zum Leben, schnappte sich seine Schwester und trug sie als lebendigen Schal nach oben. Umziehen, Zähne putzen, Geschichte vorlesen, Monstercheck unterm Bett und im Kleiderschrank, Lieblingskuscheltier holen, zweitliebstes Kuscheltier suchen, unter dicke, weiche Decken betten und das Nachtlicht anschalten.

Zurück in seinem Zimmer öffnete er sein Notizbuch und machte die ersten Haken. Klar blieb nicht mehr viel Zeit, aber wenn er in dem Tempo weitermachte, könnte der Plan aufgehen.

Zum Glück hatten sich seine Eltern wieder halbwegs beruhigt. Selbst Mom kam später noch mal kurz rein, um zu sagen, dass Piet das vielleicht ja doch verdient hatte und er die Zeit durch den Schulverweis doch einfach für sich nutzen solle.

Erschöpft schlief Xaver ein. Und so langsam begannen sich die zwei freien Tage, die vor ihm lagen, doch nach dem Start eines kleinen Zusatzurlaubs anzufühlen.

9

Fleischwunde

Es war zehn Uhr, als Xaver aufwachte. Er fühlte sich ausgeschlafen und deutlich kräftiger als noch am Vorabend. »Nutze die Zeit«, hatte Mom gesagt. Yepp dachte er und stand ruckartig auf. Unten war der Frühstückstisch für ihn gedeckt, als habe er schon heute Geburtstag. Auf dem Teller lag ein Zettel, auf den Issy ein Herz neben einer Nachricht seiner Mutter gemalt hatte: *Sind alle ausgeflogen, kommen erst am Nachmittag wieder. Lass es dir gut gehen! Mom.*

Xaver drückte den Knopf für einen Cappuccino und schaltete die Anlage an. Satte Bässe wummerten aus den Boxen und Seeed sang sein *Wonderful life.* Es war ein neuer Tag und Xaver blickte nach vorne. Es gab viel zu tun, denn seine Mission lautete weiterhin: *Charly küssen.*

Nach dem Frühstück setzte er sich mit dem Notizbuch und seinem Laptop unter den Sonnenschirm auf die Terrasse. Kurze Hose, Shirt, 27 Grad. Die anderen hockten jetzt in der Schule. Es hätte schlimmer kommen können.

Er öffnete das Buch, wählte die heutigen Aufgaben aus und setzte seine Mission fort.

Zuerst die Recherche zum Thema Bartwuchs. Die Suchabfrage *Mehr Bartwuchs* brachte 125.000 Treffer, er schien nicht alleine mit diesem Problem zu sein. Beim Durchklicken von

Videos sah er eine Menge haarloser Typen, die erstaunlich offen berichteten, was sie für eine üppiger sprießende Gesichtsbehaarung unternahmen. Bilder mit Vorher-nachher-Vergleichen sollten die Erfolge belegen. Taten sie meist aber nicht. In diversen Blogs und auf Ratgeberseiten standen dagegen handfeste Anleitungen. Leider widersprachen sich viele Tippgeber und Xaver merkte, dass ihn die Suche zunehmend verwirrte. Außerdem hielt er jede Recherche, die 15 Minuten überschritt, für nicht tragbar. Er wählte deshalb nur die für ihn vielversprechenden Tipps aus und notierte sie in seiner Kladde:

Mehr Bartwuchs durch ...

- regelmäßiges Rasieren (umstritten, aber billig)

- haarlose Stellen mit Senf und Knoblauch einreiben oder stark mit Eis kühlen (ziemlich easy und auch billig)

- regelmäßigen Sex

- Bartwuchsmittel (sehr teuer)

Xaver entschied sich für die ersten zwei Punkte und notierte: *Rasierer, Rasierschaum, Senf, Knoblauch*

Der Tipp mit dem Sex war natürlich völlig bescheuert. Xaver wollte ja einen Bart haben, um genau diesem Ziel näher zu kommen. Tja, da beißt sich die Katze in den Schwanz, gab Mom im Geiste ihren Senf dazu.

Ließ sich derselbe Effekt auch durch Handarbeit erreichen oder schüttete das alleine noch nicht die für den Bartwuchs erforderlichen Hormone aus? Es könnte ja sein, dass der Körper es merkt und denkt: »Ganz nett, aber hey, das ist ja nur 'ne Hand. Da machen wir nun aber mal nix mit Hormonen und so.«

Vielleicht könnte er auch ein bisschen tricksen. Er tippte in die Suchmaschine *gefühlsechtes Onanieren* ein. Eine weitere gigantische Trefferliste. Xaver überflog die Tipps, entdeckte erst nichts Interessantes, bis er schließlich mit offenem Mund in einem seltsamen Forum auf die Einträge und Fotos starrte. Die Ideen waren größtenteils viel zu verrückt für seinen Geschmack. Fassungslos notierte er eher als Gag die unglaublichste Technik in seinem Buch: *Krassester Weg zum Onanieren: Steck ihn in Hackfleisch.*

Wie krank ist das denn?, dachte er und machte sich sogleich mit seiner Einkaufsliste auf den Weg zum Supermarkt um die Ecke. Er kaufte Rasierer, Schaum und Knoblauch. Beim Senf entschied er sich für den extrascharfen mit den Chilis auf dem Etikett. Und dann stand er auf einmal an der Fleischtheke und bestellte Gehacktes.

»Wie viel soll es denn sein?«, fragte die nette, rundliche Verkäuferin, die schon in dem Laden arbeitete, seit Xaver denken konnte.

»Äh, weiß nicht«, antwortete er und merkte, dass ihm das Blut in den Kopf schoss. Er hatte überhaupt nicht geplant, jetzt ernsthaft Hackfleisch zu kaufen – es stand auch nicht auf seiner Einkaufsliste. Dennoch hatte ihn die Fleischtheke magisch angezogen. Aber vielleicht war ja was an dem Internet-Tipp dran und es war wirklich der ultimative Kick?

»Na, so ungefähr musst du es doch wissen.«

Er hielt seine beiden Hände vor den Körper, als hielte er einen unsichtbaren Ball, zog sie tarierend auseinander und schob sie wieder zusammen, um abzuschätzen, wie viel Hack wohl nötig sein würde, um ... na ja ... seinem Ziel möglichst nahe zu kommen. Im wahrsten Sinne des Wortes.

»*So* viel?«, fragte die Verkäuferin ungläubig, als Xavers Arme ungefähr den Durchmesser eines Medizinballes umfassten. »Wofür brauchst du das denn?«

Xaver verfluchte sich, dass er nicht in einen Supermarkt am anderen Ende der Stadt gefahren war. Einen, in dem ihn niemand kannte.

»Es soll ein Mettigel werden«, sagte Xaver und war erleichtert über diesen Einfall.

»Ein Mettigel? Dafür brauchst du höchstens ein Kilo«, antwortete die Verkäuferin stirunzelnd.

Heilige Scheiße, konnte die jetzt nicht einfach das Gehackte eintüten und ihn gehen lassen?

»Es wird ein sehr großer Mettigel. Eine Megaüberraschung«, stammelte Xaver.

»Na, so viel habe ich hier nicht mehr, da muss ich mal bei meiner Kollegin nachfragen, ob es noch Nachschub gibt ... Riiiiiita?!« Sie hatte sich umgedreht und in die Türöffnung zum Fleischraum gerufen.

»Nein, ich glaube, es reicht doch ... Habe mich nur verschätzt.« Xaver versuchte, beiläufig zu lachen, doch es kamen nur komische Laute aus seinem Mund.

»Nein, kein Problem, meine Junge.« Die Verkäuferin gab nicht auf und dann brüllte sie so laut, dass es wirklich der ganze Stadtteil hören konnte: »Der junge Mann hier braucht noch drei Kilo Gehacktes! Haben wir das noch?«

Zehn Minuten später schloss Xaver die Haustür auf. Er zog das Paket mit dem Hackfleisch aus der Einkaufstüte und legte es ausgepackt auf ein Schneidebrett.

Mist, es war viel zu viel und würde reichen, um den Torso der dicksten Frau der Welt zu formen. Er nahm Maß, verglich mit ergoogelten Fotos auf seinem Laptop und schuf allmählich ein weibliches Geschlechtsteil mit dem Ansatz zweier Beine und einem Stück Bauch in Perfektion.

Sah gut aus. Nun wurde es ernst. Er räumte weg, was er nicht mehr brauchte, und ging mit dem Brett in sein Zimmer. Das Ganze platzierte er auf dem Schreibtisch, ließ das Rollo herab und dann wusste er nicht, wie er vorgehen sollte. War der Tipp im Internet am Ende nur ein Scherz und er der Einzige, der es nicht kapiert hatte?

Er tauchte einen Finger in die Masse. Eiskalt, maximal sieben Grad, wie sollte denn da ein Körper denken: *Ui ... Sex!* Das war höchstens Sex mit Ötzi. Also marschierte Xaver mit dem Brett nach unten. Er stellte den Backofen auf 40 Grad und schob den Unterleib in den Ofen. Dann ging er wieder hoch, schaltete Musik an und wartete. Doch keine fünf Minuten später hörte er unten ein Geräusch. Ein Schlüssel im Schloss, dann Schritte.

»Oh lecker! Was machst du denn da, Xavi?«

Scheiße! Unten war Issy, und wo Issy war, war meistens auch seine Mutter. Und er lag hier im Bett, während im Backofen eine Hackpussy vor sich hin garte.

Niemals zuvor war Xaver schneller nach unten in die Küche gerannt. Seine kleine Schwester stand vor dem geöffneten Ofen. Sie hatte bereits das Backblech herausgezogen und betrachtete Xavers Kunstwerk.

»Xavi, das sieht total schön aus!«, freute sie sich und klatschte in die Hände. »Ist das ein Schmetterling?«

Erleichtert merkte Xaver, dass Issy nicht erkannte, worum es sich bei dem Haufen Mett handelte. Klar. Sie war ja nicht diejenige, die nach solchen Dingen im Internet forschte.

»Mir gefällt es noch nicht so ganz«, erwiderte er und verwischte mit seiner Hand die Form grob. »So ist es besser«, sagte er zufrieden.

»Nein, ich fand es vorher viel schöner!«, protestierte Issy mit trauriger Miene.

»Was macht ihr denn hier?«, hörte Xaver seine Mutter hinter sich.

»Och nix, ich probiere nur gerade was aus. Vielleicht eine Überraschung ...« Schnell kickte Xaver den Backofen zu.

»Okay, wir müssen auch direkt wieder los, wollten nur gerade noch die Geige holen. Die hatten wir heute Morgen total vergessen!« Seine Mutter drückte ihm einen Kuss auf die Wange und schon hatten die beiden die Haustür hinter sich geschlossen.

Xaver lehnte sich an die Küchenwand und rutschte kraftlos zu Boden. Er sendete den Mächten dieser Welt einen stillen Dank, dass es noch halbwegs glimpflich ausgegangen war.

Da klingelte die Zeituhr und Xaver nahm das Fleisch aus dem Ofen. Es fühlte sich warm an. In etwa Körpertemperatur. Er trug alles nach oben, überarbeitete die Form erneut und zog sich aus. Zitternd vor Aufregung, verhedderte sich die Unterhose bereits beim Herunterstreifen.

Doch dann, nackt vor der Fleischmasse stehend, stieg in ihm plötzlich eine gewisse Übelkeit auf.

»Xaver, du machst das jetzt für den Bartwuchs. Und für Charly, alles klar?«, spornte er sich selber an.

Seinem Schwanz schien all der Skrupel völlig fremd zu sein, aber was wollte man auch erwarten von einem Stück Körper, das einzig für zwei Jobs geschaffen war: pinkeln und poppen. Xaver bohrte vorsichtig mit dem Zeigefinger der rechten Hand eine Öffnung. Dann führte er das Brett näher an seine Hüften heran und begann, noch mehr zu zittern. Es fehlten noch fünf Zentimeter bis zum Ziel. Nicht viel, aber ...

Scheiße, er konnte das einfach nicht.

»Das ist doch total krank«, sagte er, stellte das Brett ab und transformierte die Fleischvulva mit einem festen Faustschlag wieder in das, was sie war: ein Berg Gehacktes.

Alle Erregung war von ihm gewichen und er fühlte sich zum Kotzen. Wie konnte er sich nur ernsthaft einreden, dass er einen *Metthaufen* vögeln wollte?

Ne, das ging definitiv zu weit. So wird das nichts mit deinem Projekt, du Superheld!

Er ließ das Wort »Hackfleisch« in seinem Notizbuch unter einem fetten Tintenklecks verschwinden, faltete das Blatt an der Stelle kurz zusammen und begutachtete das entstandene Werk. Eindeutig: eine Vagina.

Er musste weitermachen.

Nächster Punkt auf der Liste: Rasieren. Vor dem Badezimmerspiegel begann er, sich also einzuschäumen, und zog dann zum ersten Mal in seinem Leben mit der frischen, scharfen Klinge den Schaum weg. Wenige Sekunden später war er fertig, es gab ja auch nicht viel zu beseitigen. Nach dem Abspülen und Abtrocknen betrachtete er sich im Spiegel. Er sah aus wie vorher, nur ohne Flaum auf der Oberlippe. Auf jeden Fall besser, dachte Xaver. So kann wenigstens niemand mehr erkennen, ob ich schwachen oder keinen Bartwuchs habe. Selbstbewusst stellte er die Rasiersachen in sein Fach im Regal, damit auch seine Familie sehen konnte, dass aus dem kleinen »Xavi« ein Mann wurde.

Zufrieden betrachtete er sich von oben bis unten im Spiegel. Sein Blick blieb an seinen Lenden hängen.

Hm. Glaubte man den Internetseiten, waren Schamhaare ja absolut uncool. Eigentlich war Xaver heilfroh, dass wenigstens unten was wuchs, aber wenn jemand auf das abfuhr, was angesagt war, dann Charly.

Sein erstes Mal mit ihr sollte jedenfalls nicht an einem Urwald scheitern. Also begann er, sich nun auch unten einzuschäumen, bis nur noch eine Art gerupfter Palme inmitten einer Schneeverwehung zu sehen war, und rasierte sich dann vorsichtig. Das ging gut. Manchmal zwickte es ein bisschen, aber im Großen und Ganzen war es okay. Als er fertig war, wunderte er sich über die roten Schaumreste und schaute auf den Boden. Zwischen seinen Füßen hatte sich auf den Kacheln ein Muster aus kleinen roten Tropfen gebildet.

Oh Gott, ich habe mir in den Sack geschnitten, schoss es ihm durch den Kopf. Blut konnte Xaver nicht ertragen, zumindest nicht sein eigenes. Mit einem Handtuch um die Hüften tappte er panisch in den Keller und durchsuchte das Regal mit dem ganzen Apothekenkram nach Pflastern. Schließlich entdeckte er eine Packung mit Issys Prinzessinnenpflastern.

Was soll's, dachte Xaver, riss sie hastig heraus und verarztete sich gründlich. Am Ende sorgten acht tapfere Prinzessinnen für den Blutstopp. Xaver ging wieder nach oben, zog sich an und beseitigte die Spuren im Bad. Dann rieb er sich noch seine Bartzone mit einer Knoblauchzehe ein, auch wenn er nicht wirklich daran glaubte, dass das etwas brachte.

Erschöpft schaute er in den Spiegel und hoffte inständig, dass all der Mist nicht umsonst gewesen war. Mit letzter Kraft versteckte er das Notizbuch an gewohnter Stelle, warf sich dann auf sein Bett und schlief kurz darauf ein.

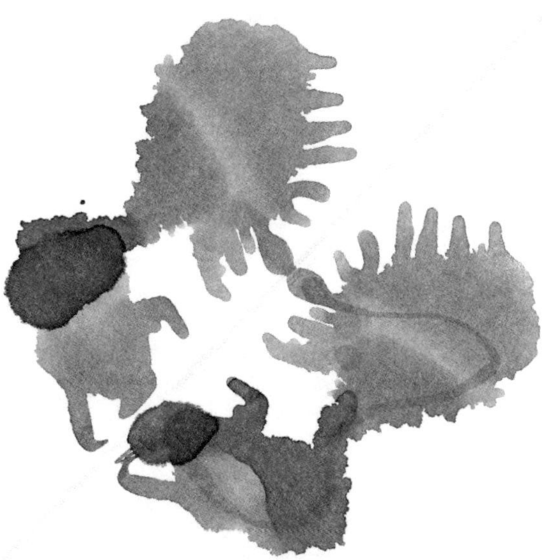

10 Verstimmungen

Er wurde von der Türklingel geweckt. Verwirrt schaute Xaver auf seinen Wecker. 15:25 Uhr. Schnell zog er sich an.

Unten stand Toni vor der Tür und hatte die heutigen Schulaufgaben dabei. Sie lächelte ihn etwas gezwungen an und er bedankte sich.

Die Vertrautheit des Vorabends war also wieder weg, dachte Xaver und merkte, dass er etwas enttäuscht war.

»In der Schule gab es ordentlich Stress heute«, erzählte Toni, während sie sich gegen den Türrahmen lehnte.

»Warum?«

»Max hat Florian k. o. gehauen.«

»Max Moretti?«, wiederholte Xaver etwas verwirrt. »Wieso das denn?«

»Keine Ahnung«, sagte Toni nachdenklich. »Ich meine ... Florian hatte eigentlich nichts gemacht. Max hat ihn einfach voll gegen die Wand geschubst. Und Flo ist mit dem Kopf so hart aufgeschlagen, dass er eine Weile sogar richtig weggetreten war.«

»Der Klassiker: Schläger Max sucht ein Opfer.« Xaver seufzte. »Und wieder einmal hat es Flo getroffen. Der Ärmste kriegt echt ständig eine von ihm drauf.«

»Und was, wenn doch mehr dahintersteckt?«, fragte Toni.

»Vielleicht gibt es ja einen Grund dafür, dass er immer Flo aufmischt.«

»Ach Quatsch. Flo ist halt einfach nicht sonderlich beliebt.«

Xaver zuckte mit den Schultern. Max suchte sich eben immer gerne die Schwachen aus. Doch bereits in der fünften Klasse wäre er fast von der Schule geflogen, weil er einem Achtklässler einen Zahn ausgeschlagen hatte. Nur die Tatsache, dass Max' Vater dem Schulleiter deutlich machte, was er als ansässiger Industrieller doch alles für die Schule tun könne, und eine vierstellige Sofortspende an den Förderverein hatten damals dafür gesorgt, dass er bleiben durfte. Aus dem noch halbwegs niedlichen Fünftklässler von früher war mittlerweile ein ziemlich bedrohlicher, muskelbepackter Jugendlicher geworden.

Xaver versuchte, möglichst wenig Kontakt zu ihm zu haben und sich so gut wie möglich aus seinen ständigen Mobbingaktionen rauszuhalten.

»Sonst hast du nichts dazu zu sagen?«, fragte Toni mit einem Stirnrunzeln.

Xaver zuckte mit den Schultern. »Du weißt doch, wie es ist: Keiner macht das Maul auf und Schlicht liebt die Spenden von Max' Papi.«

»Weil es ein korrupter und feiger Haufen ist!«, schimpfte Toni.

Sie hatte wenigstens manchmal Mut, sich gegen Max zu stellen, erinnerte sich Xaver. Das war dann immer ziemlich beeindruckend, wenn Toni völlig angstfrei dem zweieinhalb Köpfe größeren Max die Meinung geigte. Es war ihr sogar schon ein paar Mal gelungen, ihn in seiner Aggression zu bremsen.

Als Xaver nichts mehr erwiderte, seufzte Toni. »Na ja, dann mach's gut, ich muss dann wohl mal wieder, oder ...?«

Das offene Satzende schrie nach einem *Quatsch ... ne, komm doch noch mit rein ...,* aber Xaver wollte nach seinen Vormittagserlebnissen am liebsten einfach schnell zurück in seine Höhle. Alleine.

»Ja. Danke noch mal«, murmelte er deshalb nur. »Für die Aufgaben.«

Toni wirkte auf einmal müde, kraftlos und fast etwas traurig. Sie wendete sich ohne ein weiteres Wort ab und fuhr auf ihrem Longboard davon.

Xaver ging mit den Schulsachen steifbeinig ins Haus. Die Prinzessinnenpflaster zwickten echt extrem. Was für eine Vorstellung, sie irgendwann mal wieder entfernen zu müssen. Ein Pflaster am Arm nach einer Spritze reichte ihm eigentlich schon.

Mit einem Kaffee und dem Notizbuch setzte er sich auf die Terrasse. *Recherche Bartwuchs* hakte er ab. Ebenso *Rasieren.* Darunter ergänzte er: *Intimrasur,* ebenfalls abgehakt.

Days to go: 23 zeigte der Sperrbildschirm seines Handys. Er lehnte sich zurück und seufzte zufrieden. Vom Mett abgesehen, lief es ganz gut.

Nach dem Kaffee rasierte er sich erneut und schmierte Wangen und Kinn mit Senf ein. Dazu tunkte er seinen Finger in das Glas und verteilte alles gleichmäßig auf seiner Haut. Es kribbelte. Oh, es brannte eher. Xaver sog scharf die Luft ein und kniff die Augen zusammen. Shit. Es half nichts. Verdammt, das tat echt weh.

Er wanderte auf Zehenspitzen durch das Bad und schnitt Grimassen. Das hatte er schon immer bei nicht nachlassenden Schmerzen gemacht. Geholfen hatte es nie. Ganz allmählich wurde das Brennen dennoch etwas schwächer. Aus dem Spiegel glotzte ihn ein ziemlich dämlich aussehender Senf-Hipster an. Wie lange braucht das Zeug nun zum Einwirken? Je länger, desto besser wahrscheinlich. Xaver ging deshalb erst einmal in die Küche und begann, das Abendessen zu kochen. Das Hackfleisch musste weg. Er suchte online nach der Musik, die Toni am Tag zuvor hatte laufen lassen. Ein paar Sekunden später dröhnte sie aus den Lautsprechern. Xaver wippte im Takt und tänzelte vor dem Herd. Als alles in Ruhe vor sich hin köchelte, drehte er die Anlage noch weiter auf. Doch da waren seltsame Klopfgeräusche, die gar nicht zum Takt passten.

Als Xaver in Richtung Fenster tanzte, sah er Charly. Ach du Scheiße, was machte die denn hier? Sie trommelte energisch an die Scheibe, und als Xaver ihr die Tür öffnete, sah sie ihn völlig entgeistert an.

»Was ist das denn für ein Krach? Das hört sich ja furchtbar an!«

»Äh, muss versehentlich auf der Playlist gelandet sein«, redete sich Xaver raus.

»Und dein Gesicht ...« Charly zeigte ungläubig auf Xavers Kinn. »Hast du dich mit *Senf* eingeschmiert? Was zum Teufel?«

Xaver hatte völlig seine Bartmaske vergessen. Gott, war das peinlich! »Oh Moment! Ich bin gleich wieder da!«, rief er und rannte die Treppe hoch, um sich zu waschen. Nachdem alles ab war, schaute er in den Spiegel. Shit. Dort, wo eben der Senf war, leuchtete nun knallrote Haut. Das ist jetzt bitte nicht wahr, ächzte er innerlich. Dieser scheiß Senf hat mir die ganze Haut zerstört. Ich bin gebrandmarkt.

Doch das Problem schrumpfte auf die Größe eines Atoms, als er von unten Charly rufen hörte: »Xaver, schreibst du eigene Geschichten? Das wusste ich gar nicht!«

Oh nein. Lass sie bitte, bitte nicht ins Notizbuch gucken, dachte Xaver und rauschte die Treppe herunter. Doch auch diese Sorge verblasste, als er die vorletzte Stufe verpasste, sein vorderer Fuß wegrutschte und er mit gestrecktem Bein auf den Boden krachte.

Wenigstens hatte er erreicht, dass Charly abgelenkt wurde und unverzüglich zu ihm kam. Alles tat unglaublich weh, doch Charly stierte nur auf seine Hose.

Genauer: auf seinen Schritt. Wie in Zeitlupe folgte Xaver ihrem Blick und ahnte Übles. Blut. Eine oder mehrere der Prinzessinnen hatten beim Sturz den Dienst quittiert und die gerade erst zart verheilten Wunden wieder brutal aufgerissen. Seine Hose färbte sich bereits tiefrot zwischen den Beinen.

Das Ganze ist doch der reinste Horrortrip, dachte sich Xaver verzweifelt. Ich bin Hauptfigur eines Splatterfilms ohne Happy End. Was habe ich verbrochen, dass ich so etwas verdiene?

»Komm, ich helfe dir auf.« Charly reichte ihm die Hand und Xaver humpelte mit ihrer Hilfe zum Stuhl und setzte sich.

»Weil du nicht auf meine Nachrichten reagiert hast, bin ich mal kurz vorbeigekommen. Wie geht's dir denn so ... na ja, bis auf gerade eben ...«

Sie hatte geschrieben? Er hatte seit Stunden nicht mehr auf sein Handy geschaut. Xaver schaute Charly wie in Trance an. Die Sonne strahlte durch das Fenster und ließ ihre Haare noch heller und ihre Augen noch blauer erscheinen. Miss Universum sitzt bei mir am Tisch und ich bin vom Senf gezeichnet und habe Blutflecken auf der Hose.

»Alles toll«, ächzte er. »Ehrlich. Es ist alles ganz toll.«

Charly nickte etwas unsicher. Dann schob sie sich einen Kaugummi zwischen die Lippen und kaute laut. »Ich wollte dir nur sagen, dass Piet echt ein Arsch ist«, sagte sie schmatzend. »Tut mir leid, dass das gestern so dämlich gelaufen ist.«

Das war die ultimative Chance für eine Flirtoffensive, fand Xaver. Oft geübt, doch nie getestet, weil Xavers Zunge ja im Ernstfall mit hoher Verlässlichkeit von einer Sprachhemmung gelähmt wurde. Okay, auf geht's!, gab sich Xaver einen Ruck. »Charly? Weißt du eigentlich ... wie sehr ich dich ... mag?«

»Aww, du bist vielleicht süß«, entgegnete Charly und lächelte ihn zum Dahinschmelzen an. Dann schaute sie auf ihr brummendes Smartphone und tippte hektisch, während eine riesige Kaugummiblase ihrem Mund entwich.

»Also ...«, fuhr Xaver mutig fort. »Ich meine, dass ich –«

»Oh, Moment mal.« Ihr Handy klingelte. »Ja hallo? Ach, du bist es. Ja klar habe gerade Zeit. Nein, ehrlich? Das ist ja genial. Nö. Ach, jetzt erzähl nicht so einen Quatsch ... hach, hör auf, ich werde schon voll rot ... Gleich? Vielleicht in einer Stunde? Ja klar, ich schicke dir direkt meinen Standort. Ja, wenn's nicht klappt, melde ich mich bei dir. Tschüssi und Küssi«, kicherte sie und legte auf.

In einer Stunde, wiederholte Xaver in Gedanken entschlossen. Ihm war völlig egal, was dann war oder mit wem sich Charly traf. Volle 60 Minuten Charly-Zeit standen bevor. Scheiß auf Gesichtsverätzung und Schmerzen, das ist die Chance. Er sammelte sich für den neuen Anlauf, holte Luft und –

»Du, Xaver, ich zeige dir mal, was wir in Mathe gemacht haben, okay?«

»Das ist nett von dir, aber ich weiß schon, was das Thema war.«

»Ach ja? Na dann ist ja gut. Ich verstehe das nämlich wieder überhaupt nicht.« Ihre Augen glitzerten plötzlich ganz traurig. »Ich denke, ich werde es nicht mehr lange auf der Schule schaffen. Dieses Jahr falle ich bestimmt durch.«

»Sollen wir es uns mal anschauen?«, fragte Xaver und stöhnte zugleich innerlich. Warum zum Teufel frage ich sie das? Nein, ich will kein fucking Mathe machen. Ich will sie küssen, mit ihr ins Bett steigen und ...

»Ach nein, Xaver«, erwiderte Charly und schniefte. »Mensch, du bist doch eben die Treppe runtergeknallt und auch so läuft es ja gerade nicht so gut bei dir. Du weißt schon, mit dem Schulverweis und so. Ist echt superlieb, aber ich glaube, ich gebe es einfach auf. Geht ja auch nicht, dass ich dich dauernd um Hilfe bitten muss.« Erste Tränen glitten über Charlys bebende Nasenflügel.

Innerlich hasste sich Xaver für das, was er jetzt sagen würde, aber er konnte einfach nicht anders, die Worte drängten nach draußen. So war er, immer zur Stelle, wenn man ihn rief. »Quatsch, komm her, ich erkläre es dir«, sagte er leise.

Beim Aufstehen tat es besonders weh. Xaver humpelte zum Rucksack, holte seine Mathesachen heraus und versuchte, Charly zu erklären, was eine Funktion ist, was jedoch leider völlig aussichtslos war, da sie schon mit Variablen auf Kriegsfuß stand. Charly machte währenddessen vor allem Kaugummiblasen und schaute immer wieder auf ihr Handy.

»Ich verstehe auch diese Hausaufgaben nicht«, erklärte sie nach einer halben Stunde. »Kannst du mir vielleicht noch dabei helfen?«

Also begann Xaver, die Aufgaben zu lösen.

»Das ist so mega von dir, danke«, säuselte sie und tippte die nächste Nachricht. »Bin mal ganz kurz auf dem Klöchen, okay?«

Sie verschwand nach draußen, und als ihr Smartphone brummte, konnte Xaver nicht widerstehen, nach dem Inhalt der Nachricht zu schauen.

Haha, wie geil, dann haste ja wirklich mal die Hausis. Hole dich um drei an der Ecke ab. Wenn er früher fertig wird, gib Bescheid, kann auch schneller kommen.

Oh Gott, Xaver hätte kotzen können. Und er war so enttäuscht und wütend. Am meisten auf sich selber und seine Dummheit. Die Konsequenz? Er löste weiter die Hausaufgaben.

Charly kam zurück und setzte sich neben ihn. Ihr Arm lag ganz nah neben seinem. So nah, dass ihre feinen Härchen seine Haut berührten. Dann legte sie ihre warmen, trockenen Fingerkuppen auf seinen Arm und meinte: »Hoffentlich bist du Freitag wieder in der Schule. Es ist so komisch ohne dich.« Die Hand blieb liegen und Xaver durchströmte Wärme.

Hatte er die Handynachricht vielleicht doch nur falsch interpretiert? Ein Blick in ihre Augen machte ihn ganz schwindelig, hellblau mit leichten grauen Sprenkeln und auf drei Uhr ein grüner Fleck. Sie lächelte und ihre strahlenden Zähne blitzten auf. Zeit, bitte bleib stehen, dachte Xaver. Doch Charlys brummendes Handy beendete den magischen Moment abrupt und sie spickte auf das Display.

»Hier, die Aufgaben sind fertig«, sagte Xaver und schob ihr die Lösungen zu.

Sie strahlte ihn an. »Was, die hast du echt hinbekommen?«

»Ja.«

»Damit hatte ich gar nicht gerechnet, du bist so ein Schatz!«

Die Uhr zeigte, dass es vier Minuten vor drei war. Und Xaver hatte schon eine Ahnung, was jetzt kommen würde.

»Hach ... wie die Zeit vergangen ist«, sagte Charly wie auf Kommando. »Ich muss jetzt schon los. Hab leider noch einen Termin. Wenn es klappt, schaue ich morgen noch mal vorbei, okay?«

»Klar, jederzeit.«

Charly beugte sich zu ihm, hauchte ihm einen Kuss auf die Wange und verließ das Haus. Xaver blieb, mit dem Rücken gegen die Tür gelehnt, stehen und hörte bald schon quietschende

Reifen und wusste, dass Charly nun auf dem Beifahrersitz eines Autos sitzen würde.

Höchstwahrscheinlich war es ein rotes Cabrio.

»Scheiße!«, rief Xaver und schlug mit einer Faust gegen die Eingangstür. Er ging hoch, blendete die Schmerzen vom Treppensturz aus und ließ sich auf sein Bett fallen.

Charly. Was würde er alles für sie machen, doch vielleicht war es Zeit, sich einzugestehen, dass er für sie echt nichts weiter war als ein lächerlicher Typ, der nur das Glück hatte, ihr in Mathe helfen zu dürfen. Oder sah er das falsch? Was musste er tun, um sie *wirklich* für sich zu gewinnen? Hatte er überhaupt eine Chance?

Mühsam stand er auf und schaute in den Spiegel: Flecken auf der Hose und ein Clownsgesicht mit rotem Bart. Damit wäre er wohl endgültig am unteren Ende des Sex-Appeal-Rankings der Jahrgangsstufe angekommen. Sein Projekt schien ins Stocken geraten zu sein. Mom und Issy kamen nach Hause und Xaver war dankbar über diese Ablenkung.

Issy stürmte sofort auf ihn zu und umarmte ihn. »Hast du dich als Räuber geschminkt?«, fragte sie begeistert.

»Nein Quatsch«, brummte Xaver verzweifelt.

»Was hast du denn da?«, wollte Xavers Mutter wissen und gab ihm einen Begrüßungskuss auf die Wange.

»Irgend so ein dummer Ausschlag. Hier, guck mal.« Er spannte mit vorgeschobenem Kinn die Haut über den Wangen.

»Oh, das ist aber was Komisches. Vor allem, dass es nur in einem bestimmten Bereich ist.«

»Ist doch egal, wo genau das ist«, versuchte Xaver, weitere Überlegungen im Keim zu ersticken.

»Gut, ich geb dir gleich eine Creme, die wird dir helfen.«

Vielleicht auch noch was gegen Schnittwunden?, hätte er gerne nachgelegt, verkniff es sich aber.

»Hast du gekocht? Es duftet nach Bolognese. Mensch, das ist ja toll!«

Als Xavers Vater wenig später nach Hause kam, kochte er Nudeln und wärmte die Soße auf. Zeit zum Essen.

Alle aßen begeistert. Bis auf Xaver. Er bekam keinen Bissen herunter. Immer wenn er auf die Bolognese blickte, tauchten in seinem Kopf üble Bilder auf: Er, nackt und mit einem Ständer vor einem Haufen Fleisch.

»Hast du denn gar keinen Hunger?«, fragte ihn seine Mom.

»Hm, nein. Hab mir, glaube ich, den Magen etwas verdorben.«

»Ach, wie schade. Es ist total lecker. Hast du heute ein besonderes Gewürz verwendet?«, nuschelte Dad mit vollem Mund.

»Nein ...?«, presste Xaver, möglichst irritiert klingend, hervor und hielt sich an der Tischkante fest, da er meinte, gleich ohnmächtig werden zu müssen. »Ich habe alles so gemacht wie immer.«

»Ich finde auch, es ist so lecker wie sonst auch«, stimmte Mom ein.

Das Fleisch ist mit nichts in Berührung gekommen, sagte sich Xaver immer wieder und versuchte so, sein schlechtes Gewissen zu beruhigen.

Als er wenig später wieder in seinem Zimmer war, drehte er die Musik auf. Ihm war echt zum Heulen zumute und er war froh, dass er es sich gerade noch so verkneifen konnte, denn eine Viertelstunde später besuchte ihn sein Vater.

»Hi, Großer. Irgendwie läuft's im Moment nicht so ganz rund, oder?«

Xaver starrte an die Decke. Was sollte er dazu sagen?

»Ich hatte in den letzten Wochen so viel um die Ohren, dass

ich vielleicht manches nicht mitbekommen habe, hm?«, redete sein Vater weiter. Er setzte sich neben Xaver aufs Bett, dem aktuell scheinbar begehrtesten Platz in Xavers Zimmer. »Morgen habe ich keine Termine. Ich möchte gerne was mit dir machen. Was hältst du davon, klettern zu gehen?«

Früher waren sie mindestens einmal im Monat zusammen auf Klettertour gewesen. Das war so ein Vater-Sohn-Ding, das es gab, seit Xaver denken konnte. Schon mit sechs oder sieben Jahren hatte er sich an Kletterwänden hochgezogen.

Es war auf jeden Fall ein verlockendes Angebot.

»Wo denn?«, fragte er.

»Ich dachte an den Kletterwald am See. Was meinst du?«

»Okay«, stimmte er zu. »Wann?«

»Die machen um zehn Uhr auf. Lass uns die Ersten sein, die die Vögel aus den Nestern scheuchen«, scherzte sein Vater und klopfte kumpelhaft auf Xavers Schulter.

Je mehr Xaver über den Ausflug nachdachte, desto perfekter fand er die Idee.

Später versuchte er angestrengt einzuschlafen, doch sein Unterleib begann, wie verrückt zu brennen. Er hatte eben beim Umziehen schon gesehen, dass der rasierte Bereich voller kleiner Pickel war.

Nun juckte es auch noch wie Sau.

Er holte sich von seiner Mutter noch mal die Creme in der Hoffnung, dass sie nicht nur im Gesicht half. Und nicht zum ersten Mal fragte er sich, ob Charly diesen ganzen Stress wirklich wert war.

11
Bruchlandung

Aufstehen ... Wir haben Großes vor!«, ertönte Dads Weckruf.

»Hey, locker bleiben.« Xaver öffnete mühsam die Augen und starrte den gut gelaunten Mann neben seinem Bett an.

»Brötchen sind da, Tisch ist gedeckt, Arsch hoch und los geht's«, sagte sein Dad und zack, war er wieder weg.

Xaver stand auf und reckte sich. Von null auf 100 in zwei Sekunden, puh.

Seinem Unterleib und seinem Kinn ging es besser, stellte er mit einem Blick in den Badezimmerspiegel fest und schlurfte dann nach unten in die Küche. Mom und Issy schienen schon weg zu sein. Er machte sich einen Kaffee und begann zu essen, während sein Vater im Keller ihre Kletterausrüstung zusammensuchte.

»So, jetzt habe ich alles, was wir brauchen. Bist du fertig?«

»Fast. Nur noch einen zweiten Kaffee, dann können wir starten«, antwortete Xaver.

»Herr Ober«, flötete sein Vater, »bitte auch für mich noch ein Käffchen.«

Xaver verdrehte die Augen, ging aber wenig später mit zwei Bechern auf die sonnige Terrasse. Sein Vater kam zu ihm und setzte sich zufrieden seufzend daneben.

Xaver fühlte sich auch gut an diesem Morgen. Er versuchte,

die Erinnerungen an den gestrigen Tag gar nicht erst aufleben zu lassen. Sein Geburtstag war ja erst in 22 Tagen. Er hatte noch Zeit, seinen Plan rechtzeitig umzusetzen. Heute würde er sich einfach mal eine Projektpause gönnen. Ja, auch so etwas sei wichtig, war Dads Devise. Um Kraft für die nächsten Schritte zu sammeln.

Sein Vater nippte mit geschlossenen Augen entspannt an seinem Kaffee. Ach, wäre doch auch ich so zufrieden, dachte Xaver. Eines der Bücher, das sein Vater geschrieben hatte, hieß »Lächle, damit du fröhlich wirst«. War das nicht eher umgekehrt? Doch Xaver hatte es schon oft ausprobiert und es wirkte tatsächlich. So war das mit Dads Weisheiten: Je bescheuerter sie klangen, desto besser funktionierten sie.

»Deine Laune hängt vor allem von dir selbst ab«, war noch so eine Devise. Xaver hatte ihn schon mal zu einer Veranstaltung in einem Stadion begleitet, bei der Dad dem Publikum vorgeführt hatte, wie ein unglücklicher Mensch einkaufen geht und wie es ein glücklicher machen würde.

Zunächst war er griesgrämig über die Bühne gewatschelt und hatte dabei imaginäre Produkte aus den Regalen gezogen, sie missmutig angeschaut und unzufrieden wieder weggestellt. Im zweiten Durchgang zeigte er, wie ein fröhlicher Mensch einkaufen ging. Er freute sich über die grandiosen Möglichkeiten, so viele großartige Lebensmittel kaufen zu können, flirtete ein bisschen mit der Verkäuferin und tanzte dann durch den Gang.

Die Leute hatten sich auf die Schenkel gehauen und Lachtränen von den Wangen gewischt.

»Das sollten Sie mal in echt machen!«, hatte einer gerufen.

Das *macht* er in echt, hatte Xaver gedacht und beschlossen, erst einmal nicht mehr mit ihm einkaufen zu gehen.

Trotzdem: Xaver schloss die Augen, grinste und … wurde

fröhlicher. Ein Schluck Kaffee und weiterlächeln. Sonne auf der Haut und Ruhe. So konnte der Tag starten.

»Fertig?«, fragte sein Vater.

»Yep.«

»Dann ab auf die Räder!«

Dreißig Minuten später hatten sie die erste Plattform des Kletterwaldes erklommen. Von dort ging es in zehn Metern Höhe weiter auf einem schmalen Brett. Als sie beide gleichzeitig darauf standen, schlackerte es bedenklich hin und her, doch sie hielten sich am Sicherungsseil fest.

Xaver wusste, was folgen würde, es war eines ihrer Kletterwaldrituale. Sich in die Augen schauen, Luft holen, konzentrieren.

»Bereit?«

»Bereit.«

»Mission Wackelplanke beginnt in fünf ... vier ...«, zählten sie gemeinsam den Countdown herunter, ließen bei »null« das Halteseil los und kämpften mit ausgestreckten Armen darum, die Balance zu halten.

Es wackelte, dann pendelte es langsam aus, um schließlich stillzustehen. Beide schlossen wie auf ein Kommando die Augen. Das Brett begann, erneut zu schaukeln. Es schlackerte, schlug manchmal heftig aus, aber es wurde auch wieder ruhiger. Dann versuchten sie, auf dem Brett die Plätze zu tauschen. Xaver rutschte mit einem Fuß weg und verlor das Gleichgewicht. Er stürzte und blieb in seinem Sicherungsgurt hängen. Sein Vater ließ sich ebenfalls fallen, baumelte neben ihm und schubste ihn sanft in die Seite. »Pah, du Loser!«, ärgerte er Xaver.

Der drückte ihn mit seinen Füßen weg und sah ihm beim Pendeln zu. Nach einer Weile setzten sie ihren Weg fort, gingen noch weitere Strecken ab und rauschten am Ende die 600 Meter lange Seilbahn zum See herab.

Ein geiler Vormittag, dachte Xaver. Sie lagen auf dem Rücken auf der Wiese und schauten in die kleinen weißen Wolken am Himmel.

»Sag mal, Xaver …«, setzte da sein Dad an und ließ die Pause in der Luft sirren. Die Stimmung änderte sich und es fühlte sich nicht gut an. »… ich habe den Eindruck, dass dich im Moment so einiges quält.«

Xaver stöhnte innerlich. Irgendwie hatte er es ja geahnt, dass so was irgendwann kommen würde. Aber warum jetzt?

»Und ich habe den Eindruck, dass ich da jetzt gar nicht drüber sprechen möchte«, gab er zurück.

»Ach komm, ich denke, das wäre gut.«

»Nö.«

Stille. Nicht unfreundlich, einfach nur Stille.

Sein Vater drehte sich auf den Bauch, starrte auf den See und sagte dann im Tonfall völliger Bedeutungslosigkeit: »Es gibt ja so eine Phase auf dem Weg zum Mann, da merkt man, dass alle anderen schon Freundinnen haben, nur man selber nicht. Bei mir war das zum Beispiel so, als –«

»Oh, komm schon«, sagte Xaver. »Willst du jetzt echt einen auf ›Hey, Sohn, das Leben ist hart und auch ich hatte es nicht leicht‹ machen? Du weißt, ich kenne alle deine rhetorischen Tricks. Erst mal auf Augenhöhe mit dem Gesprächspartner gehen und einfühlen, damit der Widerstand des anderen schwindet. Gleich kommt noch das *Wir* ins Spiel, nicht wahr?«

Dad blickte theatralisch in Richtung Himmel. »Womit habe ich nur so einen Sohn verdient?«

Xaver lächelte gezwungen. Der Tag wendete sich gerade unaufhaltsam in eine unangenehme Richtung. Ein *Bienchen und Blümchen*-Gespräch konnte er jetzt echt nicht gebrauchen. Aber er kannte seinen Vater gut genug, um zu wissen, dass er nicht lockerlassen würde.

»Pass auf, was ich dir sagen will, ist«, kam es da schon. »Wenn es so weit ist, also das erste Mal, dann achte darauf, dass –«

Sofort sprang Xaver auf. »Wer sagt denn, dass ich noch Jungfrau bin?«, rief er deutlich lauter und vor allem heftiger, als er es eigentlich wollte. Andere schauten sich interessiert nach ihm um.

»Niemand«, wehrte sein Vater mit hocherhobenen Händen ab. »Ich denke aber, dass es so ist.«

»Und wieso? Steht da irgendwas auf meiner Stirn?«

»Nö. Gefühl. Doch davon abgesehen: Mach dir keinen Stress, ich war 19 beim ersten Mal.«

Xaver kam ein Verdacht und langsam wurde er richtig wütend. »Du hast das alles hier geplant, oder? Das Frühstück, den Männertag, die Kletterei. Alles nur, um die Plattform für ein Vater-Sohn-Gespräch übers erste Mal zu schaffen? Ich fasse es nicht!«

»Xavi, das ist Schwachsinn!«

Doch Xaver hörte den Einwand nur noch leise. Kurzerhand lief er schnaubend zu seinem Rad, hängte seine Ausrüstung an den Lenker seines Vaters und raste auf dem Mountainbike Richtung Innenstadt davon.

Alles dreht sich nur um Sex. Man sieht es mir an. Eltern, Mitschüler, Lehrer, alle. Und dann tun sie so, als sei es das Normalste, ein *Spätzünder* zu sein. Toller Joke. Wäre es normal, würde schließlich gar nicht erst jemand auf die Idee kommen, ihn drauf anzusprechen, oder?

Vielleicht sollte er es einfach hinter sich bringen?

Wieso eigentlich dieses ganze Charly-Drama? Es gab

schließlich Mittel und Wege, schnell und unkompliziert Sex zu haben.

Ja, er würde es heute einfach hinter sich bringen, beschloss Xaver. Heute Nachmittag schon werde ich nicht mehr Xavi, der kleine Junge sein, dem keiner etwas zutraute. Seine Beine brannten, es war egal. Er würde nicht langsamer werden, er wusste jetzt, was zu tun war.

Zu Hause machte er einen kurzen Zwischenstopp, duschte und zog sich frische Sachen an. Dann holte er Geld aus der Spardose und sprang wieder aufs Rad.

12 Fehlschuss

Eine halbe Stunde später war er am Ziel. Doch jetzt, als er vor dem Eingangsportal des größten Puffs der Stadt stand, war er auf einmal nicht mehr sicher, ob es wirklich eine gute Idee war. Dennoch schloss er das Rad ab und ging durch die dunkle Öffnung zwischen zwei mit nackten Frauenkörpern kunstvoll verzierten Säulen.

Seine Hände zitterten leicht. Der rasche Wechsel vom gleißenden Sonnenlicht in die schummrige Dunkelheit ließ ihn vorübergehend erblinden. Nur langsam stellten sich seine Augen auf die neuen Lichtverhältnisse ein und er begann, erste Konturen der Umgebung zu erkennen. Er erschrak, als plötzlich wie aus dem Nichts dicht vor ihm eine Frau erschien.

»Hallo. Schön, du hier«, hauchte sie in gebrochenem Deutsch.

Xaver war nicht in der Lage zu antworten. Die Frau wirkte jung, fast gleich alt wie er. Sie hatte lange glatte Haare und eine leicht gebräunte Haut. Ihre Fingernägel waren definitiv falsch, das Gesicht von einer Schicht Make-up bedeckt. Xaver hasste sich ein bisschen dafür, dass er ausgerechnet in so einem Moment an Tonis natürliche Schönheit denken musste.

Die Frau trug nichts weiter als einen winzigen, halb transparenten Body. Unter diesem bisschen Stoff ist sie total nackt, schoss es Xaver durch den Kopf. Er schnappte nach Luft. Nackt. Komplett!

»Kommen mit auf Zimmer, machen Liebe?«, fragte sie und ließ ihre Hand wie zufällig über Xavers Hose gleiten.

Xaver nickte wie betäubt.

»50 Euro, 20 Minuten, ficken und blasen?«

Wieder nickte er.

Sie ging vor. In Xavers Ohren rauschte es, er verlor zunehmend die Orientierung in den dämmrigen Gängen. Atmen, du musst atmen. Er konnte immer noch umdrehen und abhauen, doch er tat es nicht. Er hatte hier eine Aufgabe zu erledigen. Das Mädchen schloss eine Tür auf. In ein paar Minuten würde mit seiner Entjungferung endlich dieses nervige Kapitel in seinem Leben abgeschlossen sein.

»Erst Geld, dann Sex«, erklärte sie ihm.

Xaver zählte 50 Euro ab. Zweimal entglitten ihm die Scheine beim Versuch, ihr das Geld in die ausgestreckte Hand zu legen.

»Alle gut?«, fragte sie und legte ihre Hand beruhigend auf seine.

Wieder nur Nicken, mehr ging nicht.

»Ich Cindy. Du?«

»Xaver«, presste er hervor. Er hatte die Kontrolle über seine Stimme verloren.

Sie lächelte. »Du ausziehen, ich gleich wiederkommen«, sagte sie und verschwand in ein kleines Badezimmer.

Xaver folgte ihrer Anweisung. Doch was genau sollte er ausziehen? Etwa alles? Am Ende stand er in Unterhose und Socken mitten im Zimmer.

Da kam Cindy wieder zurück. Nackt. Sie stellte sich vor ihn, als sei es das Natürlichste der Welt, doch Xavers Herz explodierte. Das Zittern seiner Hände breitete sich auf seinen gesamten Körper aus und sein Oberkörper zuckte unkontrolliert.

Klar hatte er das alles schon im Internet gesehen, aber hier, das war etwas ganz anderes. Das war echt.

»Los, du auch nackt«, forderte sie ihn mit einem Grinsen auf. Sie ließ die Hände aufreizend über ihren Körper gleiten, knetete ihre Brüste und begann sich dann zwischen den Beinen zu streicheln. Kurz spürte Xaver ein starkes Pulsieren in seiner Hose, dann nur noch Feuchtigkeit.

Oh Gott, bitte nicht, dachte er und hätte sich am liebsten die Hände vors Gesicht geschlagen.

Die Frau schaute an ihm herunter und hob eine Augenbraue. »Oh, schon fertig? Das kurz.« Sie reichte ihm Taschentücher und stand für einen Moment etwas unentschlossen neben ihm. Dann griff sie nach einem dünnen Morgenmantel, der über einem Stuhl in der Ecke hing. Xaver nahm seine Klamotten mit ins Bad, schmiss dort die Unterhose weg, zog sich an und kehrte zurück zu Cindy.

»Erste Mal?«, fragte sie sanft und setzte sich mit ihm auf die Bettkante.

Xaver nickte. Und dann kamen ihm die Tränen. Scheiße, seit wann heulte er eigentlich dauernd, fragte er sich und spürte, wie er in den Arm genommen wurde. Cindy streichelte ihm den Kopf und flüsterte in ihrer Muttersprache irgendetwas in sein Ohr. Er verstand es nicht, doch es wirkte beruhigend.

Das alles war einfach zu viel für ihn, er war echt am Ende. Und nun lag er in den Armen dieser Cindy, die wahrscheinlich ganz anders hieß und auch nicht hier war, weil sie Lust dazu hatte, sondern weil sie vielleicht dazu gezwungen wurde. Er schob kurz aufflammende Bilder einer Doku über Zwangsprostitution beiseite. Verdammt, er hatte wirklich mit einer *Prostituierten* schlafen wollen. Wie scheiße war das eigentlich?

Doch Cindy streichelte nur seinen Kopf. Sie konnte selber keinen Monat älter als 18 sein und tröstete nun einen verwöhnten 16-Jährigen, dessen einziges Problem es war, noch Jungfrau zu sein.

»Es tut mir so leid«, sagte er schließlich, als er sich wieder halbwegs unter Kontrolle hatte.

»Was?«, fragte Cindy. »Oh, nix schlimm. Passiert hier ofter als man denkt.«

»Nein, ich meine, dass du hier bist und Sex mit fremden Männern haben musst.«

Cindy zog die Schultern hoch. »Ach, Sex doch nur Körper. Liebe ist *Seele.* Du mir versprechen, Xaver: Nix in Puff kommen. Nur machen Liebe mit dein Mädchen, ja? Hast du keins, suchst du. Suchst du, bis du hast gefunden richtiges Mädchen.«

Xaver nickte. Bei ihr klang das so einfach, aber in diesem Moment hätte er ihr eh alles versprochen.

Sie umarmte ihn zum Abschied. »Zeit rum, muss aufhören. Sonst Boss schimpfen: ›Cindy, mehr Geld!‹«

»Ich hab noch mehr.« Xaver zog Geldscheine aus der Tasche.

»Nein. Hier falscher Platz für dich. Hier nur für Zombies. Du nix Zombie. Du *leben.* Glaub an dich. Mir hilft auch.« Sie legte ihre Hand auf Xavers Herz. »Nie Herz kaputt machen.«

Zum Abschied drückte Cindy ihm einen zärtlichen Kuss auf die Wange, dann stand er wieder draußen im gleißenden Sonnenschein.

24 Minuten waren vergangen, seit er sein Rad abgeschlossen hatte. Sie kamen ihm vor wie Jahre.

Wie in Trance fuhr er nach Hause. Das Rad seines Vaters lehnte am Gartenzaun. Als Xaver die Tür öffnete, stand er gerade in der Küche und machte sich einen seiner Vitalbomben-Smoothies.

»Hey, Xaver. Scheiß-Ende eben, hm?«, fragte er und schaute entwaffnend.

»Sorry, gerade schlechter Zeitpunkt zum Reden«, murmelte Xaver und ging nach oben.

Irgendwann hatten die beiden sich angewöhnt, dem anderen einfach zu signalisieren, wenn sie nicht reden konnten – der hatte das dann einfach zu akzeptieren, und das war in Momenten wie diesen die Rettung.

Was war eigentlich Sex? Eigentlich war das doch einfach nur Rein-Raus. Also, so mechanisch gesehen. Klar war auch Liebe und so im Spiel, aber im Grunde war es komisch, dass ihm das Ganze so wichtig war. So wichtig, dass ihm sogar eine Fremde gereicht hätte, nur um es endlich hinter sich zu bringen.

Xaver aktualisierte sein Notizbuch und schrieb: *Nackte Frau in meinem Alter gesehen – ganzer Haken. Cindy meint: Sex nur Körper, Liebe ist Seele.*

Er blickte ernüchtert auf die bisherigen Notizen. Sein Plan klang schlüssig und zielfokussiert, sein Vater wäre begeistert gewesen. Vielleicht nicht vom Inhalt, wohl aber von der Form. Gebracht hatte es ihm trotzdem nichts außer jeder Menge völlig kranker Situationen.

Er legte das Buch weg und nahm nach langer Zeit wieder mal sein Handy zur Hand. Der Akku war natürlich leer. Nach dem Einstöpseln des Ladekabels begannen sich die Akkubalken zu bewegen. Draußen hörte er Radfahrer, Skater, Briefkastenklappern ... Er stand auf, schaute zum Fenster raus und sah gerade noch Toni auf ihrem Board um die Ecke biegen. Hatte er die Klingel überhört? Nein, sie hatte nicht geklingelt, war einfach vorbeigefahren. Hatte er sie jetzt endgültig verscheucht, weil er gestern so kurz angebunden war?

Er ging zurück zum Bett und schaltete das Smartphone an. Hunderte Nachrichten aus diversen Gruppen ließen das Gerät dauerbrummen. Er schaute, wer ihm geschrieben hatte. Ein paar Klassenkameraden wollten wissen, wie es lief, und Max Moretti lobte ihn für seine Attacke gegen Piet. Na, darauf hätte er echt verzichten können.

Eine Nachricht war von Charly:

Hi, heute schaffe ich es nicht zu dir. Will dir ja auch nicht immer auf die Nerven gehen mit f*** Mathe :-)
XXX Charly

Frustriert lief Xaver wieder nach unten. Von seinem Dad war zum Glück nichts mehr zu sehen. Im Briefkasten fand er einige Kopien und einen kleinen Notizzettel: *Hi, Xaver. Die Zeit zehn Jahre zurückdrehen wäre echt cool. Lass uns 'ne Zeitmaschine bauen* ☺*. PS: Mathe ist heute ausgefallen, deshalb nur Aufgaben für die anderen Fächer. Bis bald, Toni.*

Jaja, von wegen Charly will mir nicht auf die Nerven gehen. Es war einfach kein Mathe heute.

»Scheiß auf Charly«, murmelte er und schaute frustriert die Aufgabenblätter durch.

Es war wirklich schäbig gewesen, dass er Toni gestern noch nicht mal hereingelassen hatte. Gedankenverloren wählte er ihre Nummer. Nach zehnmal Tuten sprang die Mailbox an und er hörte ihre fröhliche Stimme.

»Hey, ich bin's, Toni. Hab bestimmt gerade die *perfekte* Welle gefunden und reite auf ihr in den Sonnenuntergang. Yeah, surf now, work later!« *Beep.*

»Ja, Toni, hi. Hier ist Xaver. Danke für die Schulsachen. Haben uns wohl verpasst heute ... schade. Also. Danke ... Und bis morgen dann.«

Er legte auf und schlug sich die Hand an die Stirn. Was hatte er denn *da* gerade vor sich hin gestammelt?

Um ihn herum herrschte Stille. Es schien ein ruhiger, einsamer Nachmittag zu werden. Xaver begann, am Esstisch den Schulstoff nachzuarbeiten, konnte sich aber nicht konzentrieren. Irgendwann kam sein Vater auf dem Weg zur Kaffeemaschine vorbei.

»Auch einen?«, fragte er wie beiläufig.

»Ja danke.«

Aus der Küche hörte er das Mahlwerk und kurz darauf kehrte Dad mit zwei Bechern zurück.

»Kaffee in Gesellschaft oder lieber nicht?«

Lieber nicht, dachte Xaver, raffte sich aber dennoch langsam auf. Früher oder später mussten sie ja drüber sprechen.

»Auf in die Sonne!«, sagte er deshalb und hörte seinen Vater hinter sich lachen.

Draußen saßen sie jedoch eine ganze Weile schweigend nebeneinander.

»Wir beide haben auch schon mal besser funktioniert, oder?«, begann sein Vater das Gespräch.

»Hm«, brummte Xaver zustimmend.

»Hatte irgendwie die falsche Platte aufgelegt heute Morgen. War die Version ›ab zwölf Jahren‹ ... Ich glaube, du bist bereits ein bisschen fortgeschrittener.«

»Na ja, es lässt sich halt nicht vermeiden, viel über Menschen, Kopulation, Körperöffnungen und -flüssigkeiten und jegliche Vorlieben zu erfahren, Dad. Schon in der Dritten hätte ich dir wahrscheinlich mehr erzählen können, als dir lieb gewesen wäre.«

»Ich weiß schon«, sagte Dad mit einem tiefen Seufzen. »Aber du bist halt mein erster Sohn, mit dem ich über so was sprechen muss. Ich rede viel lieber über Kommunikation und Motivation. Aber mir ist wichtig, dir ein paar Dinge zu sagen. Nicht, weil ich dich biegen will, sondern weil es mir wichtig ist, sie meinem Sohn mitzugeben. Hör es dir bitte einfach mal an. Dann kannst du damit machen, was du willst, in Ordnung?«

Das würde ganz furchtbar werden, dachte Xaver. Aber er hatte ja keine Wahl.

»Leg schon los.«

»Also: Ich war wirklich 19 bei meinem ersten Mal und die Zeit bis dahin war für mich die Hölle. Ich schäme mich zum Teil bis jetzt für all den Mist, den ich damals fabriziert habe, aber glaub mir eins: Ich liebe dich, egal, was du tust, ich werde immer für dich da sein und zu dir halten. Es gibt nichts, was so schlimm sein könnte, als dass davon die Welt untergeht. Wenn was ist, komm einfach zu mir. Und sollte ich unterwegs sein, ruf mich an. Jederzeit.«

Xaver ließ das sacken. Auch wenn Dads Worte irgendwie ganz schön schmalzig waren, fühlte es sich gut an.

»Danke«, sagte er und gab seinem Vater einen Kuss auf die Wange. Das hatte er seit Jahren nicht mehr gemacht. Dann stand er auf, um nach oben zu gehen. Im Wegdrehen sah er, dass die Augen seines Vaters glänzten.

13
Verrat

Das Betreten des Schulhofs war seltsam, an Tag eins nach der schulischen Zwangspause. Seine Jacke hatte Xaver so geöffnet, dass der neue Hoodie wie zufällig durchblitzte. Er hatte das zu Hause vor dem Spiegel geübt und wusste, dass die Jackenöffnung perfekt war. Ob er diese Show wirklich für Charly aufführen sollte, wusste er jedoch nicht so recht.

Charly löste sich, nachdem sie ihn entdeckt hatte, sofort aus einer Gruppe von Oberstufenschülern und lächelte ihn strahlend an. »Hey, Xaver! Schön, dass du wieder da bist.«

Xaver nickte ihr nur knapp zu. Nicht weich werden, er wollte es ihr nicht leicht machen. *Mach dich rar, lass die anderen zappeln,* wiederholte Xaver innerlich. Noch so eine Weisheit von Dad.

»Sag mal, seit wann trägst du denn Sachen von *Phant?*«

Xaver schaute Charly fragend an, blickte an sich herab und gab sich ernsthaft überrascht. »Ach, der Pulli. Ich fand die Farbe so cool, deshalb hatte ich ihn gekauft. Na dann, bis später mal.«

Zu gerne hätte er sich umgedreht und ihren Blick gesehen, denn er war tief überzeugt von der Perfektion seiner Performance. Doch er zwang sich, sehr lässig in das Schulgebäude zu schlendern, um sich dann wie verabredet kurz bei Schlicht zu melden.

»Xaver, da bist du ja«, raunte der Direktor geheimnistuerisch und schloss die Tür hinter ihm. »Hör zu, die Nummer scheint zu klappen. Es gab da noch so eine offene Rechnung mit Piet, die hatte ich bisher nicht geahndet und seine Eltern wissen nichts davon, also hält er auch jetzt dicht. Deshalb kann es sein, dass du ungeschoren davonkommst. Vielleicht. Ich werde es dich wissen lassen.« Grinsend enthüllte er seine spitzen gelblichen Zähne. Der Typ war einfach so widerlich.

Mit einem steifen Nicken schob sich Xaver schnellstmöglich wieder aus dem Büro und lief im Klassenraum fast in Toni hinein. Sie lächelte ihn an, doch in dem Moment, in dem sie den Hoodie anschaute und mit dem Blick dorthin wanderte, wo der Elefantenkopf zu sehen war, schüttelte sie resigniert den Kopf.

Scheiße, er fühlte sich ertappt. Was hatte er sich nur dabei gedacht? Ausgerechnet er, der erklärte Markenkleidungshasser, trug heute *Phant*. Jeder, der nicht völlig begriffsstutzig war, würde ihn durchschauen. Genervt setzte er sich auf seinen Platz und spürte, wie er wütend wurde. Wieso musste Toni ihn immer so fühlen lassen? Und warum interessierte ihn eigentlich, was sie über ihn dachte?

»Na, Herr von Göttschling? Sind wir nicht ganz bei der Sache?«

Xaver schrak auf und wurde aus seinen Gedanken gerissen. Mit einem unguten Gefühl spähte er in Richtung Tafel.

»Oh, Entschuldigung«, erklärte sein Biolehrer Doktor Fröhlich. »Ich wusste nicht, dass du dich in einer ... nun, sagen wir, *regenerativen Tiefschlafphase* befandest. Sollte sie dir in irgendeiner Weise genutzt haben, so gib uns bitte jetzt die richtige Antwort.«

Na super. Fröhlich schien sichtlich Spaß zu haben. Der Typ genoss es sowieso immer, Schüler beim Abschweifen zu ertappen. Besonders gerne erwischte er seinen Abschusskandidaten Xaver, der nach mittlerweile zwei versemmelten Biotests nur noch eine schlechte Note davon entfernt war, echte Probleme mit der Versetzung zu bekommen.

Ein vorsichtiger Blick in Richtung Tafel bestätigte Xaver, dass Fröhlich sich offensichtlich immer noch seinem Lieblingsthema widmete, nämlich allem rund um Sex und Verhütung. Dass das ab der achten Klasse überhaupt nicht mehr auf dem Lehrplan stand, war ihm dabei völlig latte. Fröhlichs Unterricht generell und dieses Expertenthema im Speziellen ließen Xaver zuverlässig auf Stand-by schalten und an andere Dinge denken. So auch heute und deshalb hatte er jetzt null Ahnung, worum es genau ging. Verdammt, was sollte er machen?

Da schob ihm sein Sitznachbar Kevin unterm Tisch einen Zettel zu. Eigentlich ungewöhnlich, denn Kevin war das größte Kameradenschwein der Klasse. Xavers inneres Alarmsystem meldete sich deshalb sofort zu Wort, doch was hatte er schon für eine Wahl? Es gab schließlich nur eine Alternative zum Spickzettel und die hieß Schweigen und Schweigen bedeutete in jedem Fall: ungenügend.

Kevin lächelte und tippte aufmunternd auf den Zettel, während Fröhlich ihn weiterhin anstarrte.

Xaver atmete tief durch und linste nach unten auf die Antworten. Oh Mann, das konnte auf keinen Fall richtig sein. Auf keinen Fall konnte er *das* vorlesen.

»Wird's heute noch was oder soll ich dir gleich 'ne Sechs eintragen?«, fragte Fröhlich barsch, also las Xaver schnell und möglichst undeutlich die drei Stichpunkte vor, die Kevin aufgeschrieben hatte: »Fellatio – Cunnilingus – Coitus interruptus.«

Stille.

Aus dem Augenwinkel sah Xaver seinen Nachbarn unschuldig zur Decke schielen. Tonis Lippen formten ein lautloses *What?*, Charly lackierte sich weiter ungerührt die Fingernägel.

»Wie geil ist das denn?«, rief Piet, Charlys aktueller Chauffeur und selbst ernannter Frauenheld, von hinten in die Klasse. Und da brüllten auch jene in einem Chor aus Erstaunen und Gehässigkeit los, die sich nicht ebenfalls im Halbschlaf befunden hatten. Und Max, der nun auch geschnallt hatte, dass es irgendwie um Sex ging, grölte mehrfach und sehr laut: »Ficken, ficken, ficken!«

Xaver spürte die Schamesröte in seine Wangen schießen. Nur Fröhlich war still. Seine Augen hatten sich zu Schlitzen verengt. Er zog abfällig seine Oberlippe hoch, als er Xaver von oben herab ansah. Dann griff er in seine Aktentasche, zog eine Glocke hervor und begann, sie zu läuten. Das war seine ohrenbetäubende Art, für Ruhe zu sorgen. Der Tumult ebbte ab, es wurde still, bis nur noch vereinzeltes Kichern zu hören war, was sofort in ein Husten überging, wenn Fröhlich in Richtung des Geräuschs blickte.

In die unnatürlich wirkende Ruhe schnitt Fröhlichs knirschende Stimme: »Finden wir das lustig, von Göttschling?«, fragte er und klatschte tatkräftig in die Hände. »Dann will ich mal deinen herausragenden Beitrag entsprechend honorieren.« Er griff mit knöchernen Fingern nach seinem Lehrerkalender, schob die Brille auf die hohe Stirn und suchte, betont langsam mit zusammengekniffenen Augen und zurückgelehntem Kopf, nach Xavers Namen. Er war einer jener Lehrer, die jeden noch so kleinen positiven wie auch negativen Beitrag in Form einer Note fixierten, um später seine Bewertung der mündlichen Mitarbeit exakt begründen zu können.

»Entschuldigung, Herr Dr. Fröhlich, das war keine Absicht«, sagte Xaver heiser.

»Jaja ... spar dir die Ausreden«, säuselte er. Endlich schien er am Ende seiner Suche angekommen und fuhr mit seinem Finger waagerecht über das Blatt. »Oho ... du scheinst ja gerade sehr erfolgreich im Sammeln schlechter Zensuren zu sein.« Fröhlich tat so, als wäre er überrascht, dabei musste er genau gewusst haben, wie es um Xavers Bionote stand. »Außerdem nutzt du die heutige Freistunde für ein bisschen Extraaufgaben in meinem Büro. Und Moretti?« Er klappte den Kalender zu und blickte sich in der Klasse um, bis er Max fand. »Du kommst für deinen geistreichen Kommentar gleich mit. Der Rest der Klasse? Ihr beantwortet Xavers Frage ausführlich. Ich erwarte eine A4-Seite von jedem mit den entsprechenden Hintergrundinformationen. Euren Dank dafür richtet ihr bitte direkt an euren Mitschüler.« Er schnappte sich seine Tasche, grinste Xaver noch einmal gehässig an und rauschte, begleitet von dem Gong der Pausenglocke, davon. Xaver drehte sich langsam zu Kevin, der die Hände hinter dem Kopf verschränkt hatte und sich entspannt zurücklehnte.

»Du mieses Arschloch«, zischte Xaver.

»Wirst du mich jetzt schlagen? Sollst ganz gut drin sein, habe ich gehört«, rief Kevin laut, damit es alle hören konnten.

»Als ob ich mir die Hände an dir schmutzig machen würde«, raunte Xaver, doch seine Fäuste waren so fest geballt, dass die Knöchel weiß hervorstanden.

Alle um ihn herum wirkten auf einmal sehr beschäftigt, selbst Charly blickte nur auf ihr Smartphone.

Ach, was soll's, dachte Xaver und schnappte sich Leo, um nach draußen auf den Pausenhof zu gehen. Typen wie Kevin standen einfach darauf, andere lächerlich zu machen.

Kaum hatte er einen Fuß auf den Schulhof gesetzt, kam schon einer von Charlys »Oberstufen-Fanclub« auf Xaver und

Leo zu. Er baute sich vor ihm auf und betrachtete erst sein Gesicht und dann die Hose.

»Na, sieht ja wieder ganz gut aus«, sagte er mit einem fetten Grinsen. »Kein Senfbart und im Schritt bluten tut auch nichts mehr, was?« Zur Verdeutlichung griff er sich zwischen die Beine.

Die Gruppe hinter ihm johlte, zeigte auf Xaver und bog sich vor Lachen. Es war so ein Lachen, das später noch zu Atemnot und Bauchmerzen führen würde, wie immer, wenn etwas so richtig lustig war, also, wenn es auf Kosten anderer ging.

Fuck, warum schon wieder ich? Ertappt und bloßgestellt, rasten die Gedanken durch sein Gehirn. Woher zum Teufel wusste der eigentlich ...?

Charly! Nur sie konnte es ihm gesagt haben, denn sie war an dem Nachmittag bei ihm gewesen. Wütend stapfte er über den Hof zu Charlys Clique. Er zog sie zur Seite und fragte atemlos vor Wut und Enttäuschung: »Warum hast du das gemacht?«

Charly schaute ihn überrascht an. »Was denn, Xaver?«

»Du hast es ihnen erzählt!«

»Was?« Sie hatte die Augen erschrocken aufgerissen und klimperte hektisch mit ihren Ein-Meter-Wimpern.

Wie konnte sie sich nur so dumm stellen? »Wie ich am Dienstag aussah.«

»Äh ... Wie sahst du denn aus? Und wem soll ich es erzählt haben?«

»Du weißt genau, was ich meine!«

Sie blinzelte nur unschuldig. »Nein, wirklich nicht.«

Xaver spürte Stille um sich herum. Ein paar andere Schüler waren aufmerksam geworden und lauschten gespannt.

»Ist irgendwas? Habt ihr nichts zu tun?«, rief Xaver ihnen wütend entgegen. »Haut doch einfach ab, es geht euch nichts an!«

Da spürte er eine Hand an seinem Ellenbogen. Leo versuchte, ihn wegzuschieben, und bugsierte sich zwischen ihn und die anderen. »Xaver, jetzt lass mal gut sein. Komm, beruhige dich.«

Xaver gab Leos Druck nach. Wenn er nicht die Klappe hielt, würde gleich die ganze Schule wissen, worum es ging, und das wäre definitiv der nächste Tiefpunkt seiner Talfahrt. Also tief durchatmen, kurz die Augen schließen, an etwas anderes denken.

Das Erste, was er nach dem Augenöffnen sah, war der Oberstufenschüler von eben. Er hatte seinen Kopf zu Charly gebeugt und sagte laut: »Ich glaube, er meint das mit dem blutigen Pimmel und dem Senf im Gesicht. Hattest du doch gestern noch erzählt.«

Drei Sekunden schwieg die Kuhherde rund um Charly überrascht, dann brach zum zweiten Mal an diesem Morgen die Hölle um Xaver los. Er riss sich von Leo los und stampfte in Richtung Haupteingang.

Die Wut breitete sich immer mehr in ihm aus. Schnell und unaufhaltsam wie ein Tropfen schwarzer Tinte in einem Glas Wasser. Er war echt zur Lachnummer der ganzen Schule geworden. Und wenn er nicht bald ein Ventil fände, diesen Druck entweichen zu lassen, würde er platzen.

Welches Mädchen würde sich schon mit einem solchen Freak abgeben? Einem lächerlichen Vollpfosten, der sich das Gesicht mit Senf einrieb und beim Rasieren den Sack aufschnitt. Doch das war ja bei Weitem nicht alles. Die Geschichten mit dem Tabledance, dem Pornokino und der süßen Cindy würden bestimmt auch bald die Runde in der Schule machen. Irgendwer würde es schon beobachtet haben, stolz diese Breaking News in den Flurfunk einspeisen und so innerhalb weniger Minuten allen Ohren der Schule zugänglich machen.

Mit dieser Angst im Bauch schlurfte Xaver in Richtung von Fröhlichs Büro zum Nachsitzen. Max saß schon auf einem der beiden Stühle vor dem Lehrerpult, von ihrem Biolehrer keine Spur. Wahrscheinlich nahm er sich die Stunde frei, während sie hier, als Strafarbeiten getarnt, seinen Job erledigen durften.

»Na, Xaver. Scheiße drauf?«, fragte Max nicht unfreundlich.

Das konnt er laut sagen. Xaver tat ja schon alles, um sich wieder zu fangen, doch die Mächte schienen gegen ihn zu sein, als sei seine ganze Umgebung außer Kontrolle geraten.

Er setzte sich und tackerte, Fröhlichs schriftlicher Anleitung folgend, Skripte zusammen.

»Sag mal«, setzte Max irgendwann an. »Wenn bei dir jetzt noch was obendrauf käme ... dann würde der Schlicht wahrscheinlich kurzen Prozess mit dir machen, oder?«

Xaver gab ihm im Stillen recht, seine Zukunft an dieser Schule käme mindestens ins Wanken.

»Wäre wohl ziemlich dumm«, fuhr Max fort, »wenn es da jemanden gäbe, der dir so richtig ans Bein pissen könnte ...«

Xaver wurde hellhörig. »Wovon redest du?«

»Na, die Sache mit Piet ...«

»Ist schon geregelt.«

Das kleine Lächeln auf Max' Lippen wurde zu einem fetten Grinsen. »Ich glaube nicht.«

Xaver stöhnte genervt. »Mensch, Max, wenn es was zu erzählen gibt, dann spuck's einfach aus.«

»Flo.«

Xaver runzelte die Stirn. »*Unser* Flo?«

»Jap. Er hat festgehalten, wie du Piet niedergestreckt hast. Ist alles auf seinem Handy.«

»Ui, wie *furchtbar*. Die halbe Schule hat das live gesehen. Mir doch egal, ob es jemand gefilmt hat.«

»Sollte es aber nicht. Schlicht mag dich ja vielleicht decken«, sagte er mit einem siegessicheren Ton. »Aber wenn so ein Video erst mal im Internet landet, wird er ganz schön unter Zugzwang stehen. Und wenn es dem an den Kragen geht, wird er dich schneller fallen lassen, als du gucken kannst. Zeugen sind Mist, aber *echte Beweise* richtig übel.«

Xaver wurde ganz schwindelig, als die Worte langsam zu sacken begannen.

»Ich wette, Piet hat seinen Alten bisher noch nichts von deinem Ausraster erzählt«, redete Max unbekümmert weiter. »Sonst ständen die nämlich schon lange bei Schlicht auf der Matte und würden dir das Leben zur Hölle machen. Hundertpro.«

»Aber ... wieso sollte Flo das Video online stellen?«

»Ach, weißt du, so etwas passiert ruckzuck. Wahrscheinlich will er einfach ein bisschen Aufmerksamkeit. Die kriegt der arme Kerl ja sonst nicht. An deiner Stelle würde ich da kein Risiko eingehen.«

Xaver nickte benommen. Wenn Flo das wirklich vorhatte, dann könnte er ziemlich Stress bekommen. »Dann sollte ich dringend mal mit ihm reden«, sagte er leise.

Max lachte, bis er husten musste. *»Reden?* Du bist echt 'ne Granate. Süß. Als ob er den Film dann löschen würde. Rucksack-Flo hat einen Schatz auf seinem Handy, den vernichtet der nicht einfach so ...«

Leichte Panik breitete sich in Xaver aus.

»Du weißt ja bestimmt, Piets Vater ist dieser Anwalt aus der Zeitung. Strafrecht. Knallhart. Wenn der das Filmchen sieht, bist du geliefert. Schulverweis, Sozialstunden ...«

»Hey, halt mal die Luft an«, unterbrach ihn Xaver. »Fuck, wie komm ich da nur raus?«

»Schwierig. Aber ich hätte da so eine Idee.«

Xaver hatte jetzt schon ein ungutes Gefühl bei der Sache. »Was denn?«

»Wir schnappen uns die Zecke in der nächsten Pause und nehmen ihm das Handy weg. Ich würde dir auch helfen, denn es gibt da auch noch so ein Problemchen, das ich mit ihm klären müsste.«

»Wir? Ich mit dir zusammen Flo schnappen? Vergiss es.«

Scheiße, warum hörte er dem Typen überhaupt zu? Max war echt ein unverbesserlicher Vollpfosten. Und mit ihm zusammen irgendwen in die Mangel nehmen? Ganz sicher nicht.

Zum Glück läutete da schon der Gong zur nächsten Stunde und ohne einen weiteren Blick knallte Xaver die Skripte auf Fröhlichs Tisch und ging nach draußen.

14 Eskalissimo

Als Nächstes war Deutsch bei der Miller dran. Turtle betrat den Raum und warf Xaver sofort so einen komischen Blick zu, nachdem der sich an seinen Platz gesetzt hatte.

Dass er nicht zu ihrer AG gekommen war, traf sie offensichtlich immer noch schwer, vielleicht hatte sie ihm die Ausrede doch nicht abgenommen.

Das Stundenthema war »Liebeslyrik«. Ausgerechnet. Sie zerpflückten die wenigen Zeilen eines schmachtenden Jünglings, dessen Werben von der Auserwählten einfach nicht erhört wurde. Am Ende entschied er sich für den Tod im stürmischen Meer – was für eine Klamotte.

Dazu könnte ich auch ganze Romane verfassen, dachte Xaver grimmig.

Während Frau Miller in Worten, Buchstaben, Versen und Reimen schwelgte, war Xaver längst wieder in Gedanken versunken und wartete auf den Pausengong, der den heutigen Schultag beenden würde. Glaubte man Max, würde er sich dann Flo vorknöpfen. Dass Xaver nicht mitmachen würde, war klar. Das war nicht sein Niveau. Aber sollte er Flo warnen? Wenn der Typ wirklich vorhatte, ihn in die Scheiße zu reiten, indem er dieses Video hochlud, dann ... hatte er es doch vielleicht auch nicht anders verdient?

»So, nun schreibe ich noch auf, was ihr Lieben zu Hause machen dürft«, riss Turtle ihn aus seinen Gedanken. Sie klappte die Tafel zu, sodass deren Rückseite sichtbar wurde.

Xaver traute seinen Augen kaum. Eine übergroße Comicfigur war dort zu sehen. Sie war nackt, hatte Pickel am Kinn und wedelte aufreizend mit ihrem besten Stück, das Bluttropfen versprühte.

»Da hat die Liebeslyrik aber Erstaunliches in einem von euch ausgelöst«, sagte Miller etwas verblüfft.

In der Klasse hörte man vereinzeltes Lachen und Glucksen, in Xavers Ohren rauschte erneut das Blut.

Er kannte den Zeichenstil.

Schon wieder Kevin. Natürlich ließ er es nicht bei der Nummer in Bio bewenden, wenn sich ihm eine weitere Steilvorlage bieten würde. Jetzt musste er sich also auch noch vor allen Mitschülern über die Sache mit Charly lustig machen. Atmen, einfach nur atmen, wiederholte Xaver in Gedanken sein Mantra.

»Wohoooo, *Wanking Sams!*«, brüllte da plötzlich ein Schüler. Es war Leo und andere stimmten in das nachgesungene Gitarrenriff ein. Das war der Name einer Schüler-Punkband, die passenderweise ein wichsendes Sams als Logo hatte. Das Riff entsprach den ersten Tönen ihres bekanntesten Songs.

Xaver schaute sich misstrauisch um. Checkte wirklich keiner seiner Mitschüler, wen Kevin da eigentlich gezeichnet hatte? Zumindest Kevin blickte ähnlich erstaunt drein. Aber eigentlich passte es schon ... Die Tropfen mussten ja nicht zwangsläufig Blutspritzer sein und die Pickel ...? Klar. Wunschpunkte. Mit einem fetten Grinsen klopfte er Kevin auf die Schulter und sagte lässig: »Hey, gut getroffen, du Spacken.« Und dann stimmte er, übermütig Luftgitarre spielend, mit in das Konzert der Mitschüler ein.

Kurze Zeit später beendete der Gong die letzte Stunde und ließ die Schüler in den Flur strömen.

Etwas unsicher lief Xaver in Richtung Schulhof. Was sollte er jetzt nur wegen Flo tun?

Müsste er nicht etwas tun? Immerhin könnte er ja noch versuchen, die Sache mit dem Video in einem Gespräch zu klären ...

Da zog jemand an seiner Hand. Toni.

»Hey, alles klar bei dir?«, fragte sie. »Was für ein Tag, hm?«

Xaver seufzte. Dann hatte sie wohl alles mitbekommen: den Spruch von Charlys Freund und vielleicht sogar die wahre Identität des Sams.

»Weiß auch nicht so genau«, gab er zu. »Irgendwie alles kacke gerade.«

»Kacke passt. Die Scheiße steht dir allmählich bis hier.« Mit flacher Hand markierte sie den Pegelstand. Knapp unter den Lippen. Dabei lächelte sie zumindest ein wenig und Xaver spürte automatisch, wie er ruhiger wurde.

»Toni? Was hatte Fröhlich vorhin eigentlich gefragt? In Bio?«

»Welche Sexualpraktiken bedenkenlos ohne Schutz ausgeführt werden könnten«, sagte sie mit einem kleinen Kichern. »Du bist echt der Knaller! Ausgerechnet Fröhlichs Spezialgebiet hoppnehmen, das muss man erst mal bringen.«

Autsch, nun musste Xaver doch grinsen, auch wenn all der Stress mit Fröhlich sicherlich keine gute Ausgangslage für die Zeugnisnote war.

»Weißt du, was ich denke?«, fragte Toni. »Du solltest mal ein paar Tage freimachen, schließ dich ein oder melde dich bei mir, aber hör endlich auf, hier so durchzudrehen.«

»Ich versuch's ja ...«, gab Xaver etwas kleinlaut zurück.

»Was ist denn mit deinen Kumpels? Geh zu ihnen und entspann dich!«

Xaver nickte und mit einem letzten Lächeln schob er sich an Toni vorbei in Richtung Hof.

Draußen ging er sich erst mal am Schulkiosk eine Cola kaufen. Als er zurückkam, sah er am anderen Ende des Schulhofs bereits Max und Flo. Max hatte sein schmächtiges Opfer am Arm gepackt, das sich unter Schmerzen verbog.

Scheiße, dachte Xaver. Mir reicht's jetzt echt für heute. Ich will mich da nicht einmischen. Doch bevor er entschwinden konnte, kam bereits Leo angelaufen.

»Hey! Max ist gerade dabei, Flo zu zerlegen. Ich glaube, diesmal macht er ihn alle, wenn wir nicht einschreiten.«

»Ach komm. So schlimm wird's schon nicht«, wiegelte Xaver halbherzig ab.

»Bist du bescheuert?!«

Xaver haderte mit sich. Was konnte er Leo nur über das Video sagen?

»Es ist so ...«, fing Xaver leicht verlegen an, »... dass Flo meinen Tritt gegen Piet gefilmt hat und ihn nun hochladen will. Dann bin ich geliefert. Und wenn Max ihm das Handy abnimmt, ist das Problem halt gelöst, weißt du?«

Puh, klang das jetzt egoitisch. Xaver erschreckte sich schon beim Sprechen selbst ein bisschen über seine Gedanken.

Leo starrte ihn weiterhin ungläubig an. »Ist das dein Ernst?«

Xaver blickte zur Seite. Flo lag inzwischen auf dem Boden, und als Max Anlauf nahm, war klar, dass er ihn treten wollte. In Kopfhöhe.

»Scheiße, vergiss, was ich gesagt habe ... lass uns helfen«, rief Xaver und schon rannten sie los. Kurz vor dem Tritt sprang Leo gegen Max und brachte ihn aus dem Gleichgewicht. Max schaute sich irritiert um.

»Oh, là, là, Langner und Göttschling. Macht ihr jetzt ernsthaft einen auf Superhero?« Max lachte überheblich. »Verpisst euch. Ich habe hier was zu erledigen.«

»Lass Flo in Ruhe!«, brüllte Leo. »Es reicht jetzt!«

»Hey, pass auf«, sagte Max. »Bisher war das ja noch ganz süß, aber jetzt reicht es mir. Zischt ab.«

Doch Leo ließ sich nicht einschüchtern. Die Wut über so viel Gegenwehr verwandelte Max' Gesicht in eine rote Fratze. Er machte zwei große Schritte, packte blitzschnell Leos Kehle und drückte gefährlich fest zu.

»Jetzt bist du fällig, du Penner«, knurrte Max und quetschte seine Hände weiter zusammen.

Mit einem Sprung gegen Max' Schulter brachte Xaver ihn ins Trudeln und sorgte dafür, dass er seinen Würgegriff löste. Leo ließ sich nach hinten fallen und krabbelte rückwärts wie ein Krebs aus der direkten Gefahrenzone.

Max wirkte fast ein bisschen verblüfft.

Flo stand mittlerweile etwas abseits und hielt sich seine anscheinend schmerzende Seite.

»Los!«, rief Leo ihnen zu. Gemeinsam mit Xaver und Flo sprintete er davon, Max fluchte furchtbar, schien sie aber nicht zu verfolgen.

Der Cappuccino war mittlerweile kalt, Xaver hatte ihn nicht angerührt. Er war nach der Flucht aus der Schule mit Leo und Flo in ein Bistro neben der Schule gegangen und bereute es seitdem, denn ihm war nicht nach Gesellschaft, sondern eher nach Einschließen, Kopf-gegen-die-Wand-Schlagen und Im-Erdboden-Versinken. Für immer.

Aber nun saß er schweigend Leo gegenüber, der sie seit zehn Minuten ununterbrochen wegen seines heroischen Einsatzes volllaberte – und neben Flo, der immer noch ziemlich blass aussah und seit ihrer Ankunft eisern schwieg.

»Also ich fand es mit Max eben gar nicht sooo krass«, sagte Leo herabspielend. »Sah vielleicht kurz mal ganz schön übel aus, aber glaubt mir: Ich hatte die Situation jede Sekunde voll im Griff.«

»Jetzt laber doch nicht so ein Zeug daher«, machte Xaver zum ersten Mal seit Ewigkeiten den Mund auf.

»Oh, es spricht!«, rief Leo und betrachtete ihn, als wäre er der Entdecker einer unbekannten Spezies.

»Leo, das war nicht lustig ...«

»Du übertreibst maßlos.«

»Max hätte dich fast erwürgt!«, rief Xaver wütend, woraufhin Flo und Leo beide betreten schwiegen.

»Danke ... übrigens«, machte da auch Flo endlich seinen Mund auf. »Danke, dass ihr mir geholfen habt.«

Leo grinste. »Ehrensache. Moretti hat's auch nicht anders verdient.«

»Hat er dir dein Handy eigentlich abgenommen?«, fragte Xaver.

Flo schüttelte den Kopf. »Ne ... zum Glück nicht.«

»Sag mal«, setzte Xaver an. »Max hat mir erzählt, es gäbe da so ein Video auf deinem Handy, von meiner Aktion mit Piet?«

Flo schaute Xaver erstaunt an. »Hä? Hat er dir das erzählt?« Xaver nickte. »Was für ein Schwachsinn. Der wollte meine Quartalsarbeit abgreifen, um in Deutsch noch über die Runden zu kommen, und die habe ich auf dem Handy. Das war der einzige Grund.«

So viel auf einmal hatte Xaver Flo selten reden hören. Und als seine Worte allmählich bei ihm durchsickerten, packte ihn die Wut darüber, dass Max versucht hatte, ihn in seine Sachen reinzuziehen. »So ein *Arschloch«*, raunte er.

»Das kannst du laut sagen«, bestätigte Flo.

Xaver seufzte und ließ sich in den Stuhl zurücksinken und war froh, dass er sich nicht auf Max' Plan eingelassen hatte.

»Oh Mann«, stöhnte er erschöpft und starrte ins Leere. »Wisst ihr ... Der ganze Scheiß, der mir im Moment passiert ... Mal ehrlich, ich bin doch voll am Arsch.«

»Am Arsch? Mein Gott, du machst gerade übelst auf Dramaqueen.« Leo verschränkte die Hände hinter seinem Kopf und lehnte sich auch zurück. »Ein bisschen Schulverbot, 'ne echt lässige coole Nummer in Bio und die riesige Lachnummer mit Charly. Okay, die war natürlich schon übel. Aber *so what?* Morgen haben das alle längst vergessen.«

Wenn es das nur gewesen wäre! In Xavers Schädel präsentierte ein außer Kontrolle geratenes Daumenkino brummend ein *Best of the worst* der vergangenen Tage.

»Passiert ist passiert und jetzt trink deinen kalten Kaffee und lass uns noch was unternehmen«, unterbrach Leo Xavers Horrorshow.

»Unternehmen? Super Plan! Wie wäre es mit: ein Loch im Park buddeln, mich hineinlegen und dann zuschaufeln ...?«

Da entwich sogar Flo ein kleines Lachen. Doch Leo breitete nur stöhnend die Arme aus und blickte Hilfe suchend in Richtung Decke.

»Was würdest *du* denn an meiner Stelle machen, nachdem dich die halbe Schule ausgelacht hat?«, fragte Xaver leicht genervt.

»Spontan fallen mir drei sinnvolle Dinge ein«, gab Leo cool zurück. »Kart fahren, ins Kino gehen oder zu Hause zocken, bis die Augen brennen. Alles ließe sich ziemlich perfekt mit Tiefkühlpizza, Cola und einigen Litern Eis pimpen.«

»Du tust immer so, als sei alles so einfach.«

»Schwachsinn«, wehrte Leo ab. »Aber was willst du dich denn jetzt noch verrückt machen? Nun geht's doch drum, diesen Tag würdig zu Ende zu bringen.« Er klatschte fröhlich in die Hände.

Flo schüttelte den Kopf. »Ohne mich, 'tschuldigung. Ich muss jetzt erst mal nach Hause.«

»Ich auch«, winkte auch Xaver ab.

»Auf keinen Fall!«, rief Leo. »Erstens wäre es unverantwortlich, dich in diesem Zustand ziehen zu lassen, und zweitens versuche ich, dich seit Tagen zu erreichen. Chancenlos. Jetzt habe ich dich endlich geangelt und nun lass ich dich nicht einfach direkt wieder vom Haken.« Bei den letzten Worten hatte Leo konzentriert eine Luftangel in Richtung Xaver ausgeworfen und kurbelte sie nun wieder ein, während er seinen Stuhl mit dem Fuß zu sich heranzog.

In Xavers Kopf schoben neue Bilder das Daumenkino fort. Dieses Mal erschienen Pizzen und Eis in allen nur erdenklichen Variationen, denn Leos Eltern verfügten über die umfangreichste private Tiefkühltruhen-Sammlung, die Xaver kannte. Jede von ihnen bis zum Rand gefüllt mit Junkfood, also jenen Köstlichkeiten, die bei den von Göttschlings nur im größten Notfall die Türschwelle überqueren durften. Dazu kam Leos Zockerparadies mit Beamer und Soundsystem im Keller. So übel war die Idee eigentlich gar nicht.

»Gut. Überredet. Ich nehme das mit dem Zocken und der Pizza.«

Leo jubelte. Zu Flo sagte er: »Komm doch nach! Dann könnten wir zu dritt den Sieg über das Böse feiern!«

Nach kurzem Zögern nickte Flo und gemeinsam zahlten sie und gingen dann nach draußen.

Drei Pizzen und zwei Liter Cola später lehnten sich Leo und Xaver zufrieden auf dem Sofa zurück.

»BITCH!«, rülpste Leo und nahm einen Schluck Cola.

»CHARLY« – Schluck Cola – »IST EINE« – Schluck Cola – »BITCH!«

»Anderes Thema, Leo.«

»Wieso? Ich find's lustig!« Er trank noch einen Schluck und setzte, immer noch bölkend, nach: »LUSTIG!«

»Hör doch mal auf mit dem Scheiß. Ich find's nicht witzig.«

»Ist dir eigentlich mal aufgefallen, wie viele Hammerfrauen es auf unserer Schule gibt? Also außer Charly? Die anderen haben sich ja entwicklungsmäßig auch nicht gerade in den Dornröschenschlaf verabschiedet. Ich meine, hast du dir zum Beispiel Toni in letzter Zeit mal angeschaut?«

»Toni?«, fragte Xaver ungläubig. Das war das erste Mal, dass Leo was Nettes über Toni sagte.

»Na ja, sie nervt krass, klar, aber Mann, hat die sich verändert.« Mit seinen Händen zeichnete er einen kurvigen Körper in die Luft. »Außerdem hast doch echt 'nen heißen Draht zu ihr, oder? Na, da könnt doch was gehen ...«

»Sehr komisch«, winkte Xaver ab. »Toni ist wie meine ... Schwester oder so.«

»Dann halt eine andere!«

»Wer denn? Wer will jetzt bitte noch was mit mir zu tun haben?«

»Mir kommen schon wieder die Tränen ...« Leo zog sein Smartphone aus der Tasche und öffnete den Stufenchat und zeigte Xaver die Teilnehmerliste. »Bist auch du einsam?«, säuselte Leo mit Dating-App-Werbestimme. »Suchst du ein Abenteuer oder die große Liebe? Bei uns findest du jede Menge junger bildhübscher und williger Frauen und Männer direkt aus deiner Umgebung. Werde auch du ...«

»Du bist manchmal so dermaßen hohl«, erklärte Xaver mit einem Augenrollen. »Ich ...«

»... sollte sich unter diesen wundervollen Geschöpfen keine geeignete Kopulationspartnerin befinden, so habe ich noch weitere Jahrgänge zu bieten …«, ignorierte Leo den Zwischenruf.

»Willst du das nicht kapieren oder kannst du nicht?«, blaffte Xaver. »Ich will ja nicht mit *irgendwem,* dann könnte ich ja gleich …«

»… in den Puff gehen?«

Innerhalb von Sekunden wurde Xaver siedend heiß. Er krallte sich in den Armlehnen fest. Wusste Leo etwa von seinem Ausflug?

»Alles gut? Xaver?«

Verkrampftes, schmallippiges Nicken, doch Leo wirkte völlig normal. Xaver atmete aus und ließ die bis zu den Ohren hochgezogenen Schultern erleichtert absinken.

»Weißt du, was? Such endlich nach einem passenden Mädchen und vögle dir dein Ego wieder hoch«, schlug Leo vor. »Oder mach's wie ich: Schieß dich auf 'ner Party ab und dann schnapp dir eine, die genauso blau ist wie du.«

Warum war eigentlich Leo sein bester Freund?, fragte sich Xaver mit einem langen Seufzen. Sensibilität konnte er jedenfalls nicht buchstabieren und die Gefühlswelt anderer schien ihm völlig unbekannt.

Na ja, irgendwie passte es ja trotzdem. Zumindest dann, wenn Xaver kein gehauchtes *»Erzähl doch mal, was dich so belastet«* brauchte, sondern eher ein handfestes ungehobeltes *»Alles Schweine außer Mutti!«*.

Ihre beiden auf dem Tisch liegenden Smartphones vibrierten gleichzeitig. Synchron griffen sie zu den Geräten. Sie waren einer neuen Gruppe mit dem Titel »Dumm gelaufen« hinzugefügt worden. Mitglieder: Leo, Xaver, Max und Flo (Admin).

Es gab nur einen Link und eine einzige Nachricht:

@Max: Egal, was du tust, an dieses Video kommst du nicht mehr ran, aber es kann jederzeit dein Untergang werden.

Xaver klickte den Link an, es war die Szene vom Schulhof, in der Max Leos Kehle drückte und ihm mit dem Tod drohte. Es folgten noch zwei weitere Sequenzen, in denen Max andere Schüler quälte.

»Boah, wie krass das war!«, rief Xaver.

Leo saß da wie ein Gewinner und zeigte selbstgerecht auf das Display. »Schau mich an! Siehst du? Alles im Griff!«

»Hast du aber im Video jetzt nicht so raushängen lassen ...« Xaver täuschte einen Seitenhieb an und Leo ließ sich getroffen auf die Seite kippen.

Leo blickte sehr anerkennend. »Ist aber echt 'ne ziemliche Hammeraktion von Flo. Hätte ich ihm nicht zugetraut.«

Als Flo 20 Minuten später klingelte, empfingen sie ihn wie einen Star. Mit hochgestreckten Händen verneigten sie sich.

Doch Flo wirkte eher schüchtern. »Ja. Ich dachte, das muss ich jetzt mal machen.«

»Das war der ultimative Befreiungsschlag, Alter. Und jetzt ist das Video auf dem Server und wir haben alle den Link. Genial!«

Flo schien so viel Lob von Leo unangenehm zu sein. Er wirkte überhaupt etwas deplatziert, wie er da so stand, in seiner Kombination aus Cordhose, die in ihrem früheren Leben mal Stück eines durchgesessenen Sofas gewesen sein könnte, und einem ausgeblichenen Hawaiihemd.

»Kommt, lasst uns zocken gehen!«, löste Leo die komische, leicht verlegene Situation auf. Flo schien das recht zu sein. War halt scheinbar kein großer Redner.

Sie gingen in die Zockerhöhle und starteten irgendeinen dumpfen Egoshooter. Die Gegner hatten heute lange blonde Haare, blaue Augen und ein Mörderdekolleté. Zumindest in Xavers Vorstellung.

Bäng, bäng, bäng!

15 Prinzipientreue

Xaver wachte durch ein Klingeln an der Haustür aus einem unruhigen Spätnachmittagsschlaf auf, in den er nach seiner Rückkehr von Leo gefallen war. Durch das halb heruntergelassene Rollo war es dämmrig im Zimmer und er hatte keine Ahnung, wie spät es war. Zu ihm drangen gedämpfte Stimmen, dann Schritte auf der Treppe. Jemand klopfte.

»Ich bin nicht da«, seufzte Xaver, doch da wurde die Tür bereits einen Spalt geöffnet. Charly steckte den Kopf herein. »Hi«, sagte sie. »Ich möchte mit dir reden.«

Da vergrub Xaver seinen Kopf noch tiefer ins Kissen. »Bitte geh einfach.«

»Gib mir fünf Minuten. Dann bin ich wieder weg«, bat Charly. »Es ist nur wegen heute Morgen.«

Ohne eine weitere Antwort abzuwarten, schlüpfte sie durch die Tür. Sie hatte sich scheinbar nach der Schule umgezogen und stand nun da, in einem weißen Rock und einer weit aufgeknöpften Bluse, deren leichte Transparenz offenbarte, dass sie nichts drunter trug. Xaver schaute weg, Charly kam näher und setzte sich im Schneidersitz auf den Teppich, direkt vor Xaver.

»Xaver, was mit Maik aus der Zwölf passiert ist, tut mir total leid. Ich hab nicht irgendeinen Scheiß über dich erzählt, ehrlich. Hatte nur jemandem gesagt, dass ich bei dir war und es dir voll schlecht ging. Ebendieser Ausschlag und die Blutflecken, weißt du? Maik scheint das irgendwie aufgeschnappt zu haben, und na ja ... den Rest kennst du ja. Superdoof, ey.«

Charly hatte sich leicht nach vorne gebeugt und schaute ihn bedeutungsvoll an.

Brüste. Ihre Brüste waren alles, was Xaver den Kopf volldröhnte und jegliches rationale Denken innerhalb von Sekunden unmöglich machte. Sie hat nichts drunter und ich kann sie frei sehen. Apfelgroß und bestimmt weich, samtweich.

Ich will sie anfassen, raste es in Xavers Kopf und er hasste sich für diese Gedanken. Doch sein Hirn hatte ein Eigenleben oder hatte der Körper auf diese so oft zitierte Schwanzsteuerung umgestellt? Seine Hand wurde angezogen wie von einem Magneten. Charly hob ihre Knie und zog die Füße zu sich heran. Der Rock rutschte dabei hoch. Im Grunde saß sie halb nackt vor ihm und es schien ihr nichts auszumachen. Xaver keuchte und merkte zuerst gar nicht, dass Charlys Hand auf seinem Knie lag. Sie hatte ihn anscheinend etwas gefragt, denn sie schaute ihn fragend an. Er nickte und hoffte, dass es irgendwie passte. Dann zog sie ihn zu sich herab und nahm ihn in den Arm.

Oh mein Gott, ich berühre sie. Ihre ganze nackte Haut ist nur durch wenige Millimeter Stoff von meiner getrennt, dröhnte es in Xavers Kopf. Ihm wurde ein bisschen schwindelig. Ist das so, wenn alles Blut nach unten fließt? Kann man dann ohnmächtig werden? Charly streichelte seinen Rücken und er ließ es geschehen. Er legte sogar seine Arme um sie und seine Hände glitten über ihr blondes Haar, ihren Rücken, ihr Arme.

Angekommen. Charly hatte sich endlich für ihn entschieden. Die düsteren Zeiten würden Vergangenheit sein und Xaver könnte wieder zu leben beginnen. Es war alles nur ein Missverständnis gewesen.

»Es tut mir echt so leid. Bitte lass das nicht unsere Freundschaft zerstören«, hauchte Charly.

Unsere Freundschaft. Sie duftete so gut. Xaver hatte seine Stirn auf ihre Schulter gelegt. Stromstöße durchliefen seinen Körper. Dann hob Charly behutsam seinen Kopf, schaute ihm in die Augen, beugte sich zu ihm und er spürte ihre samtenen Lippen auf seinen. Nach einem kurzen Moment öffnete sich ihr Mund einen Spalt und ihre Zungenspitze bahnte sich ihren Weg. Xaver schloss die Augen und er zitterte am ganzen Körper, als der Kuss vorbei war.

»Das war das Schönste, was ich je erlebt habe«, flüsterte er.

Charly lächelte. »Hast du morgen Abend schon was vor?«

»Nein.«

»Ich möchte gerne auf eine Uniparty gehen. Begleitest du mich?«

Xaver konnte vor Aufregung nicht antworten und nickte nur mit immer noch offenem Mund. Er und Charly gemeinsam auf einer Studentenfete, das war so ziemlich das Größte, was er sich vorstellen konnte! Dieser Tag nahm doch noch eine gute Wendung.

»Ach, wie schön.« Charly grinste. Sie stand auf und umarmte ihn noch einmal.

»Ich hab dich sehr gerne, weißt du?«, flüsterte sie. »Ich muss jetzt los, aber ich freu mich schon auf morgen und schreib dir noch, wo wir uns treffen.« Ein letzter Kuss auf den Mund und Xaver blieb allein in seinem Zimmer zurück.

Die Welt fühlte sich irreal an. War das gerade wirklich passiert? Alles war so wattig, sackte ihm nun der Kreislauf weg? Egal. Er hatte ein Date mit Charly! Ja, es war ein Scheißtag, aber nun schien es bergauf zu gehen. Alles war nur ein Missverständnis gewesen. Sie hatte ihn gar nicht lächerlich gemacht. Er schloss die Augen und rief sich ihr Bild in Erinnerung.

Was für ein Energieschub!

Motiviert angelte er sich das Geschichtenbuch und überflog das bisher Geschriebene. Noch volle drei Wochen bis zu seinem Geburtstag. So schlecht lief es eigentlich gar nicht. Vielleicht kam er sogar schon viel früher zum Abschluss als gedacht. Schnell kritzelte er einen Plan für die Zeit bis Samstagabend in sein Buch.

Seine Ziele waren durcheinandergeraten, eigentlich eine Todsünde im Projektmanagement. Ursprünglich hatte er vor, sich erst mit Charly zu verabreden und sie danach zu küssen. Nun war der erste Kuss schon Wirklichkeit geworden und das Date stand erst noch an. Was würde folgen?

Xaver hakte *Kuss* ab, platzierte ihn mit einem Pfeil vor *Date,* hielt dann einen Moment inne und schrieb voller Elan *Entjungferung* dahinter, umkreiste das Wort und zementierte es mit drei Ausrufezeichen.

Das bedeutete ein straffes Programm für die folgenden 26 Stunden. Keine Zeit zu verlieren, denn ausgerechnet am morgigen Samstag war Tag der offenen Tür in der Schule, was vier Stunden Samstagsunterricht bedeutete. Er hatte seine To-do-Liste etwas schleifen lassen, nun sollte es weitergehen.

Xaver ließ die letzten Tage an sich vorbeiziehen. Er hatte sich so oft verbogen, nicht zu sich gestanden, versucht, es anderen recht zu machen, und war damit permanent auf die Schnauze geflogen. Damit war jetzt Schluss. Wenn er nur erst einmal mit Charly zusammen war, dann würde sich alles andere auch finden. Dann käme die erlösende Entspannung und alles wäre wieder gut.

Als er am nächsten Morgen die Augen aufschlug, war es sieben Uhr. Noch 13 Stunden bis zur Party mit Charly. Wie unnötig, an so einem Tag vorher in die Schule zu gehen. Auf halber Strecke sah er Toni auf ihrem Longboard. Xaver trat in die Pedale, um sie einzuholen.

»Hi, Toni!«, begrüßte er sie.

Sie drehte sich kurz um, dann hielt sie mit einem kleinen Winken an. »Ah. Hallo, Xaver.«

Gemeinsam fuhren sie langsam weiter.

»Hast du was vor am Wochenende?«, fragte er nach ein paar stillen Minuten. Hin und wieder sah er zu Toni rüber und musste Leo im Stillen recht geben. Sie hatte sich echt ziemlich verändert.

»Ja«, antwortete Toni. »Heute Nachmittag bin ich auf 'nem Festival und morgen beim Skate-Mania, du weißt schon, dem jährlichen Wettkampf.«

»Cool«, sagte Xaver, auch wenn er keinen Plan von der ganzen Skaterszene hatte. »Ich bin heute Abend auf so einer Studentenparty«, sagte er so nebensächlich wie möglich. »Mit Charly.«

Toni blieb abrupt stehen. Als er sich zu ihr rumdrehte, wirkte ihr Gesicht wie eingefroren. »Charly?«, fragte sie leise, dann räusperte sie sich. »Wenn ich diesen Namen nur höre, wird mir schon schlecht. Du machst dich so zum Deppen wegen dieser blöden Tusse!« Jetzt waren ihre Augen wütend zu Schlitzen verzogen.

»Hä?«, fragte Xaver mit einem unsicheren Lächeln. »Bist du eifersüchtig oder was?«

»Boah, du bist manchmal so unfassbar doof!«, spie Toni in seine Richtung. »Fahr einfach weiter und bitte vergiss, dass du mich kennst!« Damit drehte sie ihren Kopf ruckartig zur Seite und schaute demonstrativ an Xaver vorbei.

Xaver blickte Toni nur ratlos an. Er verstand sie einfach nicht. Was sollte *das* denn jetzt?

Doch weil sie nichts mehr sagte, zuckte er mit den Schultern und fuhr eben los. Wenn sie nicht reden wollte, bitte schön. Als er sich noch einmal umdrehte, sah er, wie Toni sich die Augen wischte.

In der Schule hielt er vergeblich Ausschau nach Charly. Ob sie krank war?

Er schrieb ihr:

Hi Charly, alles okay? Warum nicht in der Schule?

Verpennt ;-) Freu mich auf heute Abend. XXX

Xaver grinste, machte einen Screenshot und verschob ihn in den Charly-Ordner.

Später fiel ihm auf, dass auch Toni nicht in der Schule war. Er würde später mal bei ihr vorbeifahren, um endlich zu erfahren, was mit ihr los war.

Nach Schulschluss hetzte er jedoch erst mal nach Hause, denn es war noch viel zu tun in den verbleibenden achteinhalb Stunden.

Er riss sich die Kleidung vom Leib, stellte sich vor den Spiegel und betrachtete sich von allen Seiten. Danach schäumte er sich ein und rasierte sich von oben bis unten. Dann duschen, abtrocknen, anziehen und etwas Tanztraining. Er ließ die Charthits laufen und versuchte vor dem Spiegel, Moves aus YouTube-Tutorials zu imitieren. War okay, fand er. Noch fünf Stunden. Die Zeit schien auf einmal stehen geblieben zu sein. Als Issy an seine Tür klopfte, um mit ihm zu spielen, freute er sich über die Ablenkung.

Er schlug vor, mit ihr zur Eisdiele zu fahren, sie war natürlich begeistert.

Sie wählten zielsicher ihren Lieblingsbecher Bomba di Cioccolata aus und bestellten ihn mit zwei Löffeln. Der Becher war riesig und überhäuft mit Schokoladenstücken, Sahne und Soße. Zehn Minuten konzentriertes Spachteln, dann war er leer.

»Xavi, wer war eigentlich gestern diese Blonde, die bei dir war?«

»Das war Charly.«

»Ist das deine Verliebte?«

Xaver spürte, wie er knallrot wurde. »Ich finde, sie ist sehr nett«, sagte er.

»Ich hab nicht gefragt, ob sie nett ist, sondern ob sie deine Verliebte ist!«

»Vielleicht«, meinte Xaver mit einem zugegebenermaßen recht dämlichen Grinsen.

»Dann macht ihr ein Baby und ich werde Tante?«

Xaver guckte starr geradeaus. In Gedanken sah er sich schon mit Charly durchs Bett toben.

»Xavi? Werde ich Taaaante?«, riss Issy ihn aus seinen Tagträumen.

»Nein, du neugieriger Drache!« Xaver schob den Becher beiseite und legte das Geld für das Eis auf den Tisch.

»Habt ihr euch denn gekü-hüsst?«

»Ja. Und jetzt ruhig!«

Issy schüttelte sich. »Bäh, wie ekelig!«

»Dir gebe ich doch auch einen Gutenachtkuss.«

»Du bist ja auch mein Bruder.«

»Na und?«

»Charly hatte gestern eine Bluse an, da konnte man voll durchgucken. Ich hab ihre Möpse gesehen.«

Schlagartig schienen jegliche Geräusche im Eiscafé zu verstummen. Xaver drehte sich um und blickte in die amüsierten Gesichter der anderen Gäste. Einer Oma fiel sogar die halbe Eiskugel vom Löffel.

»Woher kennst du solche Wörter?«, flüsterte er.

Issy grinste stolz. »Hat Timmi aus meiner Klasse gesagt.«

Aha. Xaver nahm sich vor, diesen Timmi künftig ganz genau im Auge zu behalten. »Komm«, erklärte er. »Wir gehen jetzt. Zack, zack.« Damit stand er auf und lotste Issy in Richtung Fahrrad.

16 Wie weggeblasen

Noch drei Stunden. Zeit für das nächste Tanztraining!

Es klappte immer besser und Xaver stellte sich mit geschlossenen Augen vor, er wäre schon in dem Club und tanze dort zur Musik. Später bestäubte er sich mit Dads Aftershave und fuhr in die Stadt. 30 Minuten zu früh am Ziel, setzte er sich auf eine Parkbank beim Treffpunkt und hielt nach Charly Ausschau.

Um 20.00 Uhr saß er immer noch alleine auf der Bank. Die Minuten krochen quälend langsam dahin. Er schaute auf sein Handy. Keine Nachricht. Böse Erinnerungen keimten auf.

20.15 Uhr. Keine Charly. Er tippte:

Hey, Charly. Aufm Weg?

Keine Antwort.

Um 20.30 Uhr war er immer noch alleine. Xavers Zuversicht schrumpfte. Ihm kamen Tonis abwertende Worte in den Sinn. Hatte sie recht? Scheiße, ich habe vergessen, Toni zu besuchen, fiel ihm da siedend heiß ein. Er griff zum Handy und wählte ihre Nummer. Doch als es das erste Mal tutete, sah er Charly kommen. Also legte er schnell wieder auf.

»Ach, Xaver. Sorry, es tut mir leid!«, rief sie ihm entgegen. »Ich konnte nicht früher. Bist du schon lange da?«

»Quatsch. Gerade erst gekommen, war selber zu spät«, log er erleichtert.

»Komm, wir schauen, ob die anderen auch da sind.«

Anderen? Hatte er sich verhört? »Welche anderen meinst du?«

»Ach, so ein paar aus der Schule halt.«

In seiner Tasche brummte das Handy. Xaver sah auf dem Display Tonis Namen und drückte den Anruf weg. Falscher Zeitpunkt, jetzt war Showtime.

Charly sah natürlich umwerfend aus. Sie hatte ein gelbes Kleid angezogen, das alle, aber auch restlos alle ihrer Reize voll zur Geltung brachte. Xaver platzte vor Stolz, dass ausgerechnet *er* mit dem schönsten Mädchen am Arm den Clubraum betrat. Er holte Getränke und sie stellten sich an den Rand der Tanzfläche. Die Ersten bewegten sich bereits zur Musik und Xaver wippte leicht mit. Erstaunlich entspannt tänzelte er neben Charly, die ihn anlächelte und auch zu tanzen begann.

Doch Xaver merkte schnell, dass dies hier definitiv nicht sein Zuhause war. Er kam immer wieder aus dem Takt und verlor allmählich den Mut. Komm schon, du kannst das, versuchte er, sich anzufeuern. Denk einfach, du wärst in deinem Zimmer.

Sein Blick wanderte über die Menschenmenge und er fühlte sich schlagartig drei Meter kleiner, als er seinen Cousin Thommy entdeckte. Ausgerechnet der! Und natürlich bewegte er sich völlig selbstsicher und geschmeidig über die Tanzfläche.

Der Kerl war das völlige Gegenteil von ihm, Mister Lover Lover himself. Er sah super aus und wusste es auch. Xavers Eltern betonten, wenn die Sprache auf Thommy kam, dass er außer Gut-Aussehen auch wirklich nichts auf dem Kasten hatte. Das Problem war nur, dass Xaver immer weniger verstand, was daran so schlimm sein sollte. Der kannte Probleme, wie Xaver sie gerade hatte, überhaupt nicht. Eine locker zweistellige Anzahl von Frauen war angeblich bereits von ihm beglückt worden. Klar, solche Storys dachten sich viele Jungs aus, Thommy jedoch glaubte man sie aufs Wort.

Nun also stand ausgerechnet er hier auf der Tanzfläche. Das Hemd halb aufgeknöpft, stellte er den Ansatz seines muskulösen Oberkörpers zur Schau und die ersten Mädels im Club begannen, ihn zu umschwirren, wie Bienen ihren Stock.

Tanzen konnte er, das musste Xaver zugeben. Auch Charly schien ihn schon auf dem Radar zu haben, denn sie winkte ihm zu. Als Thommy sie entdeckte, tänzelte er breitbeinig mit weit ausgebreiteten Armen, im Rhythmus zuckenden Schultern und leicht arrogant verzogenen Mundwinkeln selbstbewusst auf sie zu. Thommy, der Großstadtdjango, es fehlten eigentlich nur die Revolver an den Seiten. Xaver widerte dieses Gehabe unglaublich an. Aber – und das war die größte Scheiße – die Mädels standen anscheinend drauf. Zumindest die Traube williger Tussis, die ihn gerade nur ungern ziehen ließ, als er sich den Weg in Richtung Xaver und Charly bahnte.

Und offensichtlich auch Charly. Sie näherte sich bereits mit laszivem Hüftschwung und Lolitablick seinem Sektor und ließ sich bereitwillig von ihm antanzen.

Was sollte das denn jetzt?, fragte sich Xaver wütend und versuchte, sich nicht völlig wegdrängen zu lassen.

Am Ende des Songs beugte sich Thommy zu Xaver. »Na, Vetterchen? Mal so von Mann zu Mann ...«, beim zweiten *Mann* betrachtete er Xaver und prustete los. »... meinst du nicht auch, dass die Kleine ein paar Nummern zu groß ist für dich?«

»Du nervst. Geh doch einfach andere antanzen«, fauchte Xaver seinen Cousin an. »Gibt genug Mädchen hier.«

... wobei er hoffte, dass nur wenige von ihnen auf so einen Schwachkopf standen.

»Entspann dich!«, wehrte Thommy ab. »Noch ein Tipp vom Profi? Geh mal besser in der frühen Mittelstufe fischen. Die sind noch nicht so verwöhnt und stehen sogar auf so Softies wie dich. Nichts für ungut.«

Er klopfte ihm gönnerhaft auf die Schulter und erschuf sich mit wenigen Schritten seine nächste Groupieblase.

So ein Arschloch.

Beim nächsten Song stand Xaver bereits nur noch am Rande der Tanzfläche und wippte verlegen mit dem Fuß. Er konnte das mit dem Tanzen einfach nicht so in der Öffentlichkeit. Okay, die Musik war auch Schrott und er mochte dieses choreografierte Discogehampel kein Stück, aber darum ging es ja nicht. Warum konnte er jetzt nicht ein bisschen locker rumhüpfen und Spaß haben? Im Spiegel hinter einer Bar sah er einen blassen, verloren wirkenden Jungen inmitten einer Partygesellschaft. Sich selbst.

Er wäre so gerne aus seiner Haut geschlüpft, es ging hier schließlich auch um den Abend mit Charly.

Doch dann kam schon das nächste Problem auf ihn zu: Leo mit Lasse, Noah und sogar Flo im Schlepptau. Ja, es waren seine Freunde, aber hier bei seinem Date mit diesem albernen Haufen rumzustehen, würde die Chancen auf sein erstes Mal mit Charly massiv reduzieren.

»Xaver? Cool, dass auch du hier bist«, übertönte da Leo bereits die Musik. »Ich dachte, du wärst irgendwo mit Charly.«

»Ich *bin* hier mit Charly.«

Leo blickte ihn erstaunt fragend an und Xaver nickte als Antwort in Richtung Charly, die etwas entfernt tanzte. Schnell signalisierte Xaver, dass die vier sich bitte verdrücken sollten, doch Leo machte es sich bereits bequem und orderte Getränke.

Als er sich wieder zu Xaver umdrehte, meinte er: »Was ist denn nu? Gib mal Gas, sonst flattert sie dir gleich weg.« Er deutete auf Charly, die sich, langsam, aber stetig tanzend, von ihnen entfernte.

Xaver schaute ihr wie erstarrt hinterher und beschloss, sich endlich zusammenzureißen. Das mit dem Tanzen konnte doch nicht so schwer sein. Mittlerweile hatte sogar Flo angefangen, sich langsam zur Musik zu bewegen. Rucksack-Flo! Sah zwar aus, als hätte er einen Magenkrampf, aber *so what?* Immerhin tanzte er. Was hatte Toni noch gesagt? *Denk einfach, du wärst mit Issy und mir in der Küche ...*

Xaver schloss die Augen und begann zögernd, sich zu bewegen. Es klappte und fühlte sich sogar ganz gut an. Er traute sich, die Augen zu öffnen, und tanzte auch die nächsten Songs einfach weiter. Charly war nur zwei Meter entfernt von ihm – deutlich zu nah bei ihr tänzelte Thommy.

Als sie ihn entdeckte, lächelte sie ihn strahlend an, nur um ihm dann zu erklären, dass sie kurz was erledigen müsse. Xaver nutzte die Chance, um eine kleine Tanzpause einzulegen, und stellte sich mit einem frischen Bier an den Rand der Tanzfläche. Seine Freunde hatten sich anscheinend verzogen.

Das Bier machte schwindelig, sollte es ja auch. Es schmeckte furchtbar und er war es nicht gewohnt. Er schaute auf seine Uhr.

22.05 Uhr. Charly war schon 20 Minuten weg und weit und breit nicht zu sehen.

22:11 Uhr. Immer noch keine Charly. Er schob sich durch die Tanzenden in die Richtung, in die Charly verschwunden war. Doch da kam Leo ihm von draußen entgegen und versperrte ihm hastig den Weg. »Hey, Xaver, lass uns Party machen!«, rief er ziemlich überdreht.

»Nicht jetzt. Ich suche gerade Charly.«

»Ach die ... die ... habe ich eben in Richtung Klo wackeln sehen.«

»Echt? Ich dachte, sie wäre hier rausgegangen.«

»Quatsch. Lass uns mal hier warten, die kommt schon gleich wieder.« Leo hatte bereits zwei Gläser Cola herbeigezaubert und drückte Xaver eines davon in die Hand. Irgendwie wirkte er auf einmal ziemlich nervös. Was war denn jetzt los?

Nachdem Xaver die Umgebung nach Charly abgescannt hatte, blickte er fragend zu Leo. »Die kommt einfach nicht wieder«, erklärte er. »Ich gehe jetzt doch mal raus in den Biergarten. Vielleicht hat sie da irgendwen getroffen.«

»Quatsch. Xaver, bleib hier. Da ist sie nicht. Ganz sicher!« Es wirkte fast, als wolle Leo ihn daran hindern, den Ausgang zu nehmen, den eben Charly gewählt hatte. Was sollte der Mist?!

»Oh, guck mal, da ist ja auch Kevin! Lass den 'ne Runde verarschen gehen, nach der Nummer in Bio, okay?«, rief Xaver und nutzte den Moment, in dem Leo sich umdrehte, um sich an ihm vorbeizuschieben.

Leo versuchte zwar noch, ihn am Ärmel zurückzuziehen, aber Xaver riss sich los und ging nach draußen. Suchend schritt er durch die leicht abgekühlte Abendluft. Weil Charly auch hier nicht zu finden war, versuchte er sein Glück auf einer angrenzenden Wiese.

Hinter ein paar Büschen raschelte es. Er schaute in Richtung des Geräuschs, doch es war zu dunkel, um zu erkennen, ob dort noch mehr Leute waren. Deshalb quetschte er sich zwischen ein paar Sträuchern hindurch und schaute plötzlich Thommy ins Gesicht, eine Dose Bier und eine brennende Kippe in der Hand. Sein Hemd war jetzt ganz geöffnet, seine Hose hing in den Kniekehlen und vor ihm hockte eine Frau in gelbem Kleid und bewegte ihren Kopf in Höhe seiner Hüfte rhythmisch vor und zurück.

Charly.

Xaver schaute Thommy fassungslos an, doch der grinste nur breit, machte mit der freien Hand das Victory-Zeichen und leckte vulgär mit seiner Zunge am Finger-V entlang.

Das konnte doch nicht wirklich passieren, dachte Xaver ungläubig und starrte noch einen Moment wie festgewachsen auf den blonden Hinterkopf, bis er sich endlich abwendete.

Fluchtartig stürmte er durch den angrenzenden Park. Nach ein paar Hundert Metern blieb er stehen.

Was tun, wenn man drohte zu zersplittern, aber nichts kannte, was einen beruhigen würde? Er fühlte sich völlig ohnmächtig. Alle hatten sie recht gehabt, nur er hatte es nicht wahrhaben wollen. Charly hatte ihn von vorne bis hinten ausgenutzt.

Er ging ein paar Schritte weiter, wieder raus aus dem Park, grob in Richtung Innenstadt. An einer Kreuzung blieb er stehen und trat voller Wut so lange gegen einen Mülleimer, bis dieser quietschend aus der Halterung fiel. Damit hatte er nicht gerechnet, er verlor beim letzten Tritt das Gleichgewicht, stolperte auf einen Zebrastreifen und klatschte mitten auf den Asphalt. Um ihn herum sammelten sich rasch lachende Leute.

»Hey, mach dich vom Acker, du Idiot!«, hörte Xaver eine wütende Männerstimme rufen. Er blickte mühsam auf und sah einen Mann, der aus seinem Auto ausgestiegen war, weil Xaver seine Weiterfahrt durch die unfreiwillige Straßenblockade verhinderte. Wütend warf der Mann eine leere Coladose in seine Richtung. Die Schaulustigen johlten.

Da überlagerte plötzlich die Stimme eines Mädchens mit recht deutlichen Worten das Chaos: »Ey, du Wixer, verpiss dich einfach, ja? Ich sagte ver-pis-sen! Los, ab zu Mami, du Lutscher!«

»Schrei hier nicht rum, hol lieber deinen Kumpel da weg!«,

brüllte der Mann. Anscheinend hatte sie nicht Xaver, sondern den Mann gemeint.

»Komm doch her, wenn du was willst!«

In Xavers Blickfeld tauchte ein zierliches Mädchen mit zerrissener Hose, Springerstiefeln und pinkfarbenen Haaren auf. Sie schritt langsam und bedrohlich mit einer abgeschlagenen Bierflasche in der Hand auf den mittelalten Autofahrer zu. Und siehe da: Der Mann wich zurück, setzte sich kurzerhand in sein wartendes Auto, einen teuren Mercedes, und betätigte die Verriegelung. Doch das Mädchen ging weiter und baute sich direkt vor seinem Kühlergrill auf.

»Hast Angst vor 'nem kleinen süßen Mädchen? Oh, mir kommen die Tränen«, rief sie und bewegte ihre Hand zum glänzenden Mercedesstern auf der Motorhaube.

»Wage es nicht!«, schrie der Mercedesfahrer das entspannt grinsende Mädchen an. Doch die beeindruckte das kein bisschen. Mit routiniertem Griff ließ sie es einmal kurz knacken und präsentierte den erloschenen Stern zwischen Daumen und Zeigefinger. »Upsi«, kiekste sie.

Die wütenden Hasstiraden des Mannes ignorierend, schlenderte sie zurück zu Xaver und stellte sich vor ihn hin. »Hey du ... weiter geht's, hopp!«

Xaver blickte völlig erschöpft in das Gesicht des Mädchens und sah dort ein breites Lächeln.

»Komm. Hier ist ein Scheißplatz zum Schlafen.« Sie zerrte ihn hoch. Die Gaffer ignorierend, stützte sie ihn und führte ihn in die Nacht.

17
Retterin

Willst du was trinken?« Das Mädchen reichte ihm eine Flasche Wasser aus ihrem Rucksack, nachdem sie sich ein bisschen entfernt hatten.

Xaver betastete erst einmal seine pochende Lippe. Sie fühlte sich feucht und geschwollen an, anscheinend hatte er die sich beim Sturz aufgeschlagen. Seine Retterin betrachtete ihn und begann dann, das bisschen Blut mit dem Ärmel ihres Pullovers abzuwischen.

Sie hatte strahlende, mandelförmige grüne Augen und eine feine, gerade Nase, unter der ein Piercing baumelte. Zwei weitere Ringe durchbohrten ihre Unterlippe. Das Auffälligste an ihr aber waren die zu Dreadlocks gewundenen pinkfarbenen Haare. Sie leuchteten, als würden sie glühen, und gaben ihr das Aussehen einer etwas schrägen Medusa.

»So, nun siehste wieder ganz passabel aus.«

»Aber dein Pulli ist jetzt voller Blut«, sagte Xaver.

Sie grinste und sah dabei mitsamt ihrer glitzernden Piercings ziemlich hübsch aus. »Tja. Bleibt nicht aus, wenn man ihn zur Erstversorgung Wahnsinniger nutzt.«

Xaver nahm einen Schluck Wasser. »Danke.«

»Wofür?«

»Für die Rettungsaktion.«

»Hey, mach mal kein Drama. Dir wär doch auch so nix passiert.«

Xaver war sich da nicht so sicher. »Warum hast du es dann gemacht?«

»Hmmm. Vielleicht, weil mir einfach dieses Gehupe und Geschreie in meinem Wohnzimmer auf die Eier ging?«

»Eier? Haste gar nicht«, rutschte es Xaver raus.

Sie kicherte. »Dann halt auf die Eier...*stöcke*. Besser?«

Die beiden schauten sich an und lachten.

Xaver deutete zu einem Kiosk auf der anderen Seite der Straße. »Ich hol mir 'ne Cola. Soll ich dir eine mitbringen?«

»Nö! Lieber 'ne neue Flasche Wasser«, antwortete sie.

Xaver ging noch etwas wackelig zum Kiosk. Als er zurückkam, hatte sich das Mädchen auf der anderen Straßenseite auf eine Bank gesetzt und winkte ihm zu.

Ein Teil von ihm wäre gerne einfach nach Hause gegangen, um diesen furchtbaren Abend endlich zu beenden. Aber irgendetwas an diesem Mädchen machte ihn neugierig. Mit Punks hatte er nie groß etwas zu tun gehabt und ein Mädchen wie sie hatte er eh noch nie getroffen.

»Scheißtag gehabt?«, fragte sie, als er sich wieder zu ihr setzte.

»Der Tag war gut, nur der Abend war scheiße.«

»Wenn man dich so gesehen hat, würde ich sagen, so *richtig* scheiße, oder?«, hakte sie nach. »Und die arme Mülltonne von eben, die musste dafür büßen.«

Xaver lachte leise. »Kann man so sagen.«

Das Mädchen warf ihm ein breites Grinsen zu, dann hielt sie beide Hände an ihren Mund, formte so eine Art Megafon und schrie, so laut sie konnte: »SCHEISSABEND!«

Xaver hob verwundert die Augenbrauen.

»Jetzt du«, verlangte sie.

»Ne, lass mal gut sein.«

»Nix da, leg los!«

Er zögerte, aber seine seltsame Sitznachbarin wirkte, als ließe sie ihn ohne Urschrei nicht mehr gehen. Also sammelte er seinen Mut zusammen und schrie seine Wut mit aller Kraft von sich.

»Respekt!« Das Mädchen klopfte ihm anerkennend auf die Schulter. Sie nippte an ihrem Wasser und lächelte vor sich hin. »Als du da eben angekommen bist, dachte ich erst, du wärst irgendein Junkie auf 'nem Tripp. So ›Uaaaahhh, ich hasse euch‹ und so.« Sie war mittlerweile aufgestanden, stakste mit steifen Beinen vor der Bank auf und ab und grölte laut: »›Uahhhh, ich werde euch alle töööten …‹ Das war so lustig!«

Xaver fand's nicht lustig. Trotzdem spürte er seine Mundwinkel zucken.

Die Hände in die Hüfte gestemmt, musterte sie ihn. »Boah, bist du ernst. Hast du 'nen Stock im Arsch oder was?«

Da brach ein Damm in Xaver und er begann, lauthals zu lachen. »Das wüsste ich. Aber ich bin definitiv nicht so herumgelaufen und ich habe auch nicht so ein Zeug von mir gegeben!«

»Doch. Du hast 'ne Megashow abgezogen!«

»Das sagt die Richtige«, entgegnete Xaver. »Wie Rumpelstilzchen bist du vor dem Benz rumgehüpft und hast 'ne dicke Lippe riskiert. Was hättest du gemacht, wenn der Typ ausgestiegen wäre?«

»Na, in die Eier getreten! Du stellst vielleicht Fragen.«

»Haha, mit deinen einsvierzig, ist klar. Da wärst du doch gar nicht rangekommen.«

»Eins zweiundsechzig! Und außerdem: So, wie der aussah, baumelten die ihm eh schon in den Kniekehlen.«

Xaver grinste noch breiter und spürte langsam, wie der

Druck des Abends etwas von ihm abfiel. Er trank einen Schluck Cola und schaute in den Sternenhimmel.

»Und? Warum hattest du nun 'nen Scheißabend?«, fragte das Mädchen.

Xaver zuckte mit den Schultern. »War auf 'ner blöden Party.«

»Das ist alles?«

»Na ja. Man kann schon mal schlecht drauf sein, wenn man mit seiner großen Liebe abends weggeht und sie dann erwischt, wie sie dem Stecher der Stadt einen bläst, oder?« Das war jetzt eigentlich mehr, als Xaver hatte sagen wollen.

»Hm. Wie das wohl sein mag?«, fragte das Mädchen.

»Was?«

»Na, 'nem Typen einen zu blasen, von dem man nicht weiß, in wem er ein paar Minuten vorher noch steckte. Da bist du doch fast noch besser davongekommen, oder?« Sie lächelte ihn provozierend an.

Xaver war irritiert. Er verstand sich selber nicht, denn er hatte nicht vor, über seinen furchtbaren Abend mit irgendwem zu sprechen, und nun hörte er sich auch noch solche Sprüche relativ gelassen an. Das Punkmädchen drehte sich in Ruhe eine Kippe und zündete sie an.

»Wart ihr denn zusammen?«, fragte sie, während sie versuchte, Rauchkringel zu formen.

»Ja ... Nein ... Na ja, wir haben gestern geknutscht.« Autsch, was redete er denn jetzt für einen Scheiß!

»Sie wusste also, dass du sie liebst?«, stellte sie sachlich fest.

»Schon möglich.«

»Dann tut es mir leid, aber sie ist eine Schlampe.«

Xaver stöhnte. Das hörte sich verdammt nach Leo an. »Halt bitte einfach den Mund.«

»Eine *Bitch!*«, flötete das Mädchen einfach weiter.

»Hey, es reicht!« Warum stand er eigentlich nicht auf und ging? Die hatte doch nicht alle Latten am Zaun.

»Fick-ma-schi-ne.« Mit ihren schwarz lackierten Fingern klatschte sie die Silben beim Sprechen mit.

Das war's. Xaver sprang auf und blickte wütend auf das Mädchen herab.

»Du bist echt niedlich«, stellte sie jedoch nur unbekümmert fest. »Gehst gemeinsam mit deiner grooooßen Liebe weg. Sie weiß, dass du totaaaal verknallt in sie bist ...«

»Das wusste sie nicht ...«, protestierte Xaver.

»Sag ich doch ... *Niedlich*. Meinst du, die ist dumm? Also: Deine große Liebe bläst 'nem anderen einen, während du auf sie wartest. Ey, das ist das Allerletzte, verstehst du das nicht? Und dann sitzt du hier und flippst aus, weil ich sie *beleidigt* habe. Du bist echt Zucker.« Sie kicherte und flitschte die Kippe weg. »Ihr Jungs seid manchmal einfach total hohl in der Birne. Vielleicht hat sie dir schon eine Nachricht geschrieben und gefragt, ob ihr morgen gemeinsam frühstücken wollt? Komm, los, schau doch mal nach!«

Xaver griff im Reflex nach seinem Handy und da brach sein Gegenüber vor Lachen fast zusammen. »Oh mein Gott! Das war nur ein Sche-herz«, sagte sie. »Bist du ihr Schoßhündchen oder was?«

»Bitte sei still«, flehte Xaver. »Mir geht's echt ziemlich mies.« In dem Moment, als die Worte seinen Mund verließen, zerbröckelte die Wut über den provozierenden Punk in sich zusammen und Xaver fühlte sich nur noch schwach, hilflos und maßlos enttäuscht von Charlys Verhalten.

Als das Mädchen auffordernd neben sich auf die Bank klopfte, brach sein Widerstand gänzlich und er setzte sich wieder. »Ich weiß, es hört sich total krank an, aber ich empfinde auch jetzt noch was für sie«, gab er kleinlaut zu.

»Und was?«, fragte sie interessiert.

»Sie ist so wahnsinnig schön«, fing er an. »Weißt du, wenn sie lächelt, dann bilden sich auf ihren Wangen tiefe Grübchen und die Augen blitzen. Sie hat tolle Zähne und einen Körper, ey, der ist der Hammer. Sie ist einfach die perfekte Frau.«

Ist! Xaver realisierte, dass er gerade IST gesagt hatte. Er verzweifelte – war ihm noch zu helfen?

»Und was empfindest du für sie?«

»Hast du nicht zugehört oder was?«

»Doch, aber du hast mir nur erzählt, wie sie aussieht. Oder willst du mir etwa erklären, dass das die einzigen Gründe für deine *Liebe* sind?«

Xaver sah sie verwirrt an. »Wie meinst du das?«

»Na ja, was du sabbelst, klingt für mich eher ein bisschen dürftig. Wenn du mit jemandem richtig abgehen kannst, das ist für mich Liebe. Also durch die Stadt laufen und herumalbern, sich gemeinsam bei Filmen totlachen, die eigentlich total behämmert sind, das Schwimmbad aufmischen, bis der Bademeister Burn-out kriegt, auf Konzerten zusammen ausrasten.« Sie hielt einen Moment inne, um nachzudenken, und Xaver war auf einmal wie hypnotisiert von ihren Mandelaugen.

»Den Geruch und Geschmack des anderen immer bei sich zu tragen, die Minuten ohne einander nicht ertragen können, zu wissen, man ist rund um die Uhr füreinander da«, sagte sie weiter. »Das ist Liebe. Aber davon habe ich bei dir gerade nichts gehört. Null.«

Xaver lehnte sich zurück und schwieg. Solche Gefühle kannte er nicht. Zumindest nicht mit Charly.

»Deine Freundin klingt für mich wie eine perfekte Ficklandschaft. Nicht mehr und nicht weniger. Kann auch schön sein. Kann ich nicht beurteilen, musst du die anderen fragen, die schon auf ihr waren, gibt ja genug von ihnen und ... Hey, bist du noch da? Bist so ruhig ...« Sie hatte sich nach vorne gebeugt und versuchte, Xavers starren Blick mit einem Winken wiederzubeleben.

In seinem Kopf rauschten jedoch die Gedanken. »Vielleicht hast du recht und ich habe alles falsch gemacht«, gab er leise zu.

»Kann sein. Wär es dein erstes Mal gewesen?«

»Seh ich etwa so aus?«

»Ja.«

»Hä? Woran willst du das erkennen?«, gab er möglichst selbstbewusst zurück, doch das popelige *Ja* nagte bereits wieder Löcher in sein Selbstbewusstsein.

»Hab's nicht erkannt. War nur so 'ne Vermutung. Du wirkst ein bisschen ... unentspannt.« Das Mädchen drehte sich eine weitere Zigarette, zündete sie an und zupfte ein paar Tabakkrümel von ihrer Unterlippe. »Weißt du, was das Tollste am Leben ist? Du hast immer die Chance auf einen Neuanfang. Scheißmusik? Nächstes Stück. Fieser Döner? Fallafel kaufen. Langweiliger Fernsehfilm? Umschalten. Verkackte Liebe? Neue suchen! Die meisten Menschen sind nur so doof, dass sie meinen, ihr komplettes Leben lang genau das weitermachen zu müssen, was sie bisher machten. Das ist Bullshit.« Sie wandte sich Xaver zu und schaute ihm direkt in die Augen. »Ich verrate dir jetzt ein Geheimnis: Du kannst jede Sekunde dein ganzes Universum neu gestalten. Mach es bunter, grauer, lustiger, trauriger! Es liegt vor allem an dir und nur ganz wenig an den anderen.«

»Das hört sich in der Theorie ja toll an, aber wie soll das denn gehen?«, fragte Xaver.

»Wie? Weißt du das echt nicht?« Sie sah ehrlich überrascht aus. »Du musst einfach nur beschließen, dass die Schlampe ab sofort Vergangenheit ist. In der Sekunde, als du gegangen bist, hat eine neue Zeitrechnung für dich begonnen. Sie ist weg.

Buff! Alles, was du noch mit ihr verbindest, sind Erinnerungen.«

»Wie soll ich sie denn vergessen, wenn ich sie doch jeden Tag in der Schule sehe?«

»Du kannst vergessen, was sie für dich bedeutet hat. Das geht auch, wenn du sie dauernd siehst. Hast du ein Foto von ihr?«

Xaver zückte sein Handy, öffnete den geheimen Foto-Ordner und hielt ihr das Gerät hin.

»Wow, okay, sie sieht echt aus wie ein Modell. Aber irgendwie auch etwas langweilig.« Sie tippte auf dem Smartphone herum und gab es ihm dann zurück. »Erledigt.«

Xaver stockte. »Wie meinst du das jetzt?«

»Hab den Ordner gelöscht«, sagte sie, als wäre das völlig belanglos.

»Als ob …« Xaver grinste ungläubig, kontrollierte aber dennoch leicht nervös seine Ordner.

Scheiße, da war kein Charly-Bild mehr zu finden. Hektisch durchsuchte er alle seine Foto-Gallerien. Charlys Bilder waren weg, selbst der Papierkorb war geleert!

»Hey, bist du krank?! Wie kannst du so was nur bringen?«

Er würde diese Sammlung nie wieder zusammenbekommen!

»Sorry, wusste nicht, dass du dir noch einen drauf runterholen wolltest«, kicherte das Mädchen. Dann sprang sie unvermittelt auf, schmiss ihre Wasserflasche ins Gebüsch und breitete vor ihm die Arme aus. »Ich habe dir gerade nur etwas beim Vergessenkönnen geholfen. Ab jetzt ist jede Sekunde ein neues Universum! Eben hast du noch wie ein Irrer auf Mülleimer eingetreten … und schon ist alles vergessen. Keiner der Leute dort drüben weiß mehr davon.« Sie schaute Xaver an und legte feierlich beide Hände auf seine Schultern. »Großer Unbekannter, du bist frei. Nichts von den heutigen Dingen bleibt an dir haften und wird dich belasten.«

Sie brach aus dem Mercedesstern geschickt die Innenstreben heraus und streifte ihm den entstandenen Ring über seine Hand.

»Für dich. Er soll dich immer daran erinnern, dass du jede Sekunde deines Lebens die Chance für den Neustart hast.« Dann gab sie ihm völlig überraschend einen Kuss auf die Wange und huschte davon.

Xaver sprang nach einigen Sekundenq verdattert auf und folgte ihr, doch nach wenigen Metern hatte er sie bereits aus den Augen verloren, sie war vom Gewühl der Menschenströme in den Gassen verschluckt worden. Xaver trank einen Schluck der mittlerweile warmen Cola, den Rest schüttete er weg.

Was zum Teufel war *das* nun gewesen? Ich habe sie noch nicht mal nach ihrem Namen gefragt!

Er nahm sein Handy und schaute nach Nachrichten. Toni hatte noch zweimal versucht, ihn zu erreichen, auch Leos Name wurde angezeigt. Jetzt war es zu spät für Rückrufe. Charly hatte sich nicht gemeldet. Er rief ihre Kontaktdaten auf. In ihrem Profil war das letzte noch verbliebene Foto.

Jede Sekunde die Chance auf einen Neustart, hallte es in seinem Kopf nach. Er begann, eine Nachricht zu tippen:

Leb wohl, Ficklandschaft!

Das war definitiv nicht sein Style. Aber warum eigentlich nicht? Hatte sie es nicht verdient? Sein Finger schwebte über *Senden*. Dann schickte er die Nachricht ab und blickte mit einem kleinen Grinsen in den klaren Sternenhimmel.

Es fühlte sich besser an, als er gedacht hatte. Er grinste noch breiter, löschte kurzerhand Charlys Kontaktdaten und blockierte sie in seinen Netzwerken.

18 Tick Tack

Ein stechender Schmerz weckte Xaver auf. Beim Reiben der Augen spürte er den silbernen Mercedesring an seinem Handgelenk. Der gestrige Abend lief in seinem Kopf erneut ab und er spulte zu dem Moment, als das pinkhaarige Mädchen ihn zum Abschied angelächelt hatte. *Jede Sekunde ein Neuanfang!*

Xaver holte sein Notizbuch und begann, die bisherigen Eintragungen kraftvoll durchzustreichen. *Projektziel: Charly ins Bett kriegen,* wie lächerlich.

Vergangenheit. *Ruhe in Frieden, Ficklandschaft,* schrieb er unter das letzte Blatt.

Xaver grinste, aber es fühlte sich trotzdem auch bitter an. Sein brummendes Handy lenkte ihn ab.

»Moin, Xaver, ich habe dich gestern nicht mehr gefunden. Wo warst du?«, begrüßte Leo ihn.

»War nicht so ganz nach meinem Geschmack, diese Party«, sagte Xaver betont gleichgültig.

Leo zögerte. »Du hast Charly doch noch entdeckt, oder?«

»Oja. Ich schätze, jemand anderes scheint ihren Geschmack besser getroffen zu haben.« Xaver musste über sein Wortspiel grinsen. »Also zumindest Thommy schien ihr ziemlich zu schmecken«, konkretisierte er.

»Oh Scheiße, den Anblick hätte ich dir echt gerne erspart.

Diese verdammte Bitch. Wie geht's dir jetzt? Soll ich mal vorbeikommen?«

»Ne, mir geht's eigentlich ziemlich gut.« In Stichpunkten erzählte er vom weiteren Verlauf des Abends.

»Wie jetzt? Du hast dir den Abend mit einem Straßenmädchen vertrieben?« Leo wirkte fast schockiert. *»Du?* Und jetzt willst du sie auch noch wiedertreffen? Geht's dir wirklich gut?«

Xaver musste über Leos besorgte Stimme grinsen. »Mach dir keinen Kopf. Mit mir ist alles perfekt!«

»Oh. Hm. Dann hätten wir uns die Aktion mit Thommy wohl sparen können«, brummte Leo nach einer kurzen Pause.

Xavers Augenbrauen schossen in die Höhe. »Aktion? Welche Aktion?«

»Na ja, weißt du, sein schickes Motorrad stand direkt an der Straße vorm Haus ...«, presste Leo hervor, begleitet von einem kleinen Kichern, »... und der Tank ...«

Xaver verstand nichts und Leo schien plötzlich außerstande weiterzusprechen. Stattdessen lachte er laut los.

»Also ...«, nahm Leo noch mal einen neuen Anlauf. »Also, sagen wir es mal so: Der schöne Thommy wird sein Motorrad gestern eher geschoben haben. Flo und ich haben ihm ... wie soll ich sagen ... den Tank mit unserem Harnsaft veredelt.«

Es brauchte einen Moment, bis sich Xaver durch Leos Worte gewühlt hatte. »Was?!«, fragte er dann fassungslos. »Ihr habt ihm in den Tank gepisst?«

Leo schwieg, aber es klang trotzdem nach Triumph.

Xaver ließ sich zurück aufs Bett fallen und lachte. »Ihr seid meine Helden!!«

Xavers Stimmung war nach dem Telefonat bestens, zumindest bis sein schlechtes Gewissen anklopfte. Toni hatte versucht, ihn zu erreichen, und das letzte Treffen mit ihr war auch ziemlich dumm gelaufen. Höchste Zeit für einen fetten Entschuldigungsbesuch.

Kurze Zeit später machte Toni ihre Haustür auf und schaute ihn mit ziemlich verstrubbelten Haaren fragend an.

»Hi, Toni. Ich wollte mal Hallo sagen«, startete er leicht verlegen.

»Hallo«, antwortete sie knapp. Sie stand, weitestgehend verschluckt von einer ihrer geliebten XXL-Jogginghosen-Hoodie-Kombinationen, im Türrahmen und sah aus, als ob sie nach einer kurzen Nacht gerade erst aufgestanden sei.

»Siehst nach wenig Schlaf aus ... Das Festival scheint gut gewesen zu sein«, meinte Xaver grinsend.

Doch Toni lächelte nicht zurück. Stattdessen zog sie die Schultern in die Höhe. »Keine Ahnung. War nicht da.«

»Hä? Ach so, bist du krank? Warst du deshalb gestern nicht mehr in der Schule?«

»Ne«, sagte Toni. »Hatte einfach keine Lust mehr zu gehen ...«

»Warum das denn?« Das passte gar nicht zu Toni, dachte Xaver. Sie hatte sich doch total auf den Abend gefreut. »Kann es sein, dass ... na ja, dass vielleicht irgendwas mit dir nicht stimmt ...?«

»Vielleicht?« Tonis Blick lag irgendwo zwischen verzweifelt und vorwurfsvoll.

»Hab ich was falsch gemacht?«, versuchte es Xaver. »Ist es das? Du bist oft so komisch zu mir.«

Toni seufzte. »Erzähl einfach, warum du hier bist.«

»Wie gesagt, ich wollte einfach mal Hallo sagen.«

»Hättest du mir aber doch auch texten können, oder?«, fragte sie und sah dabei irgendwie traurig aus.

Xaver bereute seinen Besuch sofort wieder, so hatte er sich das nicht vorgestellt. Was war nur los mit ihr in den letzten Tagen? Er verstand sie einfach nicht mehr.

»Ich mein ja nur«, setzte Toni nach und klang nun etwas versöhnlicher, »weil du ja immer so viel zu tun hast. Dann hättest du nicht extra kommen müssen.«

»Ach Quatsch«, erwiderte Xaver. »Ich seh dich doch gerne. Und jetzt wird auch alles wieder ganz anders, denn Charly ist für mich Vergangenheit.«

»Was?« Toni schien eine kleine Energieladung zu durchzucken. Zum ersten Mal, seit sie die Tür geöffnet hatte, zog sich ein kleines Lächeln über ihre Lippen.

»Ja, du hattest recht. Ihr hattet alle recht: Sie ist eine Schlampe.«

Wie gut es tat, das auszusprechen. Und auch das kurze Strahlen in Tonis Augen ließ etwas von Xavers Anspannung abfallen.

»Das sind ja mal echte Neuigkeiten. Wie bist du denn zu dieser Erkenntnis gelangt?«

»Erzähl ich ein anderes Mal«, drückte sich Xaver vor einer Antwort – über die Nummer mit Thommy wollte er jetzt definitiv nicht sprechen und sein Treffen auf das Punkermädchen hatte er noch nicht genug verdaut, um auch Toni davon zu berichten. »Hat ein bisschen gedauert, aber nun bin auch ich dahintergekommen, dass sie eine falsche Schlange ist.«

Toni nickte erleichtert. »Na, da kann ich dir ja nur gratulieren. Wurde auch Zeit.«

»Sollen wir vielleicht einen Kaffee zusammen trinken?«, fragte Xaver nach einem Moment. Eigentlich wäre das ja jetzt normal gewesen, aber Toni schaute Xaver schon wieder nur schweigend an, als suche sie in seinen Augen Antworten auf jede Menge ungestellte Fragen. Sie wirkte ein bisschen unentschlossen, doch dann schüttelte sie langsam verneinend den Kopf.

»Ne sorry, ist heute schlecht bei mir. Mach's gut, okay?«

»Schade«, antwortete Xaver, doch die Tür fiel bereits leise klackend ins Schloss. »Dann mal bis die Tage«, murmelte er noch zu sich selbst.

Enttäuscht ging er zu seinem Rad. Mit einem Schlag kam er sich einsam und verlassen vor. Ob Toni sich vor ein paar Tagen auch so gefühlt hatte, als er sie nicht zu sich hereingebeten hatte?

Auf dem Weg nach Hause entschied er sich, an den Ort zu fahren, wo er vor ein paar Stunden noch das ganz große Drama abgezogen hatte.

Am Kiosk angekommen, schaute er sich um und es hätte ihn nicht überrascht, einen pinkfarbenen Haarschopf an seiner Seite zu entdecken. Das Verlangen danach, das Mädchen ohne Namen wiederzutreffen, wuchs stetig, doch er hatte einfach keine Ahnung, wo sie wohnte. Wenn er durch die Stadt ging, sah er immer an verschiedenen Plätzen Gruppen von Punks, also würde er diese Treffpunkte einfach abklappern und schauen, ob er sie dort träfe.

Sein erstes Ziel war der Dom, aber keiner kannte einen Punk mit pinken Dreadlocks. Er fuhr weiter zum Neumarkt. Auch dort fand er sie nicht.

»Was glotzt du so blöd?«, pöbelte ihn dort stattdessen einer der Punks an. Er stand auf, kam auf Xaver zu und blieb einen Meter vor ihm stehen. Er wirkte ziemlich bedrohlich mit seinen schwarzen Springerstiefeln und all den Ketten, die seine durchlöcherte Jacke schmückten.

»Äh. Ich suche jemanden«, traute sich Xaver dennoch zu sagen.

»Glaub nicht, dass hier jemand ist, der von *dir* gefunden werden möchte«, spottete er und betrachtete Xaver abwertend.

»Vielleicht doch?«, wagte Xaver sich weiter vor. »Sie ist ungefähr eins sechzig groß, hat pinke Dreadlocks, Piercings in der Lippe, Nase und den Ohren.«

»Klingt nach Miri«, erwiderte eine junge Frau mit Irokesenschnitt, die zu ihnen gekommen war.

»Ach, halt doch den Mund, Betty. Das geht den Pisser nichts an. Der soll doch einfach in seiner Spießerwelt bleiben und uns in Ruhe lassen!«

»Meine Güte, Aki, entspann dich mal«, sagte sie lachend und drückte den Punk weg.

»Ja, is' doch wahr«, murmelte der noch. »Haste wenigstens 'nen Euro, du Popper?«

Xaver kramte in seiner Hosentasche, zauberte eine Zwei-Euro-Münze hervor und gab sie ihm. Aki verzog sich pöbelnd, die Frau blieb. Eine auf ihrer Schulter sitzende Ratte schaute Xaver aufmerksam an.

»Was willste denn von Miri?«

»Sie hat mir gestern Nacht wieder auf die Füße geholfen, ich will ihr danken.«

»Ah«, entgegnete Betty. »Das sieht Miri ähnlich, immer voll die Hilfsbereite. Aber man weiß leider nie so recht, wo sie gerade ist. Mal hier, mal dort. Am liebsten ist sie jedoch für sich alleine.« Die Ratte huschte auf die andere Schulter und knabberte an einer der Nieten, die aus dem Schulterteil der zerfledderten Jeansjacke ragten.

»Probier es am besten mal bei den Supermärkten hier in der Innenstadt. Da schnorrt sie öfter. Und grüß sie von mir.« Sie lächelte und ging wieder zu den anderen Punks.

Doch Xaver fand Miri vor keinem der Supermärkte. Auch in den umliegenden Straßen konnte er sie nicht entdecken.

Frustriert kehrte er zum Ausgangspunkt der Suche, ihrem gestrigen Treffpunkt, zurück.

Miri hieß sie also. Ein schöner Name. Er wollte sie wiedersehen. Sofort.

»Hey, nimm gefälligst deine Flossen weg, hörst du?« Die Schreie kamen aus einer Imbissbude gegenüber. »Und pack mich nie wieder an!«

Xaver grinste breit, als er ein Mädchen mit pinken Haaren sah, das gerade hektisch im Laufschritt den Imbiss verließ, dicht gefolgt von einem dicken Mann in weißem Kittel.

»Das ist eine Unverschämtheit!«, brüllte der Typ. »So ein Gesocks. Lass dich ja nie wieder hier blicken, du Mistgöre!«

Sofort sprang Xaver auf und flitzte auf die andere Straßenseite.

»Hey, mein Monster, am helllichten Tag!«, rief Miri überrascht. »Jetzt aber erst mal flott weg hier.« Sie packte Xaver an der Hand und riss ihn mit sich. Xaver stolperte hinter ihr her und versuchte, nicht der Länge nach hinzufallen. Als sie zum zweiten Mal abbogen, blieb sie endlich stehen. Xaver, der einen Moment nicht aufgepasst hatte, prallte volle Kanne gegen sie.

»Na, das nenne ich mal einen Zufall«, lachte Miri.

Xaver lächelte auch. Bei Tageslicht sah sie sogar noch hübscher aus. »Schön, dass ich dich gefunden habe, Miri.«

Sie blickte ihn erstaunt an. »Hast du mich etwa gesucht?«

»Ja. Du gingst mir nicht mehr aus dem Kopf.«

»Im ... positiven Sinne?«

»Klar!«

»Und wie hast du mich gefunden? Woher kennst du überhaupt meinen Namen?«

»So eine mit ’nem Iro und einer Ratte auf der Schulter hat ihn mir verraten. Und wo ich dich vielleicht finde. Betty hieß die, glaube ich.«

Es wurde still und zwischen Miris Augenbrauen tauchte

eine Falte auf. »Wieso hast du mit ihr über mich gesprochen?«

»Wie gesagt: Ich hatte dich gesucht«, antwortete Xaver etwas verunsichert. Miri wirkte plötzlich gar nicht mehr so erfreut und starrte Xaver aus zusammengekniffenen Augen an.

»Hör zu: Ich mag es nicht, wenn man mir hinterherschnüffelt.«

»Hab ich doch gar nicht!«

»Doch, du hast andere nach mir ausgefragt. Und das mag ich nicht.«

»Sorry. Ich wollte dich sehen und hatte keine Ahnung, wo du sein könntest, da habe ich halt die Punks gefragt.«

Miri biss sich auf die Unterlippe. Die Wut schien so schnell von ihr abzufallen, wie sie eben aufgezogen war, nun wirkte sie fast erfreut.

»Okay, passiert. Aber nicht noch mal, denn dann siehst du mich nie wieder. Klar?«

»Klar«, gab Xaver noch immer verwirrt zurück. »Ich heiße übrigens Xaver ...«

»Na, dann hätten wir das ja schon mal geklärt!«, meinte Miri mit einem dicken Grinsen. »Aber genug offizieller Kram, sonst tauschen wir gleich noch Freundschaftsbändchen. Ich hab übrigens immer noch Hunger.«

»Wenn wir hier zweimal links abbiegen, kommen wir zu 'ner super Pommesbude«, feixte Xaver und zeigte in die Richtung, aus der Miri und er eben hergerannt waren. Sie kickte ihm spielerisch gegen den Fuß.

Ein paar Meter weiter entdeckten sie einen türkischen Imbiss und bestellten zwei Döner.

»Sag mal, was hatte der Imbisstyp eigentlich mit dir gemacht?«, fragte Xaver, nachdem sie sich auf zwei Stühle gesetzt hatten.

»Nichts. Wollte mir nur nichts verkaufen. Hat gesagt: ›Raus mit dir, du Läusebalg‹, obwohl ich Geld hatte. Das lag schon auf der Theke. Da bin ich dann sauer geworden und hab jedem erzählt, der hätte mich begrapscht.«

»Das ist doch … Verleumdung oder so …«, überlegte Xaver laut.

Miri kicherte. »Uhuuuu … Herr Richter, komm ich nun ins Gefängnis?«

Beide bissen in ihren Döner und schauten sich mit dicken Backen an. Xaver versuchte, ernst zu bleiben, verschluckte sich und musste husten.

»Du hast da was«, meinte Miri.

»Was? Wo denn?«

Miri tauchte ihren Finger in ihr Sandwich, zog ihn voller weißer Joghurtsoße heraus und hinterließ mit ihm tupfend Punkte auf Xavers Stirn.

»Überall …«, sie flüsterte jetzt in bedrohlichem Ton, »und … es werden immer mehr!«

»Schau dich mal an.« Xaver hatte nun auch einen Finger voller Soße und zeichnete Miri damit einen langen weißen Schnäuzer auf die Oberlippe.

»He, ihr da. Keine Sauerei, verstanden?«, mischte sich der Dönerladenbesitzer ein.

»Okay, sorry«, antwortete Xaver. Sie aßen weiter, bis sie sich am Ende satt und mit verschmierten Gesichtern zurücklehnten.

Als sie fertig waren, zückte er sein Handy und schoss ein Foto von sich und Miri, Kopf an Kopf. Miri griff zu einem Stapel Servietten und wischte erst Xaver und dann sich selbst die weißen Flecken ab.

»Ich bin froh, dass wir uns getroffen haben. Stell dir vor, wir hätten uns nie wiedergesehen …«, sagte Xaver.

Miri zuckte mit den Schultern. »Ach was. Dann hättest du halt jemand anderes gefunden.«

»Ich wollte aber *dich* finden, nicht irgendwen.«

Miri kicherte wieder und dabei funkelten ihre Snakebites im Schein der Deckenleuchte. »Na, dann haste wohl Glück gehabt, ne?«

»Du freust dich nicht?«

»Doch. Ich finde es sogar ziemlich schön gerade. Aber ich habe auch gelernt, dass es sehr dämlich ist, sein Herz feste an irgendwen zu tackern. Wenn du das nämlich tust, dann hat dich der andere am Haken.«

»Und das wäre so schlimm? Ich finde nicht, dass Herztackern so *dämlich* ist.«

»Hab immer wieder solche Fehler gemacht. Ich weiß gar nicht, ob ich momentan überhaupt noch ein Herz habe. Vielleicht habe ich es vom letzten Mal noch nicht wieder zurückbekommen. Fühl mal.« Sie zog Xavers Hand auf ihren Brustkorb.

Babumm, babumm.

»Ich glaube, der Patient lebt noch«, erklärte Xaver. »Und jetzt die Antwort auf meine Frage? Und überhaupt ... du musst doch irgendwo leben und zu irgendwem gehören. Eltern, Verwandte, Freunde?«

Miri rutschte nervös auf ihrem Hocker herum. Das Gespräch schien ihr allmählich nicht mehr zu gefallen. »Ist das jetzt ein Verhör?«

»Nein. Aber gib mir doch wenigstens 'ne Handynummer oder erzähl, wo ich dich finden kann.«

»Nö, gibt's nicht, oder besser gesagt: Geht dich nichts an.« Jetzt wirkte Miri zunehmend genervt und ihre Augenbrauen begannen, sich wieder zusammenzuziehen.

Xaver starrte sie etwas hilflos an. Es war ganz schön schwer, normal mit ihr zu reden. Entweder sie scherzte herum und war fröhlich oder sie benahm sich wie ein angeschossener Tiger.

Und da, *zack*, war sie auch schon wieder wie ausgewechselt, sprang fröhlich auf und zog Xaver hinter sich her aus der Imbissbude.

»Hallo! Lass renn' ohne zu halten. Vergiss die Regeln, die galten und all die dunklen Gestalten«, sang Miri, als sie draußen waren.

»Was?«, fragte Xaver bloß verwirrt.

»Das ist von *Heisskalt*, die spielen morgen hier in Köln. Und ich geh hin. Kommste mit?«

»Gibt es denn noch Karten?«

»Karten?« Miri kicherte. »Wer braucht denn so was. Wir gehen einfach so da rein, capito? Also, kommste mit?«

»Ich habe keine Ahnung, wer *Heisskalt* ist, aber klar komm ich mit«, entschied sich Xaver spontan – auch wenn er Miri gerade überhaupt nicht kapierte, wollte er sich diesen Abend mit ihr auf keinen Fall entgehen lassen.

»Super!« Sie zog Xavers Arm zu sich und schrieb mit einem Edding auf seine Haut: *Montag, 19 Uhr, Fabrik.*

»Okay, und jetzt?«, wollte er wissen und überlegte, wie er die Schrift wohl je wieder vom Arm entfernen könnte.

»Na, was wohl? Schluss für heute! Wir verabschieden uns, denn dein Universum verlangt dringend nach einem Neustart. Tick, Tack, Xaver!« Miris Finger wippte im Sekundentakt. Sie blickte strahlend in den blauen Himmel.

»Jetzt?«, fragte Xaver und wusste im gleichen Moment, dass er Miri trotz Neustart ganz sicher nicht vergessen würde.

»Klar! Es war einmal und dann, Ticktack, ist es nicht mehr. Zack, Wunde verheilt. Ich finde das genial. Denn wenn man weiß, wie unwichtig das meiste ist, was man so macht, dann wird das Leben viel unbeschwerter.«

»Aber vielleicht sollte man nicht alles einfach so über Bord schmeißen. Gibt man dann nicht viel zu schnell auf?«

Miri zuckte unbekümmert mit den Schultern. »Manchmal ist das halt besser. Ich hasse Streiterei und Gewalt und die kannst du so verhindern.« Sie schüttelte sich wie ein nasser Hund, als ob sie zu viel Gefühlsduselei nicht verkraften konnte. »So, jetzt reicht's für heute! Unser nächstes Treffen steht auf deinem Arm.« Sie drückte ihm einen Kuss auf die Wange, so wie beim letzten Mal, und stand auf. »Ich freue mich auf morgen, Monstermann!«

Auf dem Weg nach Hause fühlte sich Xaver wie in Trance. Das war schon alles ziemlich abgedreht. Was er von Miri halten sollte, wusste er nicht so recht, aber er spürte so etwas wie Glück in seinen Adern pulsieren. Zudem hatte er den ganzen Tag noch nicht an Charly gedacht. Alleine dafür hatte sich der Tag schon gelohnt.

Das Mädchendrama in seinem Leben war mit Miri um eine weitere Facette reicher geworden. Die Lücke, die Charly gerade gerissen hatte, wurde bereits üppig von diesem völlig verrückten Punk ausgefüllt. Und dann noch dieses ständige Hin und Her mit Toni. Anscheinend hatten mit dem Geschichtenbuch echt harte Zeiten begonnen.

An der Haustür wurde er von seiner Mutter mit ihrem »Wo-warst-du-nur?-Ich-hatte-bereits-begonnen-mir-Sorgen-zu-machen-Gesicht« empfangen. Doch Xaver kam so stürmisch und breit grinsend auf sie zu, dass auch sie lachen musste.

»Hey, gute Laune?«

»Aber hallo!«

»Irgendwas mit Charly?«, fragte sie interessiert, denn ihr letzter Stand war, dass er zum Treffen mit Charly aufgebrochen war.

»Allerdings. Die kann mich nämlich mal!«

Seine Mutter schaute ihn überrascht an. »Okay, willst du drüber sprechen?«

»Irgendwann vielleicht, aber nicht jetzt. Sorry. Lösch ihren Namen am besten aus dem Kopf. Charly ist Geschichte.« Er ahmte mit seinen Armen vergnügt so eine Harry-Potter-Zauber-in-Luft-Auflöse-Geste nach.

»Xaver, hast du getrunken?«

»Nein, Mom«, sagte er grinsend, »das sind nur körpereigene Glückshormone.«

Er stellte sich vor den geöffneten Kühlschrank, denn er hatte auf einmal trotz des Döners sehr großen Hunger. Überhaupt steckte er voller Energie und freute sich extremst auf das Konzert am Montagabend.

19

Gutland

Wer mit 16 montagabends auf ein Konzert gehen möchte, stellt sich auf harte Verhandlungen zu Hause ein. Umso überraschter war Xaver, als seine Eltern bereits nach kurzer halbherziger Diskussion einen Moment innehielten, einander bedeutungsschwer anschauten und dann grünes Licht gaben. Das war also ein Klacks im Vergleich zur Auswahl der richtigen Klamotten, schließlich war er noch nie auf so einem Konzert gewesen. Bisher hatte er nur eher ruhigere Auftritte von Bands wie *Revolverheld, Mark Forster* oder *Tim Bendzko* erlebt, die er mit seinem Vater besucht hatte.

Im Internet hatte er zwei Videos von *Heisskalt* angeschaut. Es waren Handymitschnitte, die aus dem Publikum heraus aufgenommen worden waren. Das Mikro schien von der Lautstärke des Konzerts überfordert gewesen zu sein, aber die Bilder zeigten einen Haufen durcheinanderhüpfender Menschen. Es versprach also, recht wild zu werden. Er hatte am Morgen noch Leo vom Konzert erzählt, aber der hatte nur etwas müde gelächelt und Xaver nicht so recht für voll genommen.

Xaver von Göttschling auf einem wilden Punkkonzert? Klar, das klang schon ein bisschen komisch. Auch für seine Ohren.

Letztendlich entschied er sich für ein altes *Ramones*-T-Shirt, das er mal seinem Vater abgeschwatzt hatte, dazu Jeans und

Sneaker. Sah im Grunde okay aus, vielleicht ein bisschen beliebig, aber besser ging es nicht.

Irgendwie mein Grundproblem, dachte Xaver. Dad hatte ihm mal erklärt, was es bedeutete, wenn in einem Arbeitszeugnis stand: »Er bemühte sich redlich.« Xaver hatte es übersetzt mit »Gut gemeint, aber verkackt«. Hörte sich lustig an, war es aber nicht, wenn dieses Prädikat perfekt auf einen selber zutraf.

Er verscheuchte die dunklen Gedanken. Du bist nur nervös, heute wirst du dich nicht blamieren. Hoffentlich.

Wie immer erschien er viel zu früh am Treffpunkt. Die *Fabrik* war mal eine Gießerei gewesen und Teil eines seit Jahren nicht mehr genutzten Industriekomplexes, in dem die Natur nun versuchte, die Narben aus Beton zu sprengen, um den Raum wieder für sich zu gewinnen. Einige Gebäude hatten den Kampf gegen die Flora bereits aufgegeben und zerfielen unaufhaltsam, während die noch intakten von Künstlern und Musikern belebt wurden.

Xaver glitt langsam die verschlungenen Wege entlang und ihm fiel plötzlich ein, dass er hier vor tausend Jahren schon mal mit seinen Eltern gewesen war, bei einem Familienfest. Eine bemalte Außenwand erregte seine Aufmerksamkeit. Auf ihr wand sich eine nicht enden wollende Polonaise gemalter Figuren, jede versehen mit dem Namen ihres Künstlers.

Die Mauer kam ihm vertraut vor. Als begänne ein Kinofilm, sah er sich, nun selber malend, an dieser Wand stehen, als vielleicht zehnjähriger Junge mit weißem Malerkittel, langem Pinsel in der Hand, zusammengekniffenen Augen und der Zungenspitze zwischen den Lippen. Er war sich sicher, damals eine dieser Figuren gemalt zu haben, doch welche war es?

Inmitten von Monstern, Polizisten, Cowboys, Elfen, Affen, Schnecken wurde er fündig. Es war Superman. Zwar eine sehr fette und komisch proportionierte Interpretation der Figur, aber die Farben Blau, Rot, Gelb, der Umhang und der beeindruckende Bizeps ließen keinen Raum für Spekulationen. Unter ihm stand XAVER, und um keine Zweifel aufkommen zu lassen, zeigte ein roter Pfeil vom Namen auf den Helden. Sofort machte er ein Foto mit seinem Smartphone. Ja, das hatte er damals immer sein wollen. Superman. War die ungelenke Darstellung eine Vorausahnung, dass aus ihm vielleicht nie ein echter Held würde?

Stopp, schon wieder zu schwarze Gedanken. Neben seiner Figur tanzte Pipi Langstrumpf über dem Namen ANTONIA. Xaver grinste und die Wärme, mit der er auf einmal an Toni denken musste, traf ihn völlig unvorbereitet.

Es ärgerte ihn, dass es gerade so doof zwischen ihnen lief. Er knipste auch noch die beiden Figuren zusammen, fuhr zurück zur *Fabrik* und setzte sich gegenüber der Halle auf eine Mauer, von der aus er alles überblicken konnte.

Nachdem es eben noch leer gewesen war, standen nun schon etliche Leute vor dem Eingang. Kurz nach sieben tauchte am Ende der Straße hinter ein paar Punks ein Büschel wippender pinkfarbener Haare auf. Sein Herz begann, vor Freude etwas schneller zu schlagen. Hüpfend wie ein kleines Mädchen, überholte Miri laut singend die Punks. Wirklich wie Rumpelstilzchen, grinste Xaver, als er sie so mit ihren klobigen Springerstiefeln und einem prall gefüllten Rucksack ankommen sah. Sie entdeckte Xaver, rannte zu ihm, umarmte ihn und gab ihm einen schmatzenden Kuss auf die Wange.

»Hey, da bist du ja!« Ihre Augen strahlten. Sie griff nach Xavers Hand und zog ihn ungeduldig hinter sich her bis zum Türsteher.

»Zwei Karten für Miri von der Sonderliste.«

Der Türsteher schaute auf einen Zettel. Ein Kopfnicken in

Richtung Eingang war sein stummes Go. Drinnen war es dunkel, der Boden klebte, es roch nach Schweiß und verschütteten Getränken. Xaver grinste. So hätte auch die Beschreibung seines Wegs in den Joyclub beginnen können, dabei hatte das hier so gar nichts mit dem Stöhnschuppen gemeinsam. Sie gelangten durch einen Flur in den düsteren, schwarz gestrichenen Raum, in dem eine Theke und die Bühne die einzigen Objekte waren. Die Gespräche der ersten Gäste verschmolzen mit dröhnender Musik aus den Boxen zu einem Klangbrei.

Sie stellten sich mitten in den langsam voller werdenden Konzertraum. Xaver betrachtete verstohlen die anderen. Es gab schon Normalos wie ihn, aber deutlich mehr hatten bunte Haare, wilde Frisuren, zerrissene Hosen und T-Shirts, Springerstiefel oder ramponierte Lederjacken.

»Und? Überlegst du, ob du reinpasst?«, fragte Miri.

Ertappt.

»Weißt du, was? Scheiß auf die anderen«, sagte sie. Und dann ganz nah an seinem Ohr: »Davon abgesehen: Unter dem ganzen Spießerscheiß bist auch du reichlich bunt.«

Xaver überspielte seine Verlegenheit, indem er Getränke holte. Auf dem Rückweg mit vollen Bechern wurde er so heftig angerempelt, dass die Hälfte seines Bieres auf den Boden klatschte. Als er sich umdrehte, wollte er den Rempler schon anschnauzen, doch der Typ war riesig, hatte zerrissene Klamotten, perforierte Ohren, Springerstiefel und ein Megatattoo mitten auf dem Kehlkopf. Deshalb stammelte Xaver nur eine Entschuldigung, um möglichst schnell ungeschoren davonzuhuschen.

»Oh sorry, ey. Das tut mir echt superleid«, lachte da jedoch der Riese. Xaver starrte ihn verwundert an. »Hab grad meinen Kumpel hier begrüßt. War wohl etwas zu stürmisch.« Er legte Xaver eine seiner Pranken auf die Schulter und schüttete ihm aus seinem Becher so viel ins Glas, dass es überlief. »Prost, Alter! Gleich geht's los. PARTYYY!«

Xaver ging erstaunt weiter und nippte an seinem Becher. *Niemals aus fremden Gläsern trinken!*, schaltete sich die Stimme seiner Mutter ein. Wenn sie das jetzt sehen würde, dachte Xaver und spürte ein eigenartiges Kribbeln.

Es war mittlerweile ziemlich voll geworden. Xaver kämpfte sich vor und kam kurze Zeit später neben Miri zum Stehen.

»Die sind alle so entspannt hier. Ist das normal?«, fragte er sie.

»Ja!«, rief sie und hüpfte mit in die Luft gereckten Fäusten hoch. Sie wirkte wie Issy, wenn sie fast platzte vor Glück. »Du bist hier bei den Guten. Die ganze gottverdammte Scheißwelt bleibt draußen!«

»Sollen wir ein Stück näher zur Bühne gehen? Du kannst ja gar nichts sehen.«

»Mach dir keine Sorgen. Zwei Minuten nach Beginn ist sowieso nichts mehr so wie jetzt. Gar nichts. Ist das etwa dein erstes Konzert?«

»Ja. Nein. Also ich denke, dass ich so eins noch nie erlebt habe.«

»Na also ... Wenigstens schon mal *eine* Entjungferung!«, rief Miri lachend.

Xaver hoffte, dass kein anderer Miris letzten Satz gehört hatte, vor allem jetzt, da die Musik stoppte. Es folgte Pfeifen, Rufen, Klatschen, ein paar fliegende Bierbecher, im ganzen Raum Energie. Klar, es war schmutzig, klebrig, stickig und es stank. Aber da war auch etwas anderes, etwas sehr Aufregendes, was Xaver noch nicht greifen konnte. Weitere Becher flogen, es wurde noch enger. Miri packte ihn am Arm und schrie etwas. Er nickte einfach, obwohl er keine Ahnung hatte, was sie gesagt hatte.

Die Musik verstummte erneut. Auf die Bühne kamen vier Typen, gefolgt von sphärischen Klängen und einem völlig still werdenden Publikum. Dann fluteten sanfte Gitarrenakkorde wabernd den Raum. Irgendetwas bahnte sich an wie eine Lawine. Sie nahm Fahrt auf, Xaver spürte auf Armen und Nacken Gänsehaut. Dann brachen sich Schlagzeug und Gitarre eine Schneise durch den ruhigen Klangteppich. Alles um Xaver herum schien zu verschmelzen, absorbierte ihn und begann zu pulsieren. Widerstand zwecklos, er bewegte sich mit Miri im Rhythmus der Musik langsam durch den Raum.

»Ich kann grade noch so stehen, doch bin eh schon halb am Schweben!«, rief der Sänger ins Mikrofon.

Wie ein aufgeregtes hungriges Tier schob sich die Masse über die Tanzfläche. Miri verschwand aus seinem Blickfeld. Xaver reckte die Hand nach ihr, doch er hatte keine Chance, die Strömung war stärker. Schließlich ergab er sich dem Sog.

»Im Aufwind des Endorphins ... hast du auch so viel Spaß?«

Konturen verschwammen, Xaver badete in der Musik, spürte verschwitzte Arme, Hände, andere Körper, alles bewegte sich, nichts war mehr still. Innerhalb von Sekunden war er zu einem Teil von etwas geworden.

»Karussell fahren, verschwommen bleiben von dem Zirkus nur die Farben.«

Luft. Es war mittlerweile unglaublich stickig und heiß. Die Menge drückte sich immer näher an Xaver und er schnappte etwas panisch nach Luft. Er versuchte, einen Weg nach draußen zu finden, doch wohin er auch ging, er kam nicht weiter. Ihm wurde immer schwindeliger, Schweißtropfen rannen über seine Stirn. Wenn er jetzt nicht rauskäme, würde er bestimmt ohnmächtig werden.

Doch dann. Erst langsam, dann immer rascher, änderte sich die Struktur der Masse, sie begann, sich zu teilen, und es bildete sich eine Lücke mitten im Raum, die sich wie eine atmende Seifenblase zu einem großen Kreis ausdehnte. Xaver stand im Mittelpunkt dieses Kreises und atmete erleichtert tief ein. *»Alles ist gut – Denk dran!«*

Dann traf Xaver völlig unvorbereitet ein fester Stoß in die Rippen. Die Wucht ließ ihn überrascht nach vorne stolpern. Er versuchte, Halt zu finden, doch krachte stattdessen der Länge nach auf den Boden. Millisekunden später schloss sich eine Brandung aus Körpern über ihm. Er schaffte es nicht mehr, rechtzeitig aufzustehen, und hielt nur noch schützend seine Hände über den Kopf. Die letzten Tage rauschten an ihm vorbei. Erwischte es ihn echt hier, auf einem Konzert, in Bierpfützen liegend?

Doch bevor etwas passieren konnte, zogen ihn bereits starke Hände an seinen Armen und Schultern hoch. Irgendwer klopfte ihm auf den Rücken. Sie lachten. Hey, sie lachten wirklich. Sofort schloss sich ein Kreis um ihn und alle hüpften, sprangen und schubsten sich wieder. Xaver kämpfte sich langsam an den Rand der tobenden Menge.

So etwas hatte er echt noch nie erlebt, aber für alle anderen schien es normal zu sein. Sie lachten, fielen hin, wurden wieder aufgehoben, lagen sich in den Armen. *»Du bist hier bei den Guten«*, hallten Miris Worte nach.

Etwas ungläubig schaute er sich um und begann zu lächeln. Sein Fuß stampfte den Takt. Was auch immer das ist ... Es ist der geilste Scheiß, den ich je erlebt habe, dachte Xaver.

»Hast du auch so viel Glas ... doch so wenig darin?«

»Jaaaaa!« Ein tiefer Schrei war zu hören und er kam aus Xavers Mund. Dann gehorchte sein Körper nicht mehr seinem Kopf, sondern seinem Bauch. Es zog ihn in die Menge und er ließ sich von ihr aufnehmen. Verschwitzte Frauen und Männer lagen in seinen Armen, Haut auf Haut, Stoff auf Stoff. Er sprang, er hüpfte, er bewegte sich wie die anderen und es war ihm so scheißegal, was sie von ihm dachten. Jetzt war es wie in der Küche mit Toni und Issy, wie alleine vor dem Spiegel. Keine Hemmungen mehr. Er gehörte dazu und er wollte nie mehr aufhören.

»Lass diesen Abend niemals enden!«, brüllte Xaver und mit ihm hundert andere Menschen.

Das nächste Lied wurde ruhiger. Da sah Xaver schon eine pinkfarbene Mähne in seiner Nähe und spürte kurz darauf Miri. Sie war an ihm hochgesprungen, umklammerte ihn mit Armen und Beinen wie ein Affe. Ein kurzer, tiefer Blick, so vertraut, wie Xaver ihn noch nie gespürt hatte, und dann fanden sich ihre Lippen.

Xaver schlang seine Arme um sie und hatte das Gefühl, als würden sie verschmelzen. Der Kuss endete viel zu früh, ihm war richtig schwindelig und beide drückten sich, so fest sie nur konnten, aneinander. Wie Ertrinkende, die ein rettendes Stück Treibholz nicht loslassen wollten.

Xaver nahm seine Umgebung gar nicht mehr wahr. Er spürte, sah, roch und hörte nur noch Miri.

»Ich weiß nicht, ob ich schon jemals so glücklich war in meinem Leben!«, rief er ihr entgegen.

Miri schaute ihn ernst an und nickte. »Versprich mir nur eins, okay? Schau nur darauf, was *du* willst. Was du hier und heute erlebt hast ... Speichre das in deinem Herzen und kapiere, dass du heute Abend ein Teil davon geworden bist!« Sie drückte mit der Hand gegen Xavers Brust. Dann kramte sie in ihrem Rucksack, zog eine CD hervor und reichte sie ihm. »Hör sie dir an und dann denk an heute und bleib immer einer von den Guten. Mach dich nie mehr zum Sklaven. Kapiert?«

»Klar werde ich das nie vergessen, aber ...« Xaver war verwirrt. Es klang fast, als wollte sie sich von ihm verabschieden. »Miri, ist irgendwas?«

Doch die Frage ging im Schreien der anderen unter. Die erste Zugabe begann. Xaver hatte nicht einmal mitbekommen, dass die Band zwischendurch von der Bühne gegangen war.

Miris pinkfarbene Haare schwebten davon, Xaver quetschte die CD in seine Hosentasche und sah sich suchend nach ihr um. Wo war sie jetzt hingegangen? Nach der Zugabe leerte sich die Halle schnell, aber Miri war nicht wieder aufgetaucht. Er machte sich auf die Suche, doch er fand sie weder in anderen Räumen noch draußen. Als Letztes traute er sich ins Damenklo. Ebenfalls erfolglos. Im Rausgehen entdeckte er unter dem Waschbecken einen Rucksack. Das war eindeutig der von Miri, wahrscheinlich hatte sie ihn dort vergessen. Xaver hob ihn auf und nahm ihn mit.

»Haben Sie gesehen, ob Miri schon weg ist? Die von der Gästeliste? Mit den pinkfarbenen Haaren?«, fragte er den stummen Türsteher am Ausgang.

Der Kerl nickte.

»Und?«

Er streckte seine Hand aus und deutete vage in die Ferne.

»Da lang?«

Schulterzucken. Die Unterhaltung war wohl beendet.

Xaver wurde wieder schwindelig. Wieso war Miri heimlich abgetaucht? Waren das jetzt ihre letzten Worte gewesen, zum Abschied, und er hatte es einfach nicht kapiert?

Wie betäubt ging er zu seinem Rad. Auf dem Straßenschild, an dem er es befestigt hatte, entdeckte er eine mit Edding geschriebene Nachricht, die nur für ihn bestimmt sein konnte:

Lieb mich immer nur im Jetzt.

Willst du mich halten, wirst du leiden.

Tick, tack, tick, tack. :-x

Mit Miris Rucksack auf dem Rücken setzte er sich aufs Rad und fuhr los. Die Abendluft ließ ihn in seinen verschwitzten Klamotten frieren, seine Ohren pfiffen von der lauten Musik.

Als er nach Hause kam, waren seine Eltern noch wach. Sie schauten ihn überrascht von oben bis unten an.

»Geht's dir gut, Xaver?«, fragte seine Mutter besorgt.

»Mir geht es super«, sagte er aus vollem Herzen.

Dad nickte lächelnd Richtung Hose. »Scheint ein wilder Abend gewesen zu sein ...«

Xaver blickte an sich herab und sah, dass seine blaue Jeans dunkelgrau und fleckig war. Die Sneaker hatten sich ebenfalls verändert und am T-Shirt war ein Ärmel angerissen.

»Ups«, sagte Xaver und grinste schief.

Seine Eltern lachten und er lachte mit ihnen.

»Hey, das Konzert ... Ich habe so was noch nie erlebt. Morgen erzähl ich euch mehr, okay?«

Als Xaver im Bett lag, fühlte er sich glücklich. Miris plötzlicher Abgang tat schon etwas weh, doch das schien der Preis für ihre Freundschaft zu sein. Er schmeckte noch den Kuss, der so anders gewesen war als Charlys. Irgendwie ehrlich.

Mit einem Ruck stand Xaver auf, nahm das Notizbuch und die Tintenpatrone und ließ einen Klecks auf das Blatt fallen. Knicken, aufklappen und schauen.

Eindeutig: zwei tanzende Menschen.

20 Neustart

Irreal, dachte Xaver, als er die Augen öffnete. Nach so einem Abend in seinem kuscheligen Bett mitten im eigenen Zimmer aufzuwachen, fühlte sich seltsam an. Die letzte Nacht rauschte im Zeitraffer an ihm vorbei. Er schloss die Augen und war unmittelbar gefangen. Miri, bunte Lichter, springende Menschen, er mittendrin. War das alles wirklich passiert?

Zum ersten Mal seit Jahren hatte er das Gefühl, dass er so sein könnte, wie er wirklich war. All dieses pseudocoole Rumgemache, der Markenscheiß, dieses ständige Gestresse in der Schule – es war einfach so unglaublich anstrengend.

Er nahm das Notizbuch zur Hand. Der Tintenfleck. Immer noch zwei tanzende Menschen, stellte er beruhigt fest. Dann setzte er den Füller an, um eine neue To-do-Liste zu beginnen:

Ziel: Ende des Sklaverei
To-do:
Charly: Endgültig abservieren
Kevin: Maul stopfen
Max: Kein Kontakt mehr
Toni: Klären, was los ist
Nie mehr: Missgunst – Neid – Gewalt
Nur noch: Liebe – Freundschaft – Eskalation

Xaver nickte zufrieden, schloss das Buch, holte sein Statussymbol Nr. 1, den Luxus-Hoodie, und setzte eine Schere an, um den 160-Euro-Stoff zu durchlöchern.

Der Stinkefinger gegen Charly und ihre Freunde gefiel ihm. Xaver zog den Pullover an, verdeckte ihn jedoch mit der Jacke, als er das Haus verließ.

Charly stand wie immer an der Haltestelle, doch diesmal radelte er grußlos vorbei. Als er Toni auf ihrem Longboard entdeckte, bremste er jedoch ab, um neben ihr herzufahren.

»Hey, Toni.«

»Xaver!« Ein kleines Lächeln huschte reflexartig über ihr Gesicht, bevor sie es verhindern konnte. Gemeinsam setzten sie ihren Weg schweigend fort. Kurz vor der Schule stoppten sie wie auf Kommando und schauten einander etwas unsicher an.

»Geht's dir wieder besser?«, fragte Xaver.

»Jaja. Schon okay.« Die Hände in den Taschen vergraben, standen sie beieinander. Dann schien sich Toni einen Ruck zu geben. »Sag mal, Xaver. Ich habe gehört, du hast Flo vor Max gerettet?«

»Na ja ... eigentlich war eher Leo der Retter und ich habe dann Leo gerettet«, gab er zu.

»Jetzt tu mal nicht so.« Sie verdrehte die Augen und lächelte ihn an. Endlich mal wieder eine positive Regung mir gegenüber, freute sich Xaver.

»Ich find's total klasse, dass du dich das getraut hast. Super!« Toni boxte ihm freundschaftlich gegen die Brust. »Dieser verdammte Vollpfosten Max. Irgendwie dreht der immer mehr durch. Da musste ja mal jemand was machen.«

»Vergiss ihn einfach. Dem einst wilden Löwen wurden die Krallen gezogen«, sagte Xaver grinsend und er zückte sein Handy, um Flos Post zu zeigen.

Toni lachte laut auf, als sie die Zeilen überflog und den Clip sah. »Wie cool! Ausgerechnet Flo hat den großen bösen Max zum Schweigen gebracht.«

Xaver war erleichtert, dass Toni wieder besser drauf war als bei diesem gruseligen Haustürgespräch.

»Wir haben uns gestern ja gar nicht gesehen«, traute er sich dennoch auf kritisches Terrain. »Wie war denn dein Sonntag noch?«

»Ganz cool, eigentlich. Morgens war ja alles ziemlich scheiße, wie du vielleicht gemerkt hast.« Sie grinste ihn wissend an. »Aber ich hab mich dann doch noch aufraffen können und bin zum Skatercontest gegangen und das war echt gut da.«

Sie berichtete von Skaterstars, deren Namen Xaver noch nie gehört hatte, und er hatte keine Ahnung, um was für Stunts es genau ging, aber es tat gut, Toni endlich wieder fröhlich zu sehen.

»Und du so?«, fragte sie ihn.

Xaver brannte eigentlich drauf, Toni von Miri und von dem Konzert gestern Abend zu erzählen, aber irgendwas hielt ihn davon ab. Wahrscheinlich die Angst davor, dass Toni sich direkt auf Miri stürzen und sie schlechtmachen würde, so, wie sie es mit Charly gemacht hatte. Okay, bei Charly hatte sie natürlich auch absolut richtiggelegen, aber bei Miri brauchte er nun wirklich keine weiteren krausstirnigen Belehrungen. Leos unterkühlte Reaktion hatte ihm schon gereicht.

»Alles okay. Nichts Besonderes«, zwang er sich deshalb, das Thema vorerst zu beenden.

»Und der Termin auf deinem Arm? Was war da?« Toni tippte mit ihrem Zeigefinger auf den leicht verblassten Schriftzug.

Toni, die Meisterin im Ertappen. Xaver spürte wieder einmal seine Wangen leicht glühen. »Ach ja, da war ich gestern auf einem Konzert. Kennst du noch die alte Fabrik? Wir beide waren da mal zusammen, auf so einem Familienfest, weißt du noch?«

»Boah, das ist aber schon ewig her«, erinnerte sich Toni.

»Schau mal, was ich da gefunden habe.« Xaver zeigte sein Foto von Superman und Pipi Langstrumpf.

Toni kicherte. »Oh Gott, stimmt ja! Wie süß!« Damit schien auch der letzte Damm zu brechen, denn Toni legte ihre Hand in seine und zusammen gingen sie den Weg zum Haupteingang entlang.

Vor der ersten Stunde meldete sich Xaver wieder pflichtgemäß in Schlichts Büro. Der Direktor nahm ihn in Empfang, schloss wie beim letzten Mal rasch die Tür hinter sich und kam direkt zur Sache.

»Xaver, ich mache es ganz kurz: Piets Familie hat kein Theater veranstaltet. Ich denke, das reicht, damit wir das Thema unter den Tisch fallen lassen können. Du bist quasi mit einem blauen Auge davongekommen. Melde dich bei der Unterstufenleitung und hilf zwei Nachmittage bei der Vorbereitung der Leihbücher fürs neue Schuljahr, dann ist das Thema für mich erledigt.« Damit wischte Schlicht mit einer Handbewegung gönnerhaft imaginären Staub vom Schreibtisch, so als hätte er gerade ganz persönlich alle Probleme der Welt weggefegt.

Genauso schnell, wie Schlicht ihn ins Büro gezogen hatte, stand er auch wieder draußen.

Dort lehnte sich Xaver kurz gegen die Wand neben der Tür und schloss die Augen.

Kein Rausschmiss, er war wirklich davongekommen. Die Erleichterung rollte mit einer Wucht über ihn, die er gar nicht erwartet hatte.

Im Klassenraum angekommen, kam Charly sofort mit ausgebreiteten Armen auf ihn zu. »Xaver, es tut mir so superdoll leid!«

Unbeeindruckt blieb er vor ihr stehen. »Was ist? Brauchst du Hilfe in Mathe?«

»Nein«, erwiderte sie mit krokodilsträniger Stimme. »Bitte versteh mich doch ...«

»Schon verstanden. Am Freitagabend, kurz nach zehn. Klar, hast nix gesagt. Geht ja auch gar nicht mit vollem Mund. Hab's aber trotzdem gecheckt, so doof bin selbst ich nicht.«

Damit schob er Charly aus dem Weg. Es war ihm schwergefallen, das auszusprechen, und er verbarg seine zitternden Hände in den Hosentaschen. Nun war die allerletzte Tür zu ihr verschlossen und das war auch gut so.

Er ließ sich auf seinen Stuhl fallen und seine Jacke auf die Stuhllehne gleiten. Sein neuer Pulli gefiel ihm, der Armreif von Miri klapperte auf der Tischplatte. Kevin fasste mit spitzen Fingern angewidert einen der zerschnittenen Ärmel an und wendete sich der Klasse zu, um irgendeinen dummen Kommentar abzugeben.

Bevor er etwas sagen konnte, packte ihn Xaver jedoch am Kragen und sprach ruhig, aber sehr bestimmt: »Kevin, denk nicht mal dran. Weder jetzt noch in Zukunft. Verstanden?« Kevin lächelte spöttisch, unbeeindruckt von dieser Drohung. Da fiel Xaver eine Situation ein, die schon ein paar Wochen zurücklag.

»Kannst du dich noch an deinen großartigen Glockentanz erinnern?«, fragte er. Dr. Fröhlich hatte damals für ein paar Minuten den Unterricht verlassen, um die Testhefte aus dem Lehrerzimmer zu holen. Kevin hatte die Zeit genutzt, um Fröhlichs heilige Glocke zu entwenden, sie so in seine Hose zu stecken, dass nur noch der unverwechselbare Griff aus dem Hosenstall herauslugte, und in dieser Aufmachung auf dem Lehrerpult einen höchst pornösen Kopulationstanz aufgeführt. Der Gedanke daran schien Kevin fett grinsen zu lassen.

»Meinst du nicht auch, dass Fröhlich sich sehr über ein Foto davon freuen würde?«

Kevin schaute schockiert drein und ließ direkt Xavers Pullover wieder los. Für einen Moment blickten sich die beiden etwas feindselig an, mussten dann allerdings doch bei der Erinnerung an den Tanz lachen.

Was soll's, dachte Xaver. Kevin war ein ziemlicher Arsch, aber halt auch ganz unterhaltsam, wenn er wollte.

Nach der Doppelstunde machte sich Xaver mit seiner Pausenbegleitung, zu der nun neben Leo, Lasse und Noah scheinbar auch Flo gehörte, auf den Weg zum Schulhof.

»Siehst so anders aus, Alter. Was ist passiert?«, sprach ihn Leo an, als sie etwas abseitsstanden. Er deutete sichtlich verwirrt auf Xavers löchrigen Pullover.

Sofort tauchten in Xavers Kopf Bilder vom Konzert auf und die Euphorie zwickte ihn. »Total cool!«, sagte er. »Das muss ich dir erzählen. Gestern Abend war ich bei *Heisskalt* und ...«

»Heisskalt? Was ist das denn für ein bescheuerter Name?«, fragte Lasse.

»Nix bescheuert. Das ist 'ne echt krasse Band. Keine Ahnung, wie man die Musik nennt. Hardcore oder Punkrock vielleicht, aber auf jeden Fall total wild und abgefahren ...«

»Ach, und deshalb jetzt dieser *wilde* Pullover mit den vielen Löchern?« Leo lachte und zupfte an Xavers Ärmeln.

»Und wennschon? Reden wir über meine Klamotten oder das Konzert?« Xavers Geduldsfaden war mittlerweile mikroskopisch dünn. Warum konnte Leo nicht einfach mal zuhören?

Doch Leo und die anderen beiden verdrehten nur die Augen, während Flo recht unschlüssig neben ihm stand und den Mund zusammenpresste. »Ich kenn die Band doch eh nicht«, wandte Leo ein.

»Darum geht's doch auch nicht! Das Konzert an sich ...

Weißt du, da ging total die Post ab. Die hatten gerade zwei Minuten gespielt, da wurde es plötzlich voll …«

»… scheiss-kalt?«, vervollständigte Leo und brach zusammen mit Noah und Lasse in Gelächter aus.

Xaver atmete tief ein und aus. Seine Freunde waren manchmal echt abgrundtief bescheuert. Flo warf ihm zwar ein kleines aufmunterndes Lächeln zu, sagte aber auch nichts.

»Wisst ihr, was?«, blaffte Xaver wütend. »Da red ich lieber mit der Wand. Schönen Tag noch.«

Damit drehte er sich auf dem Absatz um und ignorierte den Protest seiner Kumpels.

War ja klar, dass sie ihn nicht verstehen würden. Sie waren ja auch nicht dabei gewesen. Und es war schwer, in Worte zu fassen, wie sehr ihm Miri und das Konzert die Augen geöffnet hatten.

War ja auch okay, dass sie es nicht kapierten, aber wo fand er jetzt jemanden, mit dem er über das sprechen konnte, was ihm gerade am wichtigsten war? *Toni?* Leider war sie nirgendwo zu sehen, deshalb zog er eine einsam gelegene Bank am Ende des Schulhofs vor.

Gedankenverloren beobachtete er den Streit einiger Neuntklässler. Einer hatte den anderen angerempelt, der hatte sich beschwert, aus beiden Klassen kamen immer mehr Schüler, diskutierten miteinander, begannen, sich zu beschimpfen und dann zu schubsen. Tick tack, tick tack, machte es in Xavers Kopf. Der Auslöser für den Streit war schon lange vorbei, wenn es nach Miris Lebensphilosophie ging. Er lebt nur noch in den Köpfen der Mitschüler. Und weil er dort noch weiterlebt, werden sie sich gleich prügeln.

Er spürte, wie sich jemand neben ihn setzte, und wurde aus seinen seltsamen Gedanken gerissen. Er blickte zur Seite, sah Toni und rutschte ein Stück näher zu ihr und sie zu ihm. Sie lehnte sich an ihn, und als ob es das Normalste auf der ganzen Welt wäre, legte er seinen Arm um ihre Schultern. »Drückst du mich mal ganz dolle?«, fragte sie.

Xaver lächelte und hielt sie fest, zog sie an sich und legte seinen Kopf auf ihren. Sie duftete leicht nach irgendeinem Parfum oder Shampoo, aber vor allem nach Toni. Dieser urvertraute Duftmix fühlte sich ein bisschen wie Nach-Hause-Kommen an.

»Jetzt die Zeit zurückdrehen?«, schlug er vor.

Toni seufzte, aber er spürte sie lächeln. »Pleeeease«, murmelte sie.

Er lachte und wünschte sich wirklich, es wäre so einfach.

Toni winkelte die Knie an und wirkte auf einmal wie ein kleines Baby. »Ich hab dich so vermisst, weißt du?«, gestand sie. »In den letzten paar Monaten, meine ich.«

Xaver runzelte seine Stirn. »Ich war doch immer da.«

»Ne. Nur deine Hülle.«

Aneinandergeklammert schauten sie den raufenden Neuntklässlern zu und schwiegen. War er wirklich so abwesend gewesen? Klar, sie hatten eine Weile nicht viel miteinander zu tun gehabt, aber er dachte immer, das wäre auch Tonis Wunsch gewesen. Noch nie war ihm in den Sinn gekommen, dass sie das vielleicht gar nicht gewollt hatte.

»Weißt du, es gibt gerade so vieles, was ich echt nicht kapiere«, versuchte er zu erklären. »Das macht mich total bekloppt. Es ist, als würde ich jeden Tag zig neue Fenster öffnen und hinter jedem lauert eine neue Welt. Doch jedes Fenster macht es nicht besser, sondern vor allem nur noch komplizierter.«

»Mir geht das ähnlich.«

»Die Ollen nennen ständig diese fucking ›Pubertät‹ als Erklärung und grinsen doof. Die wissen überhaupt nicht, was abgeht.«

Toni lachte. »In der sind wir doch schon seit Jahren, wenn man denen glaubt.«

»Ja schon, aber … ich hab das Gefühl, es wird nur schlimmer und nicht besser. Wir hängen alle so fest im Gestern und unser Hirn denkt, alle alten Dinge wären noch wichtig. Und dann verhalten wir uns heute so, wie wir denken, dass es richtig ist. Dabei ist das gar nicht nötig. Verstehst du, was ich meine?«, fragte Xaver leise. Er spürte, dass Miris Tick-Tack-Idee ihn nicht mehr losließ.

Für einen langen Moment war Toni völlig ruhig an seiner Seite und Xaver befürchtete fast, dass sie ihn jetzt ebenso wie Leo und seine Kumpels auslachen würde. Aber dann nickte sie. »Ich denke schon, ja.«

Wieder Erleichterung. Toni verstand ihn eben. Das hatte sie immer schon.

»Übrigens noch mal sorry wegen dem ganzen Charly-Stress.«

Sie richtete sich etwas auf und schaute ihn an. »Was meinst du?«

»Na, dass ich mich immer so über deine Meinung über sie aufgeregt habe. Sie war das echt nicht wert, ihr hattet alle –«

»Xaver?«, unterbrach ihn Toni sanft. »Lass uns jetzt nicht über Charly sprechen, ja? Lass uns einfach mal schweigen und den Moment genießen.«

Damit drückte sie ihren Kopf wieder zurück gegen seine Halsbeuge.

Xaver schwieg und schloss die Augen. Wattig und weit entfernt, hörte er nach einer Weile jemanden seinen und Tonis Namen rufen. Es war ihm egal, denn er fühlte sich jetzt gerade in der Gegenwart angekommen. Arm in Arm mit seiner allerältesten und vertrautesten Freundin.

Er hatte sie auch vermisst. Sehr sogar. Das fühlte er jetzt.

Die Schulglocke läutete, aber sie rührten sich nicht.

»Na, ihr Turteltauben? Habt ihr den Gong nicht gehört?«, hallte es da plötzlich direkt hinter ihnen. Schlicht stand neben der Bank und hatte sich bedrohlich herabgebeugt.

Beide sprangen erschrocken auf, stammelten ein paar sinnlose Silben und gingen sofort in Richtung Klassenzimmer. Sie schwankten leicht, als sie, sich an den Händen haltend, die Treppen emporstiegen.

Als Kinder waren sie ständig Hand in Hand gegangen, erinnerte sich Xaver. Die Hände waren nun viel größer, aber passten trotzdem noch perfekt ineinander.

Die Gedanken in seinem Kopf rasten, als sie vor der Klasse noch einmal stehen blieben und sich ein letztes Mal umarmten.

»Lass uns immer füreinander da sein«, sagte Toni und Xaver nickte.

Mit einem Grinsen fügte er hinzu: »Von jetzt bis zum Tode. Ich für dich, du für mich.«

Tonis Augen leuchteten bei dem Treueschwur aus ihrer Kindheit. Auch sie schien Xaver nicht loslassen zu wollen.

Was auch immer das bedeuten sollte.

21 Wechselhaft

Xaver lag am Nachmittag auf seinem Bett und schob die CD von Miri in seine Anlage. Als das erste Lied zu Ende war, startete er es von vorne und dann wieder von vorne. So lange, bis er meinte, endlich jede einzelne Zeile ganz und komplett kapiert zu haben. Erst dann wagte er sich an den nächsten Song.

Das Konzert gestern war wirklich genial gewesen, eine Endorphindusche, doch jetzt auch noch die Texte zu verstehen, war der Hammer. Es passte alles so gut zu ihm, fast als kannte ihn die Band persönlich.

Er spürte eine tiefe Dankbarkeit, ein Teil des Abends gewesen zu sein, griff nach seinem Handy und schaute sich grinsend das Bild von Miri und sich mit Tzatziki-Gesichtern an.

Aber was war nun? War die Nachricht auf dem Verkehrsschild wirklich ein Abschied gewesen?

Egal. So einfach würde er sie nicht gehen lassen. Er musste sie unbedingt wiedersehen. Dann könnte er ihr auch den Rucksack wiedergeben, denn er lag noch unter seinem Schreibtisch.

Der Rucksack! Der Gedanke fuhr wie ein Stromstoß durch Xavers Körper. Verdammt, warum hatte er nicht früher daran gedacht? Was war wohl drin? Sie hatte so ein Geheimnis um sich gemacht.

Er konnte dieser Chance, etwas mehr über sie zu erfahren, einfach nicht widerstehen. Also öffnete er die Schnallen und durchforstete den Inhalt. Zwischen allem möglichen Krempel fand er ein kleines besticktes Täschchen. Er öffnete es und fischte einen Schülerausweis heraus, ausgestellt auf eine Miriam Tschiller. Auf dem Foto blickte ihn ein Mädchen in Issys Alter mit wachen Augen herausfordernd an. Es war Miri in jung.

Irgendwie komisch, dass sie keinen aktuelleren Pass hatte. Aber das war definitiv sie: zwei hellblonde Zöpfe, aus denen sich frech Haare herauswanden, und ein Gesicht, das aussah wie nach einem Eisdielenbesuch.

Xaver fotografierte den Ausweis mit seinem Smartphone. Er fand noch eine Postkarte mit einem fliegenden Vogel als Motiv. Sie war auf den 16. Mai diesen Jahres datiert, das war vor gut einem Monat. Mit leicht schlechtem Gewissen drehte Xaver sie um und las.

Liebe Miriam,
ich wünsche dir die Liebe und Freiheit, nach der du suchst.
Es waren schöne Jahre mit dir. Du bist ein besonderer
Mensch und ich bin froh, dich kennengelernt zu haben.
Ich wünsche dir eine gute Zeit in Noiland.
Tick tack, tick tack, tick tack
Deine Yvette
PS: Melde dich, wenn du Hilfe brauchst.

Als Letztes fand er noch die Visitenkarte einer Wohngruppe. Ansprechpartnerin dort: Dr. Yvette Berg, Psychotherapeutin.

Xaver atmete tief durch, knipste auch die Karte, dann stopfte er wieder alles zurück in die Tasche und lehnte sich zurück. Was hatte das zu bedeuten? Wieso war Miri in einer Wohngruppe gewesen und was meinte diese Dr. Berg mit »eine gute Zeit in Noiland«?

Es wäre wohl besser gewesen, nicht nachzusehen. Nun hatte er Miri ziemlich hintergangen und wusste mehr, als ihm lieb war. Sollte er sie fragen, was es mit alldem auf sich hatte? Aber wie würde sie darauf reagieren? Sie war ja schon ausgerastet, als sie erfuhr, dass er bei der ersten Suche nach ihr die Punks befragt hatte. Sie ließ damals keinen Zweifel aufkommen: Würde er noch einmal hinter ihr herschnüffeln, wäre sie für immer verschwunden. Den Rucksack durchwühlen dürfte sein Pensum massiv überschritten haben, fand Xaver. Scheiß Dilemma.

Er zog die Musik auf sein Smartphone, schnappte sich den Rucksack und lief in die Stadt. Die Songs liefen auf Endlosschleife und fanden über den Kopfhörer seine Ohren und über seine Ohren sein Herz. Die CD müsste er eigentlich dringend mal mit Toni hören, er wüsste gerne, wie sie ihr gefiel. War zwar definitiv keine Surfermucke, aber wenn Xaver an die vielen Abende dachte, bei denen sie, auf den Böden ihrer Zimmer liegend, stundenlang Songs gehört hatten, konnte er sich eigentlich nicht vorstellen, dass Toni keine Lust drauf hätte.

Nachdem er die Innenstadt mal wieder erfolglos nach Miri abgesucht hatte, steuerte er den Treffpunkt der Punks an. Vielleicht hatte Miris Freundin noch einen Tipp, wo sie sich versteckt haben könnte? Heute waren sie schon von Weitem zu hören. Sie grölten ein Lied mit, das aus einem Lautsprecher schepperte, und tanzten inmitten vorbeieilender Passanten. Betty war auch dabei. Als das Lied endete, entdeckte sie Xaver und tänzelte auf ihn zu und pustete sich ihre dunklen Haare aus dem Gesicht. »Und? Miri gefunden?«, fragte sie.

»Ja. Aber schon wieder verloren.«

»Ach, das ist normal! Hier war sie heute aber nicht, sorry.«

»Wo kann ich denn noch nach ihr suchen?«

»Was weiß ich? Wird schon irgendwann wieder auftauchen, mach mal keine Welle und häng dein Herz vor allem nie an ein Straßenmädchen.« Sie lachte laut und trank einen großen Schluck aus ihrer Bierflasche. Aus dem Lautsprecher schrillten jetzt verzerrte Gitarren. Da drehte sie sich um und tanzte wieder davon.

Tick tack, tick tack, gingen Xaver Miris Worte wieder durch den Kopf. Seit der Partynacht hatte er gar nicht mehr an sein Projekt gedacht, fiel ihm auf. Ihm blieben jetzt noch 17 Tage bis zu seinem Geburtstag. Komisch, aber im Moment war ihm das sogar ziemlich egal.

Nach weiteren Runden durch die Stadt gab es immer noch keine Spur von Miri. In Xaver wechselten sich Enttäuschung und Erleichterung darüber ab, denn er wollte sie zwar eigentlich unbedingt sehen, hatte aber auch Schiss vor dem ersten Aufeinandertreffen. Was, wenn sie wirklich verrückt war? Vielleicht war dieses »Noiland« ja so was wie eine Anstalt? Nein, sagte er sich. So ein Quatsch. Miri war zwar anders als andere Mädchen, aber nicht irre. Und wenn er sie träfe, würden seine Zweifel bestimmt wieder verschwinden.

Letztendlich war das erste Treffen nach dem Rucksackfund jedoch gar nicht so spektakulär. Das lag allerdings daran, dass Xaver ihr nur den Rucksack überreichte, sich aber nicht traute, mit Miri über seine Entdeckung zu sprechen. Er hatte sie ungefähr drei Tage später am Bahnhof entdeckt und danach waren sie immer wieder zusammen durch die Stadt getigert, hatten sich ans Rheinufer gesetzt und besonders gerne über die besten Wege zur Rettung der Menschheit oder aber auch den leckersten Döner Kölns diskutiert.

Jedes Mal, wenn Xaver auf sein Handy schaute, tickte der

Countdown bis zu seinem Geburtstag weiter runter – 15, 14, 13, 12 Tage –, aber es hatte ihn kaum weniger kümmern können. Zwischen seinen Nachmittagen mit Miri und den Vormittagen, die er in der Schule nun meist mit Toni verbrachte, hatte er keinen Kopf mehr über den möglichen Beginn seiner sexuellen »Unterdurchschnittlichkeit« nachzudenken. Davon abgesehen, war sein Bedarf an diesem Thema nach den Pannen der letzten Zeit auch immer noch sehr gering.

Das Thema »Noiland« sparte Xaver bei den gemeinsamen Stunden mit Miri konsequent aus. Er genoss lieber die Zeit mit ihr und die war immer ziemlich cool. Wenn Miri nicht ständig diese Austicker hätte, wäre es sogar *großartig* gewesen, aber jedes Treffen war ein bisschen wie eine Runde russisches Roulette. Erst hatte sie gute Laune, dann wieder schlechte, bevor der nächste Höhenflug kam. Sie war völlig unberechenbar, oft aufbrausend – aber eben auch nie langweilig.

Doch da war auch so etwas wie eine Schranke bei Miri, eine Grenze, die er einfach nicht überschreiten konnte. Als wolle sie ihn nur an einem kleinen Teil ihres Lebens teilhaben lassen und vom Rest aussperren.

Vielleicht dachte sie ja, er gehörte gar nicht in ihre Welt?

Ein flüchtiger Blick in den Badezimmerspiegel gab Xaver die Antwort. Klar, er war schon rein optisch völlig anders als sie. Und vielleicht lag ja genau hier das Problem. *Tick tack … welches Problem?,* hörte er Miri in Gedanken fragen. Seit Jahren war Dad sein eigener Friseur, was bei dessen vier Millimeter Komplettschnitt nun auch kein Riesending war. Sein Schergerät stand auffordernd allzeit bereit in der Ladeschale.

Xaver nahm es in die Hand und schaute ein weiteres Mal prüfend in den Spiegel. Ein kurzes Zögern und dann zog die Maschine brummend von der Schläfe aus eine Schneise durch seine Haare. Whoow, das sah schon krass aus. Im Waschbecken lag ein dickes, leicht lockiges Büschel seiner braunen Haare. Sorgfältig machte er weiter, bis nur noch oben ein strubbeliger Rest übrig geblieben war. Er betrachtete sich von allen Seiten und mit verschiedenen Gesichtsausdrücken. Cool.

Die unverschlossene Badezimmertür wurde aufgerissen und Issy stand im Raum. Erschrocken blickte sie Xavers Kopf an und kreischte dann voller Entsetzen los.

»Xavi, was hast du nur gemacht?!«

Die Eltern kamen neugierig hinterher. Mit offenem Mund standen sie vor ihrem Sohn und rangen nach Luft. Sein Vater sagte als Erster etwas.

»Very-bad-hair-day?«, improvisierte er.

»Ja, so in der Art«, sagte Xaver mit einem schrägen Grinsen.

»Eigentlich hilft in solchen Fällen auch waschen und föhnen. Hättest mal besser mich gefragt. Ich bin da Experte.« Zur Verdeutlichung zeigte er auf seinen fast blanken Schädel.

Dann grinste er. Das war ein gutes Zeichen. Und tatsächlich: Kurz danach brach sein Vater in schallendes Gelächter aus. Xavers Mutter hingegen lächelte eher verkrampft und Issys Blick huschte hektisch von einem zum anderen, als wolle sie verstehen, was so lustig war.

Rasierte Haare und ein zerrissener Pullover waren Garanten für maximale Aufmerksamkeit in einer renommierten Schule.

Schlicht steckte jede Menge Energie darein, jegliche optischen und verbalen Entgleisungen zu unterbinden, und die Eltern und Lehrer halfen ihm bereitwillig bei der Durchsetzung. Es brauchte nicht viel, hier zum bunten Hund zu werden. Xaver hatte sich deshalb vorsichtshalber beim Verlassen des Hauses noch in letzter Sekunde eine Basecap geschnappt, um unter ihr seine noch verbliebenen Haare zu verstecken. So sah es nicht ganz so krass aus.

»Hey ... gehen wir jetzt zum gleichen Friseur?«, kam Leo direkt auf ihn zu, fuhr sich mit seiner Hand über seinen Stoppelschnitt und griff nach Xavers Kopfbedeckung. »Zeig mal, wie's aussieht.«

Xaver versuchte, es noch zu verhindern, aber da klopfte Leo bereits mit einer raschen Handbewegung von unten gegen den Kappenschirm und fetzte so die Mütze von Xavers Kopf.

»Ui ... Was ist denn das?«, fragte er überrascht. »War der Akku mittendrin leer?« Xaver ächzte genervt. »Wie? Ist das extra? Alter, das sieht aus wie ein Vogelnest! Willst du unter der Kappe jetzt Eier brüten?«

Leo fing an, laut zu kichern, musste dann aber so sehr lachen, dass er sich verschluckte und hustete.

Geschah ihm ganz recht, so ein Idiot! Dennoch fühlte sich Xaver gerade ohne Kopfbedeckung ähnlich souverän, als trage er wirklich ein Nest auf dem Kopf.

In der Pause kam Toni wieder auf ihn zu und betrachtete ihn neugierig.

»Gefällt's dir?«, fragte Xaver und zerstrubbelte die übrig gebliebenen Haare.

Ihre Augenbrauen schossen in die Höhe. »Sieht ziemlich gut aus, ehrlich gesagt. Ich frage mich nur, wie es zu diesem Wandel kommt?«

Tja, jetzt war sie wohl endgültig da, die Stunde der Wahrheit. Er musste Toni echt dringend von Miri erzählen, auch wenn er irgendwie das Gefühl hatte, dass sie es nicht gut aufnehmen würde.

Er holte tief Luft. »Na ja ... es ist so, dass ich nach der Party, auf der das mit Charly zu Ende ging, noch jemanden kennengelernt habe ...«

»Lass mich raten ... Einen ›Punk‹?« Dieser Blick, mit dem sie das nun sagte, und die Art, wie sie *Punk* aussprach: Das war genau der Grund, warum er es ihr nicht direkt erzählt hatte.

Trotzdem hörte er jetzt nicht auf und erzählte von Miri. Warum auch? Toni machte zwar oft einen auf Moralapostel, aber er wusste auch, dass sie eigentlich trotz alledem ziemlich offen für vieles war, und außerdem wollte er Miri nicht länger vor ihr verheimlichen. Schließlich war es doch so, dass man den Menschen, die einem besonders wichtig sind, auch alles offen erzählte. Und Toni war ihm wichtig. *Sehr* wichtig.

Als Xaver ausgeredet hatte, schaute Toni ihn, auf ihrer Unterlippe kauend, nachdenklich an.

»Und?«, fragte sie nach einer Weile zaghaft. »Magst du sie?«

»Ja ziemlich«, gab er zu. »So jemanden habe ich noch nie kennengelernt. Irgendwie völlig durchgedreht und unglaublich lustig.«

»Und?«

»Was *und?*«

»Siehst du sie wieder?«

»Keine Ahnung. Vielleicht?«, antwortete Xaver vage.

»Oh Mann, Xaver«, sagte Toni leise. Ihre Stimme war ruhig, doch die roten Flecken auf ihren Wangen verrieten, wie aufgewühlt sie war. »Vor ein paar Tagen hast du noch Markenklamotten getragen, um Charly zu gefallen, jetzt siehst du auf einmal *so* aus. Merkst du nicht, was du da machst? Du hast Charly nur durch Miri ersetzt. Alles an dir sieht anders aus, aber *du«,* sie tippte ihm bei jeder Silbe mit dem Zeigefinger fest auf die Brust, »du bist der gleiche Ochse wie vorher.«

Die letzten Wörter schossen wie Pfeile durch die Luft.

Xaver wusste nicht, was er sagen sollte, und blickte Toni nur fassungslos an. Was sollte das denn? Und das ausgerechnet jetzt, wo sie endlich wieder mehr miteinander zu tun hatten. Was war das eigentlich für ein Scheißtag? Davon abgesehen, gab es überhaupt keinen Grund, ein schlechtes Gewissen zu haben! Xaver spürte, wie die Wut in ihm aufstieg, und dann öffnete er den Mund und ließ den Druck einfach entweichen. »Was zum Teufel denkt ihr alle euch eigentlich?«, zischte er. »Mich kotzen diese ganzen Sprüche so was von an. Ich bin es so unglaublich leid, dass ich ständig nur zu hören bekomme, was für ein braver, guter Junge ich bin. Was, wenn ich gar nicht so sein will, wie mich alle wollen? Ich darf auch mal was ausprobieren! Und weißt du, was, Toni?« Er schaute sie mit zusammengekniffenen Augen wütend an. »Es ist so verdammt selbstgefällig, anderen zu sagen, was sie tun sollen und was nicht, und auch noch so zu tun, als habe man die einzig wahre Meinung. Ja ... vielleicht *ist* es falsch, sich zu verbiegen. Und vielleicht *war* es behämmert, dass ich mir die Haare rasiert hab. Kann auch sein, dass ich jetzt total kacke aussehe. Aber, hey, was soll's? Das ist *mein* Leben – und *nicht* deins!«

Xaver schnaufte wie nach einem Hundertmeterlauf und schnappte nach Luft. Leicht schwankend, kam er allmählich wieder zur Ruhe, völlig erschöpft von der Wucht seiner eigenen Worte.

Doch bevor er wieder richtig zu sich selbst kommen konnte, drehte Toni sich auch schon weg und schritt mit hängenden Schultern davon.

Verdammt, dachte Xaver. Aber er musste sie jetzt wohl einfach ziehen lassen. Eigentlich hatte er gehofft, mit dem Ausraster etwas Druck abzulassen, doch jetzt, da Toni so davonschlurfte, fühlte er sich zum Kotzen. Keiner hatte gerade gewonnen, nur beide verloren.

Fuck.

22
Leib und Seele

In den nächsten Tagen ließ sich Xaver vom Alltag absorbieren. Nicht nachdenken, sondern einfach funktionieren. Schulroutine hatte den Vorteil, dass sie wenige Überraschungen barg. Er konnte auf seinem Platz sitzen und warten, bis die Stunden endeten. Ermahnung vom Lehrer? Entschuldigung nuscheln und weiterträumen. Fragende Mitschüler? Ignorieren, dann wendeten sie sich ab.

Die erste Aufregung über Xavers optische Wandlung nahm unter seinen Mitschülern schnell ab. Sie war Schnee von gestern.

Und Toni? Die hatte nach ihrem Streit kein Wort mehr mit ihm geredet und setzte sich jetzt in den Pausen immer zu ihren Freunden.

Mit der kurzen Welle der Zweisamkeit war es nun wohl definitiv vorbei. Schade.

Nach der Schule fuhr er wie automatisch in die Stadt. Er hatte Miri seit seiner Teilrasur nicht mehr gesehen, obwohl er mehrere Male nach ihr gesucht hat. Eigentlich wollte er heute nicht schon wieder losziehen, doch dieser Vorsatz hatte eine Nachhaltigkeit wie die Entscheidung eines Junkies, mit den Drogen aufzuhören. Er zerbröselte schon während des Denkens zu Staub.

Als er sie nach Stunden immer noch nicht gefunden hatte, gab er irgendwann frustriert auf und trat den Heimweg an.

Vor seinem Haus stand Leos Rad. Nicht gut, denn das konnte nur bedeuten, dass er zu Besuch gekommen war. Bestimmt wurde er bereits von Mom fürsorglich bewirtet und hatte sich häuslich eingerichtet.

»Mensch, Xaver, wo warst du denn?«, empfing ihn seine Mutter. »Wir haben uns solche Sorgen gemacht.«

Wir. Leo winkte ihm von der Terrasse aus zu, die Backen gewölbt vom hastig in den Mund gestopften Kuchen.

»Sag mal, Leo hat eben erzählt, dass es bei dir in der Schule gerade nicht so gut läuft?«

Xaver stöhnte innerlich. »Super, dann redet mal ein bisschen weiter, ich habe leider gerade keine Zeit, um mich zu euch zu setzen.« Jeden Widerspruch ignorierend, drehte er in Richtung Treppe ab.

Wann würde Mom endlich kapieren, dass sie seine Freunde nicht einfach zum Kaffeeplausch hereinbitten sollte, wenn er nicht da war?

Natürlich öffnete Leo wenige Minuten später bereits Xavers Zimmertür.

»Hey«, nuschelte er mit immer noch vollem Mund, dem mit jeder Silbe ein paar Krümel entwichen. »Ich war gerade in der Gegend, da dachte ich: Schau doch mal beim Xaver vorbei.«

»Passt jetzt leider nicht so gut. Aber mach ruhig unten weiter, beim fröhlichen Sorgenschieben. Gibt bestimmt auch noch was zu futtern.«

»Ach komm. Was sollte ich denn machen? Deine Mutter war so aufgeregt und dann habe ich sie ein wenig beruhigt. Sei nicht sauer.«

»Beruhigt? Du hast ihr irgendwas aus der Schule erzählt. Was soll denn der Scheiß?«

»Ja … ist mir so rausgerutscht«, gab Leo zu. »Aber Menno, sie hat mich mit ihrem selbst gebackenen Käsekuchen bestochen und dadurch gesprächig gemacht. Ich *liebe* den. Wie konnte ich denn da widerstehen?«

»Toller Kumpel. Danke für deine Freundschaft.«

»Ach komm, jetzt ist mal gut.« Leo griff nach einer Flasche Wasser, spülte den Mund frei und ließ sich auf den Sitzsack in Xavers Zimmer plumpsen. Gönnerhaft deutete er Xaver an, sich auch setzen zu dürfen.

»Erzähl mal, wie es so läuft, an der Mädelsfront … Irgendwelche Neuigkeiten?«

Geschlagen ließ sich Xaver auf den Teppich sinken. Leo würde ohnehin nicht lockerlassen. Also berichtete er vom ganzen Hin und Her mit Miri und spürte, wie gut es ihm tat, endlich mal mit jemandem drüber zu sprechen, selbst, wenn es sich bei diesem Jemand um einen emotionsreduzierten Leo handelte.

Doch erstaunlicherweise schaffte es Leo, die knappen fünf Minuten nur zuzuhören. Ob es daran lag, dass er noch das Kuchenblech verdauen musste?

Nach einer Schweigeminute sagte Leo: »Also … ich will dir ja jetzt nicht zu nahetreten, aber es ist eigentlich ziemlich offensichtlich, dass diese Miri einen an der Waffel hat.«

Xaver wollte protestieren, doch Leo brachte ihn mit einem Wink zum Schweigen. »Stopp. Jetzt hör mal zu. Also die hat zwar einen an der Waffel, aber auf der anderen Seite fährst du auch voll auf sie ab. Also bleibt doch die Frage: Können wir rausfinden, *was* sie hat? Warum sie sich so durchgeknallt verhält? Ob das 'ne Masche ist oder wirklich eine Krankheit? Und vor allem … Was ist los mit diesem ›Noiland‹?«

»Du meinst, wir sollen nachforschen?«, fragte Xaver unsicher. Fast kam er sich ein bisschen bescheuert vor, dass er nicht längst auf diese Idee gekommen war.

Leo schürzte die Lippen, als würde er angestrengt nachdenken. »Klar! Warum nicht? Ich bin mir sicher, da finden wir schnell was raus. Google sei Dank.«

Wo er recht hat, hat er recht, dachte Xaver ernüchtert und schnappte sich sein Laptop.

»Wonach suchen wir? *Symptom: durchgeknallte Alte?«*, schlug Leo kichernd vor, verstummte allerdings sofort, als er Xavers wütenden Blick auffing.

Gemeinsam versuchten sie, mithilfe von Symptomlisten Miris Verhalten auf die Schliche zu kommen, aber das war nicht so leicht, weil so was wie *heftige Stimmungsschwankungen* bei Dutzenden Störungsbildern vorkam. Auch wenn man Störungen wie Demenzerkrankungen oder Wechseljahrsbeschwerden herausstrich, blieben noch unglaublich viele mögliche Ursachen übrig.

»Weißt du, was?«, sagte Leo. »Warum sollen wir uns eigentlich so eine Mühe machen? Wir suchen schon 'ne halbe Stunde und wissen immer noch nichts ... Wir könnten auch einfach jemanden fragen.«

Was Geduld bei Internetrecherchen anging, waren die beiden sich sehr ähnlich. Leo öffnete ein Psychotherapie-Forum und begann zu schreiben: *Hilfe! Ich kenne ein Mädchen, das ich nicht verstehe!*

Nach dieser Überschrift texteten die beiden eine grobe Beschreibung von Miri, klickten auf Absenden und fügten den Text noch in weiteren Foren ein.

»So ... jetzt haben wir uns eine Pause verdient«, freute sich Leo. »Die sollten wir nun sinnvoll nutzen, womit ich zum eigentlichen Grund meines Besuchs komme.«

Leo stand auf, schnappte sich seine Schultasche und rappte dabei ziemlich talentfrei los: »Ich hab unter der Jeans« – Beatboxunterbrechung – »'ne Badehose an. Und in meiner

Tasche« – Beatbox – »die Badeinsel drin! Mein Bike steht Richtung See.« – Beatbox – »Kopf aus und fahr jetzt mit, yeah!«

»Boah, Alter das war echt schlecht ...«, sagte Xaver, obwohl er auch lachen musste. »Aber zum See? Jetzt?«

»Klar! Lass uns einfach mal wieder entspannen. Wie soll denn sonst alles wieder besser werden? Stell dir vor: die weltbesten Pommes, eiskalte Cola und superklares Wasser! Und hinterher checken wir, was der Psychotanten-Schwarm geschrieben hat.«

Was für luschige Argumente. Dennoch erzeugten sie in Xavers Kopf Bilder, die echt verlockend waren. Leo kannte ihn einfach zu gut.

Eine knappe halbe Stunde später sprang er vom Bootssteg aus in den See.

Am frühen Abend machten sie ihren Mailcheck. Es waren phänomenale 139 Kommentare gekommen:

Tim:	*Weiß gar nicht, was du hast. Ich kenne nur Girls, die spinnen!*
Matzmann:	*Mädchen und spinnen. Das war schon immer eine schwierige Geschichte.*
Sebi:	*Die tickt einfach net sauba, meine Mainung!*
Angelgirl:	*Hat ich auch so. Voll schlimm, sei bloß nett zu sie!!!!*
Waltraud42:	*Du solltest unbedingt mit ihr zu einem Schamanen gehen!*
Sexxxx17:	*HAUPTSACHE POPPEN!!!*
Oli23:	*Das klingt sehr ernst. Du solltest damit nicht spaßen. Ich hatte mal eine Bekannte, die ...*
Onkel_Uwe:	*Wir werden alle verrückt. Google mal nach chemtrails, dann weißt du Bescheid.*

»Schwarmintelligenz …«, sagte Xaver fassungslos. »Suuuper Idee, Leo!«

Sie brachen beide in lautes Gelächter aus, als sie die restlichen Antworten lasen. Als sie sich halbwegs wieder eingekriegt hatten, tippte Leo *Noiland* in die Suchmaschine ein. Tausende Treffer. Er fügte *Mädchen* hinzu. Immer noch megaviele Treffer. Leo ergänzte hilfreich um *Psycho.*

»Nicht böse gemeint«, wehrte Leo direkt ab, drückte auf Enter und an erster Stelle erschien: *Projekt für Mädchen.* Sie klickten die Seite an und sahen Fotos von einem Holzhaus am Waldesrand. Ein Wohnprojekt für Mädchen mit Verhaltensauffälligkeiten und psychischen Störungen. Jetzt ein Klick auf *Störungsbilder,* doch Xaver wusste nicht, ob er das wirklich lesen wollte.

»Schau mal, das passt doch alles ganz gut«, meinte Leo. »Und es scheint gar nicht mal so ein krasser Psychoknast zu sein. Da«, er deutete auf den Monitor und Xaver schaute zögerlich hin. »Keine vergitterten Fenster und sogar echtes Besteck auf dem Tisch.«

Xaver musste ziemlich grinsen über Leos haarscharfe Analyse. »Du meinst, es besteht also keine Gefahr für Leib und Seele, wenn ich mich wieder mit ihr treffe?«

»Leib eher nicht … Seele? Also bei dir und deinem Mädchengeschmack wundert mich langsam gar nichts mehr … Keine Ahnung, ob da überhaupt noch was zu retten ist.«

23

Großstadtinseln

Nach einer weiteren erfolglosen Miri-Suchrunde, die Xaver am nächsten Tag veranstaltete, setzte er sich ernüchtert auf ihre Bank in der Innenstadt. Zunächst beobachtete er noch die Passanten, dann wurde sein Fokus unschärfer, er tauchte ab in seine Gedankenwelt, bis jemand ganz dicht vor ihm stehen blieb und sein Sichtfeld versperrte. Es war Miri und sie lächelte scheu. »Hast dich noch nicht vertreiben lassen?«

»Wo warst du denn so lange?«, fragte Xaver kraftlos und stand auf. »Ich hab dich seit Tagen gesucht.«

Miri zuckte unschlüssig mit den Schultern und nahm einen Anlauf, ihn in den Arm zu nehmen, doch dann musterte sie ihn bloß, als würde sie vor einem entfernten Bekannten stehen. Erst jetzt wurde Xaver klar, dass sie seinen neuen Style ja noch gar nicht gesehen hatte.

Er grinste sie möglichst cool an und hoffte, es würde ihr gefallen. Doch sie sagte nichts und es bildete sich stattdessen der bekannte Spalt zwischen ihren Augenbrauen.

»Löcherpulli und die Haare rasiert ... wie siehst du denn *jetzt* aus?«, fragte sie etwas spitz. »Ich hab dir doch erklärt, du sollst *du* bleiben, so wie du bist, und was machst du? Willst du mich jetzt damit beeindrucken oder was?«

Xaver schüttelte den Kopf und spürte, wie er schon wieder

etwas wütend wurde. Erst Toni – und jetzt Miri. Am besten tun sich die zwei direkt zusammen, als Xaver-Analyseteam. »Ich wollte nur mal was Neues ausprobieren, okay?«, raunte er.

Miri breitete fragend die Arme aus. »Was ›Neues‹? Du hast mir meinen Xaver geklaut und so eine billige Punkkopie zurückgebracht. So was Bescheuertes!«

Da war sie wieder. Die plötzliche Miri-Wut.

»Ich soll so sein, wie *ich* will«, warf Xaver ihr genau die Sorte an Wörtern entgegen, die sie sonst immer predigte. »Das hast du doch immer gepredigt, oder nicht? Und was ich will, ist, mich so anzuziehen, wie ich das gut finde. Das ist jetzt eben gerade so.« Er zeigte zu seinem zerrissenen Pullover. Doch dann gab er sich einen Schubs und lächelte sie provozierend an. »Kann ja nicht jeder so meeegakreativ sein wie du. Hast dir einfach Springerstiefel angezogen, Klamotten durchlöchert und die Haare gefärbt und nun laufen Hunderte so rum wie du, ne?« Xaver schaute abwartend zu Miri. Als er sie leicht lächeln sah, legte er grinsend nach. »Du bist halt 'ne echte Trendsetterin ...«

Miri grinste, doch sie seufzte auch tief. Dann ließ sie sich gegen die Bank fallen, als hätte jemand ihre Marionettenschnüre gekappt.

Drama abgewendet, schlussfolgerte Xaver, setzte sich neben sie und überlegte, ob er jetzt wohl auch noch was zu diesem Psychokram fragen sollte. Miri wirkte halbwegs ruhig und irgendwann musste er schließlich wissen, was mit ihrem Leben los war.

»Miri ...«, fing er vorsichtig an, »... ich wünschte, ich müsste nicht immer erst so lange nach dir suchen. Warum sagst du mir eigentlich nicht, wo ich dich finde? Oder woher du kommst? Manchmal weiß ich gar nicht, ob du mich auch magst.« Shit, das war jetzt vielleicht ein bisschen vorwurfsvoll rübergekommen?

War es, denn Miris eben noch ruhiger Blick hatte sich schon wieder verändert, kein gutes Zeichen.

Doch anstatt herumzuwüten, wie sie es oft schon gemacht hatte, atmete sie dieses Mal nur tief durch. Ihre Stimme war sehr sanft, als sie weitersprach: »Wusstest du eigentlich, dass es gar keine Panther gibt?«

»Panther?«, wiederholte Xaver ungläubig. Was war das denn für eine Antwort auf seine Frage? Aber Miri redete bereits weiter.

»Genau. Das sind in Wirklichkeit nur Leoparden, die zufällig schwarz sind. Wusstest du das?«

»Ne, aber was hat das bitte mit uns zu tun?«

»Na ja«, sagte Miri. »Panther sind meistens totale Einzelgänger. Streifen einsam durch die Wildnis. Ich wäre gerne auch so. Frei, meine ich.«

»Aber das bist du doch, oder?«

»Das war ich mal. Aber ich wurde aus meiner Einsamkeit herausgelockt.«

»Von wem?«

Miri lächelte und warf ihm nur einen bedeutungsschweren Blick zu. »Na, rate mal.«

»Und was ist daran so schlimm?«

Miri schüttelte den Kopf und sie wirkte frustriert, als wäre es schwer für sie, die richtigen Worte zu finden. »Panther sind alleine für sich glücklich, doch wenn ich alleine bin, denke ich immer nur noch an dich. Und je mehr ich an dich denke, desto mehr verliere ich mich selber, verstehst du?« Xavers fragender Blick schien Miri ungeduldig werden zu lassen. »Also noch mal: Wenn man denkt, man kann nur noch mit dem anderen glücklich sein, dann war's das mit der Freiheit. Das geht schleichend, und bis du es mitbekommen hast, ist es schon zu spät.«

Xaver brauchte einen Moment, um zu verstehen, was sie meinte. »Ich nehme dir also deine Freiheit weg?«

»Ja. Das Dumme daran ist nur, dass es so schön ist mit dir, dass ich es einfach nicht schaffe, dir länger als ein paar Tage zu widerstehen.« Miri rutschte auf Xavers Schoß und schmiegte sich an ihn. Er legte zögerlich seinen Arm um sie. Sie ließ es geschehen. Es war, als würden sie allmählich verschmelzen. Zwei Wachsfiguren in der Mittagssonne.

Aus irgendeinem Grund mogelte sich da Toni in seine Gedanken. Dieser Moment, als sie in der Pause Arm in Arm auf der Bank saßen, und der Nachmittag, an dem sie nach dem Pizzabacken zusammen Fotoalben angeschaut hatten. Da hatte er ein ähnlich schwereloses Glücksgefühl gehabt. Wobei er jetzt eigentlich gleichzeitig auch total angespannt war, weil er nicht wusste, wann Miris nächste Eruption bevorstand.

Was war nur los mit ihm? War er bei Toni, dachte er an Miri. War er mit Miri zusammen, drängte sich Toni in seinen Kopf. Und langsam war er sich überhaupt nicht mehr sicher, was er eigentlich fühlte.

Irritiert verscheuchte er Toni wieder aus seinem Kopf. Sie hatte hier und jetzt nichts zu suchen. Stattdessen schlang er seine Arme noch etwas fester um Miri. Verdammt, sie wirkte so zerbrechlich wie ein kleines, Schutz suchendes Mädchen. Sie atmeten im Gleichtakt, beschützt von einer unsichtbaren Käseglocke.

Irgendwann richtete sich Miri auf. Etwas schläfrig blickte sie Xaver an und streckte sich ausgiebig.

»Puh ... ganz schön kuschelig hier. Fast ein bisschen *zu* schön.« Sie warf ihm ein verschwörerisches Lächeln zu. »Aber ich glaube, heute ist der perfekte Tag für etwas Neuland.«

Noiland? Sofort schoss Xaver die Postkarte der Psychologin in den Kopf. »Was meinst du jetzt mit Noiland?«

»Na neues Land, halt. Etwas, was du noch nicht kennst. Sagt man doch so, oder?«

»Ach so. Ja schon.« Anscheinend hatte es nichts mit den Wünschen der Psychologin zu tun und Xaver fehlte der Mut, weiter nachzuhaken. »Und was ist nun dein Plan?«

»Lass uns auf meine Privatinsel düsen. Heute Abend.«

Xaver lachte. »Is' klar. Fliegen wir dahin oder nehmen wir doch die Rheinfähre?«

»Weder noch«, sagte sie geheimnisvoll. »Sei einfach um sechs am Kaufhof. Pünktlich!«

Damit drückte sie ihm einen Kuss auf die Wange und weg war sie.

So wie immer.

Zur verabredeten Zeit wartete Xaver, auf dem Rad sitzend, am Nebeneingang des größten Kaufhauses der Stadt. Bald darauf spuckte die gläserne Drehtür Miri mit einem zum Platzen gefüllten Rucksack aus. Sie orientierte sich kurz, rannte dann auf Xaver zu und hüpfte auf seinen Gepäckträger. Wirbelwind Miri in Aktion.

»Hey«, begrüßte sie Xaver mit einem Grinsen.

»Los, los, gib Gas!«

»Stress oder was?«

Sie blickte gehetzt zurück zum Kaufhof. »Fahr einfach!«

Na, das schien ja mal wirklich ein ganz besonderer Ausflug zu werden.

»Rechts ... geradeaus ... links ... links ...«, dirigierte Miri atemlos.

»Kannst du mir mal sagen, was los ist?«, versuchte Xaver herauszufinden, was die Hektik zu bedeuten hatte.

»Nö«, antwortete sie mit einem kleinen Lachen. »Ach Scheiße, wir hätten da rechts abbiegen müssen.«

Xaver fuhr ein Stück zurück und folgte dann wieder ihren Anweisungen.

Irgendwann rief Miri laut »Dahinten!« und Xaver erschreckte sich so, dass er den Lenker zur Seite riss. Sein Rad kam aus dem Gleichgewicht, er schlingerte, rutschte weg und landete auf einem Stück Wiese. Miri lag ein paar Meter hinter ihm lachend im Gras, anscheinend war sie in voller Fahrt abgesprungen.

»Wir haben es geschafft!«, rief sie mit einem breiten Lächeln.

»Was? Deinen Abgang zu überleben? Oh Mann, du machst mich echt fertig.«

»Ach komm, sei nicht so. Lass dein Rad hier, wir sind fast da.«

Miri ging zielstrebig auf ein Haus zu, blieb kurz stehen, um sich umzublicken, kletterte dann auf einen Müllcontainer und verschwand durch eine unscheinbare Klappe in das Haus. Xaver folgte ihr.

Drinnen tänzelte Miri ganz aufgeregt um Xaver herum. »Gleich sind wir am Ziel. Du wirst Augen machen!«

Da war sich Xaver nicht so sicher. Sie standen in einem heruntergekommenen Treppenhaus. Was zum Teufel war *daran* so besonders?

Miri begann, nach oben zu gehen, Xaver trottete hinterher. Nach gefühlten zweitausend Stufen endete der Aufstieg an einer Eisentür.

»Jetzt mach die Augen zu. Und nicht schummeln!«

Xaver schloss die Augen, hörte die Tür sich knarrend öffnen und wurde von Miri sanft nach vorne gedrückt. Sie umschlang seine Hüften und flüsterte: »Jetzt.«

Xaver blinzelte und taumelte erschrocken zurück. Sie standen auf dem Dach des Hochhauses. Keine Absperrung, nur ein winziges Mäuerchen rundherum.

»Miri, bist du wahnsinnig?«

»Willkommen in meinem Himmel«, flüsterte sie ihm ins Ohr.

Xaver hatte sich gerade erst an die Tiefe um sich herum gewöhnt, da löste sich Miri von ihm, drehte ein paar Pirouetten und begann, wie eine Balletttänzerin auf den Zehenspitzen zu laufen. Am Rand des Dachs blieb sie engelsgleich mit ausgebreiteten Armen und durchgebogenem Rücken stehen.

»Ich bin frei!«, brüllte Miri in die Tiefe der Häuserschlucht und drehte sich dann zu Xaver. »Hier sind wir frei, Xaver!«

Vorsichtig ging Xaver ein paar Schritte zu Miri vor. Die Aussicht war tatsächlich grandios. Rings um sie herum kein höheres Haus, zu ihren Füßen die Großstadt, in der Ferne sanfte Hügel.

»Ich habe noch eine Überraschung, aber du darfst nicht zuschauen. Guck einfach, bis ich fertig bin, runter in die Stadt.«

Xaver setzte sich und war überwältigt vom Anblick ameisengleicher Menschenströme, raupenartiger Autokolonnen und sich schlängelnder Züge. Es war wunderbar choreografiert, fast kunstvoll.

»Tataaaa! Willkommen in Kölns höchstem und feinstem Restaurant!«

Xaver drehte sich um und traute seinen Augen nicht. Eine große Wolldecke bildete die Unterlage des perfektesten Picknicks ever. Miri kam mit einer von der warmen Schwüle beschlagenen Flasche auf ihn zu. Der Korken stürzte nach einem lauten Plopp in den Abgrund.

Dann setzte sie die Flasche an, nahm einen großen Schluck, drückte, während Xaver nur benommen dasaß, ihre Lippen auf seine und ließ den Champagner in seinen Mund rinnen.

Unfassbar. Xavers Kopf schwirrte. Das Prickeln, Miris Zunge, der Geschmack. Die Zeit stoppte. Er wollte nicht mehr aufhören, den Kuss bis in die Ewigkeit ausdehnen. Das war Platzen vor Glück, das war Freiheit, egal, was Toni dazu sagte.

»Tut mir leid, ich habe keine Gläser«, hauchte Miri gegen seinen Mund. »Ich hoffe, es schmeckte auch so, der Herr? Es handelt sich um einen besonders edlen Schampus.« Sie hatte Xaver sanft weggedrückt und kicherte. »Lass uns essen, ich bin vielleicht hungrig!«

Antipasti, ein halber Hummer, Kaviar, diverse Pasten und Pasteten, Käsestücke, alles vom Feinsten. Dazu knuspriges Baguette. Miri zündete ein paar Windlichter an und setzte sich.

»Woher hast du das ganze Zeug?«, fragte er.

»Ist doch egal«, winkte Miri ab. »Alles zu wissen, nimmt dir bloß die Magie des Moments.«

Xaver nickte, auch wenn er natürlich nicht bescheuert war und sich schon ausrechnen konnte, warum Miri vorhin so in Eile aus dem Kaufhaus gestürmt war.

»Weißt du«, nuschelte Miri später mit vollem Mund. »Hier oben ist meine Insel der Ruhe und es ist nicht nur *irgendeine* poplige Großstadtinsel, es ist die höchste der ganzen Stadt!«

»Großstadtinsel?«

Miri grinste. »Komm, ich zeig's dir.« Sie legte sich bäuchlings an die Dachkante, Xaver rutschte neben sie. »Schau mal runter. Was siehst du?«

»Na, was da halt so ist. Menschen, Autos, Züge ...«

»Und was hörst du?«

Jetzt erst fiel Xaver auf, dass die Geräusche der Stadt nur dumpf waren, zum Teil gar nicht bei ihnen ankamen.

Miri deutete mit ausgestrecktem Arm auf die Dächer. »Wenn ich hier so liege und lange genug herunterschaue«, sagte sie, »dann bilde ich mir irgendwann ein, dass alles da unten auf den Straßen bedeckt ist von einer dicken, glasklaren Schicht aus Wasser, die den ganzen Schmutz und Krach einfach absorbiert. Und aus dem Wasser ragen nur noch die hohen Häuser wie Inseln aus einem riesigen Ozean heraus. Schau dich um. Unsere Insel ist die einzige, die im Moment bewohnt ist. Wir sind Robinson und Freitag oder so und das da ganz tief unten ist eine andere Spezies. Sie können uns nicht erreichen und wir sie auch nicht.«

Miri lauschte schweigend den entfernten Geräuschen der Stadt und seufzte zufrieden. »Das hier oben sind Inseln der Stille und des Friedens in einem Meer aus Chaos. Nur ein paar Hundert Stufen hochlatschen und du bist dem ganzen Abfuck entflohen. Unten können die größten Dramen abgehen, aber hier kann uns nichts passieren. Hier sind wir sicher. Und frei.«

Xaver schaute in die Tiefe und hatte zum allerersten Mal das Gefühl, ein bisschen durch Miris Fassade blicken zu können. Sie lagen still nebeneinander und versanken in Gedanken.

»Sonst bist du nicht so sicher und frei?«, fragte er schließlich, ohne richtig darüber nachgedacht zu haben.

»Lass uns nicht darüber sprechen. Das ist *privat«,* sagte sie bestimmt, musste jedoch leicht grinsen.

»Hey, wir sind gerade die beiden einzigen Inselbewohner der ganzen Großstadt. Wenn das hier nicht *privat* ist«, konterte Xaver mutig. »Ich weiß fast nichts über dich und das ist mir eigentlich zu wenig.«

Miri lag still neben ihm und schien nachzudenken. Nach langen Minuten gab sie sich einen Ruck und stützte sich auf ihre Ellenbogen. »Okay, wenn du darauf bestehst«, meinte sie. »Dann will ich für dich mal eine Ausnahme machen.«

Xaver nickte langsam. »Ich wäre bereit.«

Miri seufzte und drehte sich auf ihren Rücken, den Blick zum Himmel gerichtet. »Mein ganzes Leben hatte ich den Eindruck, ich werde erdrückt. Ich war mitten in lauter verkackten Zwängen, weißt du? Alle wollten was von mir, nur ich wollte nicht das, was die wollten. Das gab ständig blaue Flecken. Also hier so.« Sie klopfte auf ihren Brustkorb. »Und da musste ich dann irgendwann überlegen, was ich machen kann, um nicht dran kaputtzugehen. Bin ja nicht so ein bekloppter Lachs, der so lange gegen den Strom schwimmt, bis er am Ende seiner Reise krepiert.« Sie imitierte den toten Lachs mit verdrehten Augen und abgeknicktem Kopf. Dann warf sie Xaver ein schiefes, unsicheres Lächeln zu. »Also habe ich mir überlegt, dass ich nicht auf Dauer zu Hause bleibe. Ich habe beschlossen, am Tag vor meinem 15. Geburtstag Richtung Freiheit abzuhauen.«

Xaver biss sich auf die Unterlippe. »Wann hast du das beschlossen?«

»An meinem sechsten Geburtstag.«

»What?« Das war Issys Alter. Es war doch völlig unvorstellbar, dass ein kleines Mädchen wie Issy von zu Hause abhauen wollte.

»Ja, war alles von langer Hand geplant«, erzählte Miri weiter. »War auch wichtig, sonst wär ich kaputtgegangen. Die haben mich allegemacht.«

»Deine Eltern?«, fragte Xaver leise.

»Ja, auch die, doch als ich dann endlich da weg war, wurd's auch nicht besser. Echt beschissene Leute, sag ich dir. Erst als das mit diesen ganzen Familien vorbei war, wurde es noch ganz okay, aber irgendwie auch zu eng. Und wenn dir so was passiert, ohne dass du ein Ziel hast, dann vergiss es. Wirste bekloppt drüber. Na, und ich hatte einen Plan und deshalb, *tata,* bin ich jetzt hier.«

Das klang alles wieder einmal so furchtbar Miri-einfach, aber Xaver wusste natürlich, dass es das überhaupt nicht sein konnte. Oh Mann, er hatte ja schon mit einem »Hab mich mit meinen Eltern gestritten, bin abgehauen und ziehe jetzt so ein bisschen rum« gerechnet. Aber das? Sein eigenes Leben kam ihm dagegen gerade wie eine kitschig rosarote Hollywoodschnulze vor.

»Was wollten sie dir antun?«, hakte er nach.

»Betriebsgeheimnis«, antwortete sie, rutschte zu Xaver herüber und setzte sich kurzerhand auf seinen Bauch. Sie ließ den Kopf sinken und küsste ihn.

Es hört sich vielleicht kitschig an, aber die Glocken läuten echt bei jedem Kuss von ihr, dachte Xaver.

»Miri, wenn du Hilfe brauchst«, flüsterte er gegen ihre Lippen. »Ich bin für dich da. Wir werden bestimmt eine Lösung finden.«

Sofort versteinerte Miri wieder.

»Ich brauche aber keinen, der mir hilft«, erklärte sie und richtete sich mit einem Ruck auf.

»So war das nicht gemeint. Ich dachte nur, irgendetwas läuft doch falsch bei dir. Du flippst urplötzlich aus, versteckst dich tagelang, läufst weg. Das ist nicht normal, und wenn du mich eigentlich so sehr magst, wie du sagst, dann ...«

Miri stand urplötzlich auf, und als Xaver sich aufsetzte, sah er, wie sie zitterte.

»Nicht *normal?«*, rief sie. »Du findest also, ich sei nicht normal? Dann reih dich doch am besten ein in die lange Schlange aus Weißkitteln! Warum meint ihr alle, ich sei unnormal? Warum lasst ihr mich denn nicht in Ruhe, wenn ihr mich nicht normal findet? Ich will doch gar nichts von dir haben!« Die plötzliche Wut schien jetzt Verzweiflung zu weichen.

»Ich bin normal!«, schrie sie in die Abenddämmerung. »Und frei!«

Die Stadt schluckte desinteressiert ihre Schreie und Xaver rieb sich angestrengt eine Hand über die Stirn. »'tschuldigung«, erwiderte er, auch wenn er sich dazu zwingen musste. »Ich wollte nur ... Ach Scheiße, warum können wir nicht normal reden?«, brach es enttäuscht aus ihm heraus. Frustriert setzte er sich neben die Picknickdecke und stierte auf die Reste der geplünderten Delikatessen. Er mochte Miri – er mochte sie wirklich. Von Mal zu Mal wurde es sogar noch schöner mit ihr, doch er spürte auch, dass mittlerweile die Angst vor ihrem nächsten Wutausbruch schon direkt die schönste Stimmung und damit seine Hoffnungen crashte. Wie viele Wechselbäder hatte es schon alleine heute wieder gegeben? Fuck, das konnte so einfach nicht weitergehen.

Und mit einem Mal wurde Xaver klar: Es funktionierte einfach nicht mit ihnen beiden.

Da hockte sich Miri direkt vor ihn und rüttelte sanft an seiner Schulter. »Sorry. War jetzt eben nicht ganz so ... gelungen, oder?« Sie wirkte leicht verlegen. Von der Wut, die sie eben noch gepackt hatte, war schon nichts mehr zu spüren.

»Komm. Der Abend hat gerade erst begonnen. Ich will tanzen.« Sie griff in den Rucksack, holte einen Speaker heraus und startete eine Playlist ihres Smartphones.

»Komm, los«, forderte sie Xaver auf, als wäre nichts geschehen. Die hatte echt Nerven! Doch Xaver war alle Lust auf Tanzen vergangen.

Miri interessierte das nicht, sie durchtanzte die Abenddämmerung und sang die Songs laut mit. Irgendwann ließ sie sich vor Xaver auf die Knie fallen und strich ihm durch die Haare. »Komm schon. Tick Tack, es geht weiter«, flüsterte sie sanft. »Es ist viel leichter, schlimme Gefühle zu übertanzen, als sie zu überreden. Sonst labert man und labert und labert, doch man dreht sich nur im Kreis und am Ende fühlt es sich trotzdem kacke an. Tu dir den Gefallen und steh auf.«

Sie zog ihn an seinen Händen hoch. Er begann, sich zu bewegen, seine angespannten Muskeln gaben zögerlich nach. Nach und nach klappte das, was Miri meinte, er zertanzte seinen Frust und summte die Melodien mit. Irgendwann sanken sie leer und etwas befreit nebeneinander auf den Boden. Miri legte sich auf den Rücken und zog Xaver neben sich. Arm in Arm starrten sie in den sternenklaren Nachthimmel.

»Ist das ein geiler Anblick? Wir sind den Sternen so nah!«

Miri stützte sich auf, zündete sich eine Zigarette an, blies den Rauch in den Himmel und ließ die Glut Herzen in die Schwärze malen. Nach einem letzten Zug flitschte sie die Kippe im hohen Bogen davon, sodass sie eine Lichtspur in die Nacht zog, bevor sie im Nichts verschwand.

»Schau, da war eine Sternschnuppe!«, rief Miri und zeichnete die Flugbahn der Zigarette nach. »Wünsch dir was, schnell!«

»Gilt das echt auch für glimmende Kippen?«, grinste Xaver und schaute nach oben.

Ich wünsche mir Liebe. Echte Liebe, schickte er der Schnuppe still hinterher und fühlte sich gleichzeitig, als habe er sich mit diesem schmalzigen Wunsch endgültig gegen Miri entschieden. Völlig unerwartet und gegen seinen Willen, ummantelte ihn in diesem Moment eine riesige Sehnsucht nach Toni.

24
Überraschungen

Es war spät und Xavers Smartphone präsentierte elf Anrufe in Abwesenheit von seiner Mom. Das konnte nichts Gutes bedeuten, doch Xaver war es egal. Nach diesem verrückten Abend konnte ihn so schnell nichts mehr stressen. Noch bevor Xavers Schlüssel im Schloss steckte, riss seine Mutter die Haustür von innen auf.

»Xaver?!«, rief sie ihm entgegen. »Wo warst du die ganze Zeit? Weißt du, wie spät es ist, und warum gehst du nicht dran, wenn ich dich anrufe?« Sie stockte und ihre Augen verengten sich. »Es gibt überhaupt keinen Grund, jetzt zu grinsen, junger Mann! Ich bin stinksauer! Los, antworte!«

»Okay, erstens: in der Stadt. Zweitens: 23 Uhr. Drittens: Ich hab's nicht gehört.«

Xaver bekam das Grinsen nicht aus dem Gesicht. Erfahrungsgemäß bei solch einer Mutter-Stimmung extrem ungünstig, besonders in Kombination mit seiner Antwort.

»Schön, dass wenigstens *du* gute Laune hast!«, zischte sie.

Xaver versuchte, sich an Mom vorbeizuschlängeln, aber sie hielt ihn am Arm fest. »Stopp. Du bleibst jetzt hier und sagst mir endlich mal, was eigentlich mit dir los ist!«

»Das ist gerade echt der falsche Moment.«

»Nein. Ich habe so lange den Mund gehalten, aber jetzt –«

»Oh, Mom. Komm mal runter. Es war nur einen kleiner Ausflug und nun bin ich doch auch wieder hier.«

»Du machst ständig nur noch irgendwelche ›Ausflüge‹ und ich weiß nicht, wohin. Das geht so nicht! Und was ist eigentlich mit Toni? Seid ihr jetzt –«

»Mom! Das ist egaaal!«

»Nein, es ist überhaupt nicht *egaaal!«* Und dann, auf dem Gipfel ihrer Wut begannen Moms Mundwinkel auf einmal, unkontrolliert zu zucken.

»Jetzt aber nicht gleich lachen, ja?«, sagte Xaver. Das konnte jetzt gut gehen oder total eskalieren. Volles Risiko. »Das ist wirklich eine ernste Angelegenheit. Kichern wäre völlig unangemessen!«

»Mensch, Xaver, was machen wir hier eigentlich?«, stöhnte Mom und lachte leise. »Du unmöglicher Sohn, ich könnte dir eine scheuern, wenn du so dastehst, vor dich hin grinst und vor allem so unverschämt gute Laune hast!«

Xaver war erleichtert. Und dann, weil er sie ja insgeheim schon ein bisschen verstand, berichtete er ihr vom Stress mit Charly, dem Ärger in der Schule, dem Toni-Chaos, etwas von der Partynacht und sogar ein bisschen von Miri.

Als er mit dem Reden aufhörte, kam Mom schweigend auf ihn zu und nahm ihn in den Arm. »Danke«, meinte sie. »Du warst so still in letzter Zeit und ich kam nicht mehr an dich ran, verstehst du? Ich wusste gar nicht mehr, wo du warst.«

»War das bei dir auch so, als du in meinem Alter warst?«

Sie zuckte lächelnd mit den Schultern. »Ja und nein.«

»Wie überlebt man so eine Scheiße?«

»Ist denn *alles* scheiße?«

»Nein, nicht alles. Aber es ist ganz schön viel.«

»Tja. Du machst anscheinend im Moment einen kalten Entzug von der Zeit mit TKKG und den drei Fragezeichen durch, das schmerzt eben«, sagte seine Mutter mit einem Schmunzeln. »Andere verteilen das auf mehrere Jahre, was du in ein paar Tage packst, viele erleben es nie. Manche erleben es und merken es nicht. Weißt du, Xaver, *das* sind die echt armen Schweine, an denen das ganze Leben vorbeiläuft. Mach einfach weiter so und melde dich, wenn du Hilfe brauchst. Wir sind da.«

Xaver stutzte. Eigentlich war dieser Gedanke seiner Mom ziemlich gut, denn gar nichts zu erleben, wäre ziemlich scheiße, auch wenn er auf viele der aktuellen Gefühle gut hätte verzichten können. Aber es würde ja auch bedeuten, auf einen Abend auf Miris Insel verzichten zu müssen. Oder auf diese Momente mit Toni, wenn er das Gefühl hatte, dass sie ihm so nah war wie sonst kein Mensch.

»Xaver?«, sagte seine Mutter und zog ihn zurück in die Gegenwart.

»Ja?«

»Ich finde es übrigens gut, dass du mit deinem neuen Statussymbol am Ende was äußerst Vernünftiges gemacht hast«, sie zeigte auf den durchlöcherten Pullover.

»Kennst du die Marke?«

Sie verdrehte die Augen. »Ich lebe nicht auf dem Mond. Ich war nur wirklich erstaunt, dass du ihn gekauft hattest, aber das musste wohl sein, oder?«

»Unbedingt«, zwinkerte Xaver und verabschiedete sich dann todmüde und erschöpft in sein Zimmer.

Am Samstagnachmittag ließ eine Nachricht von Leo Xavers Smartphone brummen.

Wobei auch immer du gerade scheiterst, es gibt einen Plan B: Kevin feiert heute Abend! :-)

Nicht unbedingt das, worauf Xaver Lust hatte. Doch damit hatte Leo anscheinend gerechnet und sich frühzeitig mit einem Stück erschnorrtem Erdbeerkuchen auf von Göttschlings Terrasse positioniert, um Xaver abzufangen, als dieser von einer Projektgruppe nach Hause kam. Xaver ließ sich überreden und begleitete Leo zu Kevin, dessen Eltern samt kleiner Schwester für ein paar Tage verreist waren.

Vor dem Haus, in dem Kevin wohnte, standen schon etliche Fahrräder und durch die gekippten Fenster hörte Xaver Stimmen.

Kevin öffnete die Tür und schickte sie zu den anderen, die sich im Garten breitgemacht hatten. Die meisten kannte Xaver, ein paar hatte er noch nie gesehen. Auch Charly war gekommen und wurde gerade mal wieder heftigst von Piet angegraben. *Ficklandschaft,* dachte Xaver an Miris Worte und grinste.

Er nahm sich eine Cola und setzte sich zu seinen Freunden auf die Wiese. Nette Musik, kalte Getränke, bisschen lästern, alte Gerüchte pflegen und neue an den Start bringen. War eigentlich doch ganz in Ordnung hier.

Irgendwann liefen jedoch immer mehr ins Wohnzimmer und stellten sich in einem Halbkreis auf. Als Xaver dazustieß, wunderte er sich, warum alle miteinander tuschelten, sich die Hand vor den Mund hielten und ständig Gelächter unterdrücken mussten.

»Pssst«, mahnte Kevin zur Stille. Xaver bahnte sich seinen Weg nach vorne. Im Zentrum der Gruppe lag ein Babyphone auf dem Tisch. Es knackste und rauschte und dann hörte man ein Stöhnen.

»Was soll *das* denn?«, fragte er, während Leo schon hinter ihm zu kichern anfing.

»Piet. Und Charly«, erklärte Kevin. »Sind oben im Zimmer

meiner kleinen Schwester. Anscheinend ist das Babyphone noch scharf gestellt.«

»Ach du Scheiße«, sagte Xaver, während jemand anderes schon wieder »Pssst!« zischte.

Na, los, komm schon, krächzte Charly aus dem Babyphone. *Nun mach doch endlich!*

Ja. Moment. Sofort. Piet klang leicht gestresst.

Ist das dein erstes Mal oder was?

Häh? Erstes Mal? Xaver dachte, die beiden wären schon lange ein Paar. Mit allem Drum und Dran.

Was für ein Quatsch. Wieso sollte es das sein?, gab Piet offensichtlich genervt zurück.

Na, weil du da unten rumstocherst, als wüsstest du nicht, wo der Eingang ist. Es knallte laut, Charly schien auch in diesem Moment wieder sehr mit einem Kaugummi beschäftigt zu sein.

Xaver warf Leo einen staunenden Blick zu, doch der war vor unterdrücktem Lachen schon so kurz vorm Erstickungstod, dass er es gar nicht mitbekam.

Moment ... gleich ..., knarzte das Babyphone.

Charly seufzte. *Tote Hose?*

Xaver verstand langsam nichts mehr. Er hätte nie geglaubt, dass Piet genauso unerfahren war wie er.

Machst immer einen auf Oberstecher und dann bist du in echt noch 'ne Jungfrau, sagte Charly. *Can't believe it.*

Dann raschelte Kleidung und Reißverschlüsse wurden geschlossen und die nächste Kaugummiblase krachte. Die Nummer war offensichtlich gelaufen.

Die Babyphonegemeinde schaute sich sprachlos an.

»Der Pokal für die größte Peinlichkeit des Jahrtausends wird heute verliehen an ... Mr Ich-bin-der-große-Oberlover ... Piiiiiiet«, flüsterte Leo, immer noch kichernd, in Xavers Ohr.

Xaver musste grinsen. Dann kam Charly auch schon ins Wohnzimmer, als wäre nichts geschehen. Piet huschte ein paar Minuten später hinterher und verließ möglichst unauffällig die Party. Xaver empfand auf einmal fast ein bisschen Mitleid mit ihm. Also nicht so krass, dass er mit ihm nun direkt eine Anti-Charly-Selbsthilfegruppe gründen würde, aber schon ziemlich.

Mit einer kalten Cola setzte er sich unter einen Baum im Garten, lehnte sich an den Stamm und stierte in die Abenddämmerung. Miri huschte lachend durch seinen Kopf und warf ihm einen Luftkuss zu. Xaver lächelte.

»Na, so alleine hier?«, fragte da eine Stimme. Toni war aufgetaucht, stand, leicht verlegen lächelnd, vor ihm und Xaver konnte nicht anders, als megafett grinsen, weil er sich total darüber freute, dass Toni nach dem Streit nun wieder versöhnlich vor ihm stand. Erleichtert atmete er aus und damit wurde auch Tonis Lächeln so breit, dass es begann, Grübchen in ihre Wangen zu fräsen. Wie sie da so stand und auch insgesamt, war sie eigentlich schon befremdlich nah am Traumfrauniveau, wunderte sich Xaver und schämte sich, schon während er es dachte. Es ging hier schließlich um *Toni.*

»Darf ich mich zu dir setzen?«, fragte Toni mit schief gelegtem Kopf.

Xaver nickte und deutete mit dem Kinn rechts neben sich.

»Ich fürchte, in letzter Zeit war ich nicht immer so ganz nett zu dir«, setzte Toni zerknirscht an. »Ich wollte mich für kürzlich entschuldigen.«

Xaver wischte ihre Sorge mit einer wegwerfenden Geste fort. »Ich würde sagen, wir sind quitt, oder?«

»Vielleicht. Also Kriegsbeil begraben und so?«, fragte Toni. »Ich wollte dich echt nicht so anmachen nur wegen einem Pulli und einer neuen Frisur.«

»Klar«, sagte Xaver. Er hielt ihr die Hand hin, die sie in

Kindheitstagen aufgeritzt hatten. »Blutsschwester«, fügte er hinzu.

Toni lächelte und drückte ihre Hand drauf. Dieser Moment wirkte fast magisch. Sie schwiegen, blickten sich in die Augen lächelten einander zaghaft an. Doch das Gröhlen einiger Schüler beendete den Zauber und sie ließen wieder die Hände sinken.

»Hast du das eben mit Piet mitbekommen?«, fragte Xaver.

»So ein bisschen, bin da gerade erst reingekommen«, antwortete Toni. »Ziemlich assi, wie sie ihn abserviert hat.«

»War halt Charly-Style!«

»So hätte ich mich das jetzt nicht zu sagen getraut«, erwiderte Toni lachend. »Aber stimmt. Doch mit dem Belauschen, das war auch nicht sooo toll.«

»Klar. Aber lustig war's. Ausgerechnet Piet! Ich hätte nie gedacht, dass der sich von Charly genauso behandeln lässt wie ich. Und dass er so geblufft hat. Weiberheld – haha von wegen!«

»Wer will schon mit Piet?«, fragte Toni mit einem Schaudern und rutschte neben ihn. Sie lehnte sich an seine Schulter und er legte instinktiv seinen Arm um sie.

Das fühlte sich so gut an. War das mit Toni und ihm wirklich nur Freundschaft? Er hatte keine Ahnung, wann sich seine Gefühle für Toni in etwas ... *anderes* gewandelt hatten, aber es war definitiv so, dass es sich verdammt viel wärmer, aber auch total verwirrend anfühlte.

Die Umwelt um sie herum verlor immer mehr an Bedeutung. Ihre Köpfe waren aneinandergelehnt, er neigte sich etwas zur Seite und eigentlich wollte er sie nur anschauen, aber irgendwann realisierte Xaver plötzlich, dass sie sich küssten. Toni und er!

Verdammt, er schien völlig weggetreten gewesen zu sein.

Auch Toni verstand es offensichtlich erst in diesem Moment. Sie zuckten auseinander und schauten sich mit weit aufgerissenen Augen an.

»'tschuldigung«, flüsterte Toni und lehnte sich etwas zögerlich zurück.

»Selber«, antwortete Xaver verlegen. »Das war jetzt irgendwie ... dämlich, oder?«

Toni lächelte hilflos und nickte. Auch wenn sie dabei irgendwie traurig aussah.

War sie etwa enttäuscht? *Wollte* sie ihn küssen?

Shit, das wäre jetzt so ein Moment, wo er wahrscheinlich was erzählen sollte. Irgendwas Nettes, Zustimmendes, Überraschtes oder auch was Lustiges, nur Schweigen war die schlechtestes Option. Aber was sollte er sagen? Warum um alles in der Welt hatten sie sich gerade geküsst? Es war auch ohne diesen Kuss schon verdammt schwer gewesen, all dieses Gefühlschaos noch zu checken.

»Ich bin dann mal besser weg«, erklärte Toni da plötzlich.

»Toni, warte«, sagte Xaver. Doch als sie ihn ansah, wusste er schon wieder nicht mehr, was er sagen sollte.

»Is' schon gut«, entgegnete sie. »Ist meine Schuld. Ich weiß auch nicht.« Damit stand sie auf und ging.

Xaver schaute ihr nach und verstand noch nicht so ganz, was gerade passiert war, doch sein Herz raste, als liefe er einen Marathon.

25 Höhepunkt

Xaver konnte es immer noch nicht fassen: Toni und er hatten sich geküsst und es hatte sich verdammt gut angefühlt. Oh Mann, konnte jetzt bitte mal einer die fucking Schmetterlinge abholen, die er gerade beim Gedanken an seine beste Freundin spürte? Was hatte das alles zu bedeuten?

Und warum ging Toni ihm nun seit der Party konsequent aus dem Weg? Wenn er sie ansprach, gab es maximal ein bisschen belanglosen Smalltalk, manchmal sogar nur ein Schulterzucken.

Eigentlich war es ja ziemlich paradiesisch gewesen, zeitgleich mit zwei Mädchen zu knutschen, doch was hatte er nun davon? Toni machte einen Bogen um ihn. Und Miri ...? Um die hatte eher er einen Bogen gemacht, weil es einfach nicht funktionierte. Seine Zweifel waren nach dem Picknick auf Miris Insel noch größer geworden, bis er sich eingestehen musste, dass ein *Wir* mit ihr nicht möglich war. Zu viele zu heftige Probleme, bei denen Xaver ihr definitiv nicht helfen konnte. Eigentlich wusste er noch nicht mal, ob er ihr überhaupt helfen *wollte* oder ob es nicht besser wäre, sie einfach zu vergessen.

Einfach. Sehr lustig, dachte Xaver.

Wie hätte er sich wohl entschieden, wenn beide vor ihm gestanden hätten und mit ihm hätten zusammen sein wollen?

Der Gedanke war natürlich völlig irre. Es gab ja im Grunde auch überhaupt keine zwei akzeptablen Anwärterinnen, denn eine von ihnen war schließlich Toni! Krabbelgruppen-Toni, seine Blutsschwester, das Neutrum. Obwohl, ganz so einfach war das ja jetzt eben nicht mehr, weil seine Gefühle total Achterbahn fuhren.

Und Miri? Vielleicht sollte er wenigstens versuchen, ihr zu helfen. Wäre er ihr das nicht irgendwie sogar ein bisschen schuldig?

Was für eine bescheuerte Frage! Klar musste er zumindest probieren, sie zu treffen. Und wenn er sie träfe, dann würde er einfach nur mit ihr reden. Vielleicht könnte er sie überzeugen, in dieses Noiland zu fahren oder anderswo Hilfe zu suchen.

Er landete ausnahmsweise sofort einen Volltreffer. Bereits von Weitem sah er Miri auf ihrer gemeinsamen Bank sitzen. Sie wirkte nervös, schaute sich hektisch um, als warte sie auf etwas oder jemanden. Sobald sie ihn entdeckte, sprang sie auf und rannte auf ihn zu.

»Endlich bist du da!«

»Das ist ja mal ganz was Neues«, freute sich Xaver und nahm sie etwas unsicher in den Arm.

»Komm, lass uns mal rausfahren aus der City«, schlug Miri vor.

»Alles in Ordnung bei dir?«, fragte er. »Du wirkst so ... unentspannt.«

Miri winkte ab und sprang auf sein Fahrrad. »Los, Steuermann. Ab auf Ihre Position. Ich bestimme die Richtung!«

Das ernste Gespräch musste wohl noch etwas warten. Miri nahm wieder ihren Kapitänsposten ein und lotste Xaver zielsicher durch die Abenddämmerung der Stadt. Irgendwann kamen sie in einem Park an. »Stopp! Da ist es!«, rief sie glücklich.

Sie standen vor einem geschlossenen Freibad. »Weißt du, was wir jetzt machen werden? Schwimmen! Komm!«

»Tolle Idee«, erwiderte Xaver mit einem Augenrollen. »Dafür sind wir jetzt den ganzen Weg gefahren? Die haben zu.«

Miri lachte, als wäre er der niedlichste Mensch auf der Welt, und schleifte ihn an seiner Hand hinter sich her. Sie zog ein paar Bretter zur Seite und legte eine Lücke im Zaun frei. Miri zwängte sich durch, Xaver versteckte sein Rad und folgte ihr. Die Wasserbecken reflektierten still und verlassen den Mondschein.

»Es gibt da nur ein Problem. Ich hab keine Badehose«, sagte Xaver.

»Oho! Das ist natürlich echt *ziemlich* ungünstig!«, rief sie zu ihm herüber. »Ohne Badehose, dann können wir das wohl vergessen.«

Miri hatte sich beim Sprechen längst ihre Hose und ihr T-Shirt ausgezogen und stand nur noch im Slip vor ihm. Zack, war auch dieser weg.

Oh Mann. Xaver starrte ihr hinterher, wie sie nach einer kurzen Verbeugung langsam Stufe für Stufe auf das Sprungbrett hochstieg. Oben angekommen, rannte sie johlend auf das Ende des Bretts zu und ließ sich einfach nach vorne fallen. Wasser spritzte auf und Miri verschwand.

Sie war völlig verrückt, dachte Xaver, musste aber breit grinsen. Vage erinnerte er sich daran, dass er eigentlich nur mit ihr sprechen wollte – ein *ernstes* Gespräch führen –, aber das schien jetzt unmöglich, sie hatte ihn eben total mit dem Ausflug überrumpelt. Vielleicht später. Also zog er sich auch aus, bis er wieder einmal etwas ratlos in Socken und Unterhose dastand.

Miris Kopf erschien am Beckenrand. Sie lächelte wissend. »Was 'n los? Krummer Pimmel oder was? Oder keine Eier?«

Xaver spürte, wie seine Wangen heiß wurden, doch er

zwang sich, die restliche Kleidung abzustreifen und ins Wasser zu gleiten. Die frische Kühle tat gut. Er durchquerte das Becken. Kurz vor dem Beckenrand schoss direkt vor ihm Miri in die Höhe und klammerte sich an ihm fest.

Sofort wurde er sich ihrer nackten Körper bewusst und fühlte zum ersten Mal seit Tagen so was wie Erregung. Dort, wo Miris Unterleib sich nur Zentimeter von seinem entfernt befand, ihn sogar manchmal berührte.

Mit einem Lachen hob er sie hoch, schmiss sie in die Fluten und flüchtete. Sie folgte ihm und ließ das Wasser schäumen. Irgendwann kletterten sie gemeinsam an Land. Xaver ließ sich auf den Rücken fallen, Miri legte sich quer zu ihm und bettete ihren Kopf auf seinem Bauch.

In ungefähr einer Stunde würde sein 17. Geburtstag beginnen, erinnerte sich Xaver und starrte nach oben zu den Sternen.

»Da oben. Meinst du, da ist man frei?«, fragte Miri nach einer Weile der Stille.

Xaver schüttelte den Kopf. »Nein. Hier, wo wir sind, da ist Freiheit.«

Miri lächelte entwaffnend, als sie sich aufsetzte. »Dann lass uns diesen Moment genießen und hoffen, dass es nicht das letzte Mal ist.«

Da war ein Unterton in ihrer Stimme, den Xaver nicht einordnen konnte, doch die kurze Irritation verschwand, als sie sich umdrehte und auf ihn legte. Seine Erregung kehrte zurück und drückte gegen ihren Bauch.

Dann kniete sie sich hin, griff in ihre Tasche und fing im nächsten Moment an, ihm ein Kondom überzuziehen.

Oh verdammt, das ging alles so schnell, oder nicht? Er hatte Miri heute doch eigentlich nur gesucht, um mit ihr zu reden, und nun lag er hier mit gummiertem Schwanz, präpariert für sein erstes Mal. Spätestens jetzt sollte er die Pause- oder Stopptaste drücken. Doch er schaffte es nicht.

»Nicht nachdenken«, flüsterte Miri, als hätte sie seine Grübeleien gespürt, und setzte sich langsam auf ihn. Er glitt in sie hinein und es war ein Gefühl, wie er es sich nie hätte vorstellen können. Warm, weich, willkommen.

In Xavers Kopf tauchte der Projektplan auf. Ein fetter Haken schmückte jetzt das Ziel der Entjungferung. Scheiße, er wollte das nicht denken, denn er wollte jetzt eigentlich auch gar nicht sein erstes Mal haben. Seine Gedanken gaben keine Ruhe. Miri begann, sich langsam zu bewegen. Alles in Xaver brüllte Stopp, aber es war leider auch viel zu grandios, um jetzt aufzuhören, Xaver drohte abzuheben. Doch mit jedem Auf und Ab wurden die Stöße hektischer und Miris Gesichtsausdruck veränderte sich. Die Lippen zusammengepresst und den Mund verzogen, sah sie aus, als leide sie. Und dann drängte sich zu allem Übel auch noch Toni in seine Gedanken und blickte Xaver tief in die Augen.

Ach Mist. Xaver spürte, wie sich etwas tief drin in ihm zusammenzog. Das war hier alles nicht richtig.

»Miri«, sagte er sanft und hielt sie an ihren Schultern fest. »Vielleicht sollten wir jetzt doch nicht ...«, begann er, doch er wusste nicht so recht, wie er sich ausdrücken sollte.

Richtig so, hebe dich für die Richtige auf, mischte sich jetzt auch noch Mom ein. Fuck!

Miri hob ihr Becken an und Xaver glitt schmatzend aus ihr heraus. Schwupp, aus, Ende.

»Ich tu immer nur allen weh«, jammerte Miri und Xaver hörte, wie ihre Stimme bebte.

Xaver drehte sich auf den Bauch und betrachtete, auf seine Ellenbogen gestützt, die neben ihm liegende Miri. Jetzt sah er auch, dass sie weinte. »Du hast nichts falsch gemacht«, versuchte er, sie zu beruhigen, auch wenn er selbst völlig durch den Wind war. »Aber dir geht's doch nicht gut, das sehe ich.«

Noch im selben Moment schluchzte Miri richtig los und Xaver wusste echt nicht mehr, was er machen sollte.

In den wenigen Wochen, die er Miri nun kannte, schien es ihr von Mal zu Mal immer schlechter zu gehen. Sie wirkte fahriger, nervöser und ihre Stimmungen waren unberechenbarer als Aprilwetter. Sie sollte wirklich nicht hier sein, sondern in Noiland, weil sie eigentlich Hilfe brauchte, das wusste er jetzt.

»Miri?«

Sie wischte sich durchs Gesicht und zog die Nase hoch. »Hm?«

»Wie lange lebst du eigentlich schon so wie jetzt?«

»Was ist denn *wie jetzt?*«

Xaver jonglierte verschiedene Formulierungen im Kopf. Wie würde sie reagieren? »Na, auf der Straße halt.«

»Wer sagt, dass ich das tue?«

Xaver war sehr unwohl zumute, denn er war eigentlich genauso unehrlich wie Miri. Seit seinem Blick in den Rucksack wollte er von ihr eine Erklärung, aber er war einfach zu feige zuzugeben, was er heimlich über sie herausgefunden hatte.

Er nahm allen Mut zusammen: »Miri, ich muss dir was gestehen. Ich ... ich weiß von Noiland. Diesem Haus für Mädchen.«

Es wirkte wie ein Kanonenschuss. Miri starrte ihn ungläubig mit offenem Mund an. Ihr Kopf schien mit dem Suchen nach Erklärungen überfordert, sie wirkte völlig verwirrt.

»Wo-woher?«, stammelte sie schließlich.

»Dein Rucksack. Als ich ihn nach dem Konzert für dich mitgenommen hatte ... da hatte ich den ...«

»... gefilzt?!«, vervollständigte Miri. »Wieso hast du das gemacht?!«, schrie sie und rappelte sich auf.

»Ich weiß, das war falsch, und ich wünschte, ich hätte es

nie getan. Aber vielleicht war es ja auch wichtig.« Auch Xaver war aufgestanden und ging auf Miri zu, doch sie wich zurück. »Miri, so kann es doch nicht weitergehen.«

»Was weißt du schon! Lass mich doch einfach in Ruhe, du Idiot!«

»Du bist mir aber wichtig!«

»Dann mach doch nicht alles kaputt!« Vor lauter Wut presste sie sich die Fäuste gegen die Schläfen.

»Was hat man mit dir gemacht?«, wollte er wissen. »Wieso bist du weggelaufen?«

»Das geht dich nichts an, verdammt noch mal! Mir hat keiner was angetan, denn die Schweine haben mir nichts antun *können!«*, rief sie in die Nacht und presste ihre Hände schützend gegen das Herz. »Ihr! Habt! Mich! Nicht! Gefickt! Hört ihr?!« Schluchzend klaubte sie ihre Sachen zusammen, zog sich wieder an und stürmte an Xaver vorbei in Richtung Schlupfloch.

Scheiße, dachte Xaver und schaute erst hilflos in die dunkle Nacht und dann an sich herab.

Zwischen seinen Beinen baumelte das leere Kondom. Er streifte es ab und warf es in einen Mülleimer. War er jetzt entjungfert? Wow, was für ein wirklich wichtiger Gedanke, sagte sich Xaver und wollte in diesem Moment überhaupt nicht darüber nachdenken.

Langsam suchte er seine Kleidung zusammen und zog sich an. Das Schwimmbecken lag still und ruhig da, als hätten Miri und er niemals darin getobt. Da waren nur die platt gedrückten Grashalme, doch auch diese würden schon bald wieder aufrecht stehen, als sei nichts geschehen.

Xaver huschte durch das Loch im Zaun und fuhr zügig nach Hause. Als er die Haustür aufschloss, schlug die dämliche Kirchturmuhr ein paar Straßen weiter zur Mitternacht. Was für eine Punktlandung.

26 Auferstehen

Und wenn der Tag anbricht, ist wieder alles, wie es war, also schlaf nicht ... Diese Textpassage von *Heisskalt* kam Xaver kurz nach dem Aufwachen am nächsten Morgen in den Sinn. War das Kapitel Miri nun für immer geschlossen? Verdammt, das war alles so verwirrend. Er versuchte, das Gefühlschaos, das all diese Gedanken in ihm auslöste, wegzudrücken, sich abzulenken. War er jetzt noch Jungfrau oder nicht? Er verstand selber nicht, warum er so viel darüber nachdenken musste, wo es doch eigentlich ganz andere Sorgen gab. Miris Zusammenbruch belastete ihn, durfte er da überhaupt gleichzeitig über sein erstes Mal nachdenken? Wem könnte er von gestern Abend erzählen? Er *musste* mit jemandem darüber sprechen.

Leo. Wer sonst? Er nahm sein Handy und durchscrollte die Emoticons. Dann wählte er eine Aubergine, den aus Daumen und Zeigefinger geformten Kreis, gefolgt von drei Wasserspritzern, einem gereckten Daumen und ... Ne, das war ein bisschen übertrieben. Er löschte die Tropfen wieder und sendete die Nachricht, auch wenn er sich nicht so ganz wohl dabei fühlte:

Von Leo kam nur: Gelesen ... schreibt ... schreibt ...

👍 🍾 🚲

Im nächsten Moment öffnete sich seine Zimmertür und Issy bahnte sich mit einer großen Kerze den Weg zu Xaver.

»Heute kann es regnen, stürmen oder schnein ...«, fing sie an zu singen und Mom und Dad stimmten wenig später ein.

Sein Geburtstag! Er hatte ihn völlig vergessen, wie strange.

Nach dem Frühstück klingelte es an der Tür. Mom öffnete und führte Leo zum Esstisch.

»Morgen! Ich habe gelesen, hier gäbe es was zu feiern?«, legte Leo vor versammelter Mannschaft los und wedelte verschwörerisch mit seinem Handy. »Aaalter, du hast es endlich geschafft!«, brüllte er Xaver geradewegs ins Gesicht. »Das ist der Hammer!!«

Leo kam mit ausgebreiteten Armen auf ihn zu. War er jetzt völlig wahnsinnig geworden? Wollte er ernsthaft vor versammelter Mannschaft über sein erstes Mal reden?

»Lass uns hochgehen«, raunte Xaver.

»Gleich. Aber, aber ich will dir doch nur erst einmal gratulieren!«

Xavers Wangen brannten, seine Familie stand immer noch unschuldig lächelnd um sie herum.

»Lass dich anschauen ... Man sieht es dir gar nicht an.« Leo trat einen Schritt zurück, um ihn besser betrachten zu können. Sein Blick wanderte von oben nach unten, dann grinste er breit. »Siiiebzehn!«, rief er und klopfte Xaver auf die Schulter. »Alles Gute zum Geburtstag!«

Xaver verdrehte erleichtert die Augen und ließ sich zur Gratulation in den Arm nehmen.

Die beiden gingen hoch, und sobald sich Xavers Zimmertür

hinter ihnen geschlossen hatte, boxte Leo ihm mit einem fetten Grinsen gegen die Brust. »Alter, das ist der Hammer! Erzähl ... Wer, wann, wo, wie und wie oft? Los! Ich will Details.« Leo wedelte fordernd mit der Hand, Xaver verdrehte die Augen.

»Es war mit Miri ...«

»Dem Punk? Echt jetzt?« Leo zog eine Flasche Sekt aus seinem Rucksack und schenkte etwas davon in zwei herbeigezauberte Plastikgläser ein. Etwas widerwillig stieß Xaver mit ihm an. So richtig nach Feiern war ihm eigentlich nicht zumute. »Endlich geschafft!«, rief Leo. »Unser Xaver ist keine Jungfrau mehr. Und?«

»Psst. Es muss ja nicht die ganze Stadt wissen. Was meinst du mit *und?*«

»Na, Details eben und wie das jetzt mit dir und Miri weitergehen soll.«

»Ach, ich weiß nicht.«

»Hä? Jetzt erzähl doch einfach mal, wie es genau war.«

Also erzählte Xaver. Zumindest das Wesentliche. Die ganz krassen Dramaszenen sparte er aus. Und zum ersten Mal seit Ewigkeiten hörte Leo tatsächlich zu – ganz ohne blöde Kommentare zu reißen. »Krass«, platzte es am Ende aus ihm heraus. »Kein Wunder, dass du die halbe Schule wuschig gemacht hast.«

Xaver lachte. »Bist du jetzt völlig größenwahnsinnig geworden? Seit wann bist denn *du* die halbe Schule?«

Leo schaute ihn verständnislos an. »Noch nicht gesehen, was im Chat los ist seit deiner Statusmeldung? Die Leitungen glühen.«

»Was?«, rief Xaver schockiert. »Hast du das weitergeleitet?!«

»Quatsch. Jetzt sag nicht, es war nur ein Versehen?«

Xavers Kopf rauschte. Er griff nach seinem Handy und öffnete den Chat. 97 neue Nachrichten. Glückwünsche, Schnuller, Kinderwagen, Hochzeitspaare ... Oh verdammt. Er hatte nicht Leo geschrieben, sondern seine Breaking News in den Schulchat gepostet. Einfach in der Zeile verrutscht und jetzt wusste es jeder. »Fuck, was hab ich getan?«

»Ich fand's auch ziemlich ungewöhnlich für dich. Aber schon auch cool. Eben, weil *du* es warst.«

»Das war keine Absicht«, erklärte Xaver noch immer fassungslos.

Und da wurde ihm noch was klar: Wenn er die Nachricht in den Schulchat gepostet hatte, hieß das doch, dass auch Toni es gelesen haben musste, oder? So ein Mist! Was würde sie jetzt über ihn denken? Erst hatte er sie geküsst und dann mit einer anderen gevögelt? Sie musste ihn doch für den allerletzten Arsch halten. Und vielleicht war er das auch wirklich, dröhnte eine Stimme in seinem Kopf. Andererseits war im Moment mit Toni eh Eiszeit und noch frostiger konnte es nicht werden.

»Meine Meinung?«, sagte Leo gewohnt unbekümmert. »Nachrichten vor dem ersten Kaffee und nach dem dritten Bier sind die geilsten!« Er lachte. »Aber wo ist denn die Blamage? Ich find's eigentlich ziemlich lustig.«

»Schön für dich«, raunte Xaver.

»Oh Gott, entspann dich! Nicht wieder einen auf Dramaqueen machen, bitte. Manches lässt sich in Sekunden erledigen ...« Er tippte kurz auf seinem Smartphone herum und steckte es dann zufrieden in die Hosentasche.

Xaver ahnte Übles. »Was hast du jetzt gemacht?«

»Schau nach.«

Also öffnete er den Chat.

Leo: 👌 🍆 👍 Ich war's, hihi. Hab eben Xavers Handy gekapert. Fand der nicht lustig. Sorry. #handykidnap.

Darunter bereits unzählige Smileys.

Damit war das Thema wohl erledigt. Auch im Klassenchat war Xavers Aubergine schon von anderen Nachrichten verdrängt worden.

Es schien keinen mehr zu interessieren. So wie Miri immer gesagt hatte: »Ticktack« und: »Hallo, neues Universum!«

Später überrollte Xaver mit aller Wucht die Enttäuschung über das Ende der letzten Nacht. Es war klar gewesen, dass seine Strategie, sich abzulenken, nicht auf Dauer klappen konnte. Doch irgendwann ließen auch Wut und schlechte Laune wieder etwas nach und machten Platz für etwas anderes: Sorgen um Miri. Richtige Sorgen. Nach gestern Nacht war Xaver mehr denn je davon überzeugt, dass sie Hilfe brauchte.

Und zwar dringend.

Nachdem er alle Plätze in der Stadt nach ihr abgesucht hatte, beschloss er, es noch mal bei den Punks zu versuchen.

Die Gruppe wimmelte powerschnorrend durch die Fußgängerzone. Während Aki ihn nur bedrohlich anglotzte, kam Betty sofort auf ihn zu, doch auch ihr ernster Blick verriet nichts Gutes.

»Hast du Miri gesehen?«, erkundigte sich Xaver.

»Ja«, sagte sie mit einem Seufzen. »Lass uns mal vorne hinsetzen und zwei Minuten quatschen.«

Xaver ließ sich neben ihr an einer Hauswand herabsinken.

»Hör zu, ich fürchte, das wird jetzt nicht leicht für dich, aber ... Miri war eben noch einmal kurz hier, um sich zu verabschieden.«

»Verabschieden?!« Xaver musste sich verhört haben. Doch als Antwort bekam er nur ein Nicken.

»Sie macht sich aus dem Staub«, erklärte Betty. »Morgen sitzt sie im Zug und fährt in eine andere Stadt.«

»Und wohin?«

»Berlin? München? Hamburg? Barcelona? Paris? Ich hab sie nicht gefragt. Aber sie wollte, dass ich dir ausrichte, dass du sie nicht suchen sollst.«

Xaver spürte, wie eine dunkle Schockwelle nach ihm tastete. Er wusste nicht, was er sagen sollte.

»Oje. Broken Heart?« Betty schaute Xaver mitfühlend an. »Hättest mal besser meinen Rat beherzigt. Wir Straßenmädchen sind flüchtiger als ein Bierfurz«, sie lachte über ihren Vergleich und furzte laut. Dann schaute sie ihn wieder ernst an.

»Sorry. Hör zu, Junge. Vergiss sie einfach, das hier ist nicht deine Welt. Hast du dir Miri mal genauer angeschaut? Die war fertig, glaub mir. Zwei, drei Wochen Platte hatten die schon völlig allegemacht.« Sie schaute nachdenklich in den Himmel, als rufe sie sich Miri in Erinnerung. »Ein bisschen tut sie mir leid, die Kleine. Ich glaube, die packt das nicht, so alleine auf der Straße.«

Xaver schluckte schwer, denn er wusste, dass Betty recht hatte.

»Ein Mädchen in ihrem Alter mit so spinnerten Ideen«, redete Betty weiter, »die kommt innerhalb kurzer Zeit unter die Räder, besonders wenn sie ständig Alleingänge macht. Weißt du, was? Behalte sie einfach in Erinnerung. Nimm das mit von ihr, was sie dir gegeben hat, und denke ab und zu an sie. Das würde ihr gefallen.«

Xaver nickte nur, sprechen klappte nicht mehr. Er drehte sich um und lief wie betäubt nach Hause. Dabei blieb er nicht stehen, als Ampeln auf Rot wechselten, und auch keine kreuzenden Fußgänger konnten ihn bremsen.

Zu Hause angekommen, schmiss Xaver sich auf sein Bett und versuchte, das Chaos in seinem Kopf zu bändigen. Miri war fort, anscheinend für immer. Xaver hatte nicht damit gerechnet, sie nie wiedersehen zu können. Aber vielleicht war dies auch der perfekte Moment für ein Ende? Miri war ganz offensichtlich nicht die Richtige für ihn, auch wenn sie ihm verdammt fehlen würde.

Im CD-Player seines Zimmers lag noch immer die CD von *Heisskalt*. Die Songs waren so vertraut und ein bisschen zum Soundtrack der Zeit von ihm und Miri geworden. Xaver spürte einen Kloß im Hals, als die ersten Klänge durch den Raum waberten. Oh shit, das war jetzt doch ziemlich unerträglich, spürte Xaver, dennoch zwang er sich, nicht auszuschalten. Er spürte, dass es genau richtig war, jetzt diese Lieder zu hören.

Und ich will nackt mit dir tanzen,
meinen Kopf mit dir teilen,
will dich anschreien und streiten,
dir alles verzeihen.
Deine Leichtigkeit fehlt mir,
ohne dich scheint vieles so schwer.
Und zwischen Liebe und Tränen und Träumen
erhasch ich den letzten Kuss von dir.
Zwischen Menschen und Koffern und Säulen
erhasch ich den letzten Blick von dir.
Und ich atme die kalte Dezemberluft und bin leer.

Es war defintiv der falsche Song, spürte Xaver und ließ sich kraftlos auf den Boden sinken. Zu düster, zu traurig. Die kurze Pause am Ende des Songs wurde vom Paukenschlag des nächsten Liedes beendet.

Zieht die Clownsmasken auf, es ist Frühling.
Chaos erlaubt alles, wenn das Gefühl stimmt.

Etwas schlapp stand er wieder auf, wischte sich über das Gesicht, begann, sich langsam im Rhythmus der Musik durch sein Zimmer zu bewegen. Schneller, ausladender und voller Kraft kam er wieder in Schwung und wischte mit jedem Schritt seine dunkle Stimmung fort, um Platz zu schaffen für die schönen Momente mit Miri, bis er am Ende wieder in Gedanken in der *Fabrik* war, mit all den anderen. Wenn er die Augen schloss, sah er Miri hüpfend vor sich und es begann wieder, sich allmählich richtig gut anzufühlen. Ja, sie würde auf ewig ein Teil von ihm bleiben, ein Tattoo in seinem Herzen. Unauslöschlich verbunden mit den Wochen dieses Sommers.

Aber was würde jetzt aus ihr? *Die packt das nicht, so alleine auf der Straße,* hatte Betty gesagt. Gab es wirklich keine Chance, ihr zu helfen? Xaver schaute sich die Handyfotos von ihr an und dann wusste er auf einmal, was er nun tun musste.

Klar! Die Psychotante von der Visitenkarte. Miri würde ausrasten, wenn sie davon erfuhr, aber Xaver wollte es wenigstens versuchen. Er tippte die angegebene Nummer ein und wartete. Dr. Berg meldete sich nach dem dritten Klingeln.

»Äh, hallo, hier ist Xaver von Göttschling«, sagte er.

»Ja?«, entgegnete eine nette, warme Stimme. »Was kann ich für dich tun?«

»Es geht um Miri. Also: Miriam Tschiller. Ich weiß, dass sie mal Ihre Patientin gewesen sein muss.«

Eine lange Pause. Dann erwiderte Frau Berg: »Ich darf über Patienten nicht sprechen. Entschuldige.«

»Klar«, entgegnete Xaver, auch wenn er bereits Verzweiflung in sich aufsteigen spürte. »Aber Sie müssen ihr bitte helfen.«

Wieder Schweigen am anderen Ende, aber immerhin kein Auflegen. Jetzt oder nie. Xaver erzählte einfach drauflos, von seinem ersten Treffen mit Miri bis zu Bettys Abschiedsnachricht und Dr. Berg unterbrach ihn nicht.

»Und sie war zuletzt in Köln?«, fragte Dr. Berg und wirkte nun ziemlich aufmerksam. Es hörte sich an, als tippe sie etwas auf einer Computertastatur.

»Genau. Sie war die ganze Zeit in Köln, aber sie will morgen mit dem Zug in eine andere Stadt fahren.«

»Danke, dass du angerufen hast. Das war wirklich sehr mutig von dir«, sagte sie. »Wir schauen, was wir tun können.« Damit verabschiedete sie sich abrupt und legte auf.

Erschöpft ließ sich Xaver zurück auf sein Bett fallen und hoffte inständig, er hatte das Richtige getan.

27
Schatzkiste

Am nächsten Morgen wieder in die Schule zu gehen, fühlte sich ähnlich passend an, als würde Xaver nun im rosa Tutu in Issys Ballettgruppe mittanzen. Lyrik, die Französische Revolution, Schraffurtechniken ... Xaver konnte sich auf nichts konzentrieren. Und Toni – na ja, die schaute sehr betont in die andere Richtung, wenn er zu ihr rüberspähte.

Der Tag wurde nicht besser, als Schlicht ihn schon wieder in sein Büro zitierte.

»Xaver, unsere Schule hat einen sehr guten Ruf, und das hat seinen Grund«, startete er ohne Einleitung. »Es ist meine Aufgabe als Schulleiter, dafür zu sorgen, dass das so bleibt. Ich dulde deshalb nicht, dass du hier herumläufst wie ein Aso--zi-a-ler. Nachher ziehst du noch weiteres Gesocks an! Stell dir das mal vor! Ich habe bereits Anrufe von besorgten Eltern bekommen, die fürchten, dass ihre Kinder hier schlechten Umgang haben könnten. Wichtige Eltern sind das, verstehst du?«

Schlicht glich einer miesen Hitler-Karikatur, wie er so dastand und sich immer lauter und schriller in Rage redete.

Xaver verspürte auf einmal Mitleid mit ihm. Seine Gedanken wechselten zu Miri. Wie echt und spontan sie gewesen war und wie wenig es sie gekümmert hatte, was andere von ihr dachten. Kraft durchströmte ihn und er verstand, was er nun machen sollte. Musste. *Wollte*. Er öffnete den Mund und dann ging alles überraschend leicht.

»Ich möchte jetzt gehen.«

»Tja, du möchtest vieles«, sagte Schlicht mit einem fiesen Grinsen, »doch wir sind noch lange nicht am Ende. Du schuldest mir jetzt was, Göttschling.«

Xaver spürte auf einmal eine tiefe Ruhe. Er lehnte sich vor und schaute Schlicht lächelnd in seine hässliche Visage. »Doch, wir sind sehr wohl am Ende. Ich interessiere mich nämlich nicht für die Telefonate, die Sie mit den Sponsoren des Fördervereins führen. In Ihrer beschissenen Schule zählt ausschließlich, wer Geld bringt. Wir Schüler sind das notwendige Übel. Ihnen ist doch egal, wer ich bin und wie es mir geht. Es geht Ihnen um die Optik und die passt bei mir wohl nun nicht mehr zur ›Gelehrtenschule‹. Und wissen Sie, was?« Xaver atmete tief ein und aus. »Ich bin es so leid. Verweisen Sie mich der Schule, laden Sie meine Eltern ein, aber lassen Sie mich einfach verdammt noch mal in Ruhe!«

Damit drehte Xaver sich um und verließ das Direktorenzimmer. Hinter sich hörte er Schlicht röchelnd nach Luft ringen, dann schloss sich die Tür.

Erstaunlich, wie einfach es gewesen war, dachte Xaver und lächelte in sich hinein, als er langsam, aber bestimmt vom Schulhof lief.

Und er wusste: Miri wäre stolz auf ihn gewesen.

Im Schulgebäude holte Xaver seine Sachen, meldete sich krank und machte sich auf den Weg nach Hause. Nach der Nummer gerade würde Schlicht ihn sowieso jeden Moment des Geländes verweisen, also warum ihm nicht einfach zuvorkommen?

In seinem Zimmer schnappte sich Xaver sein Notizbuch und einen Stift, setzte sich auf sein Rad und fuhr in Richtung Stadtpark. Früher hatten Toni und er auf dem kleinen Spielplatz dort viel Zeit verbracht und irgendwie hatte er das Gefühl, jetzt nach all dem Chaos der letzten Tage hier sein zu müssen.

Er setzte sich auf eine Tischtennisplatte und starrte grübelnd auf die leeren Seiten seines Buches. Es war noch nicht lange her, dass er es bekommen hatte, doch heute war fast nichts mehr wie damals. Er ließ einen Tintenklecks tropfen, faltete ihn und schaute, was durch das Knicken entstanden war.

Ein Klecks Tinte war alles, was er sah. Sein Hirn war zugenagelt, wegen Überlastung geschlossen. Er hatte mal gehört, dass Menschen in Krisensituationen ihre Kreativität verlieren, jetzt verstand er, was damit gemeint war.

Unsicher, was er tun sollte, nahm Xaver sein Smartphone, um sich Miris Foto anzuschauen. Als Letztes war ein Video gespeichert. Wohl wieder mal die Sperre vergessen und dann den Auslöser gedrückt. Er wischte es in den Papierkorb.

Da fiel ihm eine neue Sprachnachricht auf und er zitterte ein wenig, als er sein Handy ans Ohr hielt.

Hallo, Xaver, hier ist Dr. Berg. Ich wollte mich bei dir bedanken. Unsere gemeinsame Bekannte ist mittlerweile an einem sicheren Ort angekommen. Das ist leider alles, was ich dir sagen kann, aber sei beruhigt, es wird ihr dort sehr gut gehen. Du hast richtig gehandelt – das wird auch Miriam irgendwann so sehen. Beim letzten Satz lachte sie kurz auf und Xaver konnte sich bestens vorstellen, wie wütend Miri gewesen sein musste, als sie aufgegriffen wurde.

Damit endete die Nachricht und Xaver lehnte sich erleichtert zurück.

Doch die Gewissheit des endgültigen Abschieds zerrte an ihm, auch wenn sein Kopf ihm halbherzig bestätigte, dass es für Miri das Beste sei.

Ein Geräusch ließ Xaver aufhorchen. Er öffnete die Augen und sah Toni vor sich stehen. Irgendwie überraschte es ihn nicht einmal, dass sie jetzt hier war. Als hätte sie genau gewusst, wo er sein würde.

»Hey«, sagte er mit einem Lächeln.

Auch ihre Mundwinkel hoben sich leicht. »Selber hey.« Ihr Blick wanderte an ihm entlang. »Du siehst ... echt fertig aus«, entgegnete sie dann.

»Na ja, es gab ja auch schon bessere Momente in meinem Leben«, seufzte Xaver. Er flutschte mental in das Freibad, auf das Hochhaus, zum Konzert, zur Party bei Kevin. In rascher Folge sprang er von Szene zu Szene und merkte, dass ihm nun alles gar nicht ganz so megaschlimm vorkam. »Aber es gab auch schon erheblich schlechtere!«, rief er deshalb aus, gab sich einen Ruck und rekelte die Lethargie aus sich heraus. Etwas munterer schaute er Toni an und musterte jeden noch so kleinen Teil ihres Gesichts. Die nur zu erahnenden Grübchen in ihren Wangen, die geschwungenen Nasenflügel und die kleine Narbe an ihrer Stirn, die Folge vom Ende ihrer steilsten Schlittenabfahrt. Sie trug den goldenen Ohrstecker, den er ihr zum zwölften Geburtstag geschenkt hatte.

Sie war so vertraut und doch anders. Fast wie früher und irgendwie auch viel mehr.

Er wollte sie festhalten, und als hätte sie seine Gedanken gelesen, setzte sich Toni zu ihm.

Xaver spürte die Sonne und leichten Wind auf seiner Haut. In den Bäumen zwitscherten Vögel und im Park gingen Menschen mit ihren Hunden spazieren, als wäre nichts geschehen.

»Schön, dass du da bist«, flüsterte Xaver nach einer gefühlten Unendlichkeit des Schweigens. »Auch wenn ich nicht wirklich verstehe, warum, nach allem, was passiert ist ...«

»Brauchst du darauf echt ’ne Antwort?« Toni schaute ihn stirnrunzelnd an.

Xaver zuckte mit den Schultern. »Ja?«

Toni seufzte. »Du machst es manchmal ganz schön kompliziert.«

»Was, hattest du in den letzten siebzehn Jahren etwa jemals den Eindruck, es sei leicht mit mir?« Xaver hatte die Arme ausgebreitet und rollte theatralisch mit den Augen.

»Ne, eher im Gegenteil.« Toni lachte frech. »Ich wusste nur nie, dass es immer noch schlimmer werden könnte.« Sie streckte ihm die Zunge raus.

»Und bei dir? Erzähl mir lieber deine Geschichte, anstatt mich hier zu beleidigen«, forderte Xaver sie auf. »Was war mit dir in den letzten Wochen los?«

»Na gut«, sagte Toni und jetzt sah sie plötzlich richtig nervös aus. »Du hast es nicht anders gewollt. Willst du die kurze Version oder die lange?«

Xaver stutzte. Was meinte sie denn damit? »Die lange«, beschloss er.

»Okay«, stimmte Toni ein. »Also, lass es mich so erzählen: Stell dir vor, du bist mit deinem Leben so richtig rundum zufrieden und kannst dir gar nicht vorstellen, dass es irgendwas gibt, was dir fehlen könnte. Und dann fällt dir eines Tages von jetzt auf gleich so eine Kiste auf, die in der Ecke steht und vor sich hin gammelt. Die war schon so ewig da, dass du sie irgendwann gar nicht mehr wahrgenommen hattest. Aber jetzt schaust du sie dir genauer an, und wie du die so in die Hand nimmst, ein bisschen abstaubst und öffnest, merkst du, dass sie viel schöner ist, als du sie in Erinnerung hattest, eine richtige Schatzkiste.«

Toni hielt einen Moment inne, als suche sie nach den nächsten Wörtern. »Du bist ratlos und weißt nicht so richtig, was du machen sollst«, flüsterte sie. »Dann tippst du den neu entdeckten Schatz ganz vorsichtig mit dem Finger an. Doch statt sich weiter betasten zu lassen, weicht er dir aus. Sooft du es auch versuchst, du schaffst es nicht, ihn zu berühren. Also stellst du die Schatztruhe zurück in die Ecke, um sie wieder zu vergessen. Aber es klappt nicht, denn seit du dir einmal diese verflixte Kiste angeguckt hast, kannst du an nichts anderes mehr denken und jeder Gedanke erfüllt dich mit einer so intensiven Wärme, wie du sie noch nie erlebt hast. Gleichzeitig zerreißt es dich, weil du weißt, dass der Inhalt der Kiste für dich nicht erreichbar ist. Und irgendwann ... irgendwann fängst du eben an, die Hoffnung aufzugeben.«

Xaver wusste nicht, was er entgegnen sollte. Er hatte den Arm um Toni gelegt und sie fester an sich gezogen. Geradeaus blickend, saßen sie schweigend nebeneinander.

Konnte sie wirklich *ihn* damit meinen? Wenn das so war, machten Tonis unvorhersehbare Stimmungswechsel in den letzten Wochen so viel Sinn, dass er fassungslos war, ihr Verhalten nicht vorher kapiert zu haben. Er hatte sie vollkommen missverstanden, weil er so sehr mit sich und seinen Wünschen beschäftigt gewesen war.

»Die Kiste und ihr Inhalt ...« Xavers Zunge lag wie ein trockener Fremdkörper im Mund und machte es schwer zu sprechen. »Also, die Kiste ... Bin das ich?«

»Was glaubst du denn«, erwiderte Toni und seufzte tief. »Scheiße, Xaver, ich hatte dich so lieb, dass ich oft nicht mehr wusste, wohin mit mir. Hast du das denn wirklich nie gemerkt?«

Er schüttelte den Kopf, obwohl er sich plötzlich sehr dumm vorkam. »Warum hast du mir denn nie etwas gesagt?«

»Muss der andere so was nicht spüren?«

Xaver seufzte. »Vielleicht. Aber ich hab's nicht gemerkt.«

Toni lächelte schwach. »Du bist ja auch immer nur Charly

und dann dieser Miri nachgerannt. Was wäre denn deine Reaktion auf mein großes Liebesgeständnis gewesen?«

Xaver schwieg. Stimmt, wahrscheinlich hätte sie zu dem Zeitpunkt null Chancen bei ihm gehabt. Er wollte etwas erwidern, doch sein Mund fühlte sich klebrig und verschlossen an, als sei er mit einem Liter flüssiger Marshmallows betankt worden.

»Und jetzt?«, brachte er schließlich doch hervor. »Was machen wir nun?«

»Mach dir keine Sorgen«, winkte Toni ab. »Jetzt geht's mir wieder besser. Hab die Gefühle runtergeschraubt und so. Es ist für mich okay, dass du mit dieser Miri zusammen bist.«

Irgendetwas in Xaver verzog sich schmerzhaft bei Tonis Worten. Er wollte irgendwie nichts hören von *Gefühle heruntergeschraubt.* Und schon gar nicht, dass Toni mit ihm und Miri einverstanden war. Das fühlte sich jetzt auch komisch an.

»Soll ich dir auch erzählen, was bei mir in den letzten Tagen so passiert ist?«, fragte er drängend.

Toni lächelte ein bisschen. »Bin mir nicht sicher, ob ich das wissen will.«

»Oh, ich glaube schon«, bestimmte Xaver. »Kurzversion oder die lange?«

Jetzt lachte sie sogar kurz. »Bevor du mir jetzt gleich vor Aufregung explodierst: Erzähl endlich, aber ich nehm lieber die ultrakurze.«

Xaver löste sich aus der Umarmung und schaute Toni aufmerksam an. Dann hob er eine Hand und zählte mit gespreizten Fingern vor: »Erstens: Habe mega Hass auf Charly bekommen. Zweitens: Den Straßenpunk namens Miri getroffen. Sind sogar so was wie echte Freunde geworden. Drittens: Miri ist für immer verschwunden. Viertens: Xaver war ziemlich traurig.«

»Ach, du Idiot ...!« Toni schlug Xaver kichernd gegen die Schulter.

»Fünftens: In diesem Moment mit dir geht's mir unfassbar gut!«, fügte er leise hinzu.

Tonis Wangen wurden rosa. »Weißt du, was?« Sie streckte sich. »Wir sitzen hier wir zwei Rentner beim Vogelfüttern. Das kann nicht guttun. Mir wird gerade schon wieder leicht grau. Komm, lass uns losziehen.«

»Wohin?«

Toni sprang auf und sprintete los. »Ist das wichtig?!«, rief sie über ihre Schulter. »Lass uns einfach gehen und schauen, wo wir landen!«

»Och, Toni, nööö ... Komm, lass den Scheiß!« Von Mädchen, die ihm immer davonrannten, hatte er erst mal die Schnauze voll.

Doch Toni – weil sie eben Toni war – kam zurück zu ihm, strahlte über beide Ohren und lief auf der Stelle. »Nix da, alter fauler Sack.«

Xaver blickte verzweifelt zum Himmel, doch dann nahm er die Verfolgung auf. Wenn sie ihn so anlächelte, konnte er gar nicht still sitzen.

Als er sie eingeholt hatte, waren sie beide völlig aus der Puste. Erschöpft, aber glücklich ließen sie sich ins Gras fallen. Xaver spürte das Brennen seiner Beine und es tat gut. Zum ersten Mal seit Tagen fühlte er wieder etwas Energie in sich, als sei er aus einer Trance erwacht. Er setzte sich auf und schaute Toni an, die mit geschlossenen Augen in der Sonne lag.

Hätte er sie wirklich abblitzen lassen, wenn sie ihm alles über ihre Gefühle erzählt hätte?

Irgendwie war er sich da gar nicht mehr so sicher.

Als sie vor Großtante Bernadette in sein Zimmer geflohen

waren, hätte er alles dafür gegeben, Toni nackt zu sehen, einfach nur, um einen Haken hinter *Nacktes Mädchen gesehen* machen zu können. Doch was hätte er wohl wirklich getan, wenn Toni ihm ihre *Liebe* gestanden hätte?

Das wäre die Chance aufs erste Mal auf einem Silbertablett gewesen.

Er schob die Gedanken weg, denn er fürchtete, dass er Tonis Gefühle ausgenutzt hätte, nur um endlich nicht mehr zu den Kindern der Klasse zu gehören. Meine Fresse, war mir das wichtig, endlich Sex zu haben, dachte er. Wie lächerlich er sich gerade vorkam. Er hatte sich so viele Gedanken darüber gemacht, wie er sein erstes Mal hinter sich bringen würde, aber nie überlegt, was es denn eigentlich für ihn bedeutete. Es gab ja keinen Orden, keine offizielle Aufnahme in den »Club der Gefickten«.

Jetzt, da er Toni so friedlich neben sich liegen sah, breitete sich ein Gefühl in ihm aus, wie er es noch nie zuvor gespürt hatte. Es war so viel passiert, was er noch nicht sortiert bekam. All die guten Dinge waren überlagert worden von den permanenten Misserfolgen bei Charly und Miri. Doch nun waren beide Vergangenheit und die schönen Momente der letzten Wochen stiegen wieder an die Oberfläche. Xaver atmete erleichtert tief durch.

Mit einem abgerissenen Grashalm kitzelte er Toni an der Nase.

»Hey. Hör auf damit«, kicherte sie und richtete sich auf.

»Danke, dass du mich nie aufgegeben hast, du Nervensäge«, sagte Xaver.

»Hallo? *Lass uns immer da sein füreinander. Ich für dich, du für mich.* Meinst du, das gilt auf einmal nicht mehr?«

Xaver lächelte. Sie schauten einander in die Augen, bis die Umwelt zu zerfließen begann, und dann bewegten sich ihre

Köpfe aufeinander zu, bis ihre Lippen sich fanden und sie in einem schwindelig machenden Kuss versanken. Nach gefühlten Stunden öffnete Xaver die Augen und wurde geblendet vom hellen Sonnenlicht. Toni starrte ihn an und plötzlich wirkte alles sehr leicht.

»Was machen wir hier gerade?«, fragte sie leise. Sie wirkte aufgewühlt, aber irgendwie auch glücklich. »Also ich meine, ich sag dir eben was von *Gefühle runtergeschraubt* und so und nun liege ich mit pochendem Herzen neben dir im Gras. Bisschen unglaubwürdig, oder?«

»Und wennschon«, winkte Xaver ab. »Es fühlt sich doch verdammt genial an, oder?«

Toni nickte langsam. Sie nahmen sich in den Arm und blieben noch eine Weile auf der Wiese liegen. Xaver hatte keine Idee, was er nun machen sollte. Was passierte in Filmen in solchen Momenten? Abspann? Wäre jetzt eigentlich eher scheiße. Da nahm Toni ihm die Entscheidung ab.

»Wie wäre es damit: Wir stehen jetzt auf, gehen nach Hause und dann sehen wir einfach weiter?«

»Klingt gut«, stimmte Xaver zu. »Ich glaube, wir brauchen beide ein bisschen Zeit, um den Kopf klarzukriegen. Einverstanden?«

»Gebongt«, stimmte Toni zu und rappelte sich auf. »Wir sehen uns morgen in der Schule!«

Mit einem Lächeln starrte Xaver in den blauen Himmel, während Tonis Schritte immer leiser wurden. Dann blickte er wieder auf das Buch in seiner Hand.

So musste es sich anfühlen, die Chance für einen Neustart in den Händen zu halten. Ein neues Universum.

28

F*** Mettigel!

Die krasse Gefühlsachterbahn der letzten Wochen und Tage hatte sich beruhigt und der damit verbundene Stress war von Xaver abgefallen, auch wenn er sich immer noch oft dabei ertappte, wie er an Miri dachte.

Er glitt zurück in den Rhythmus aus Aufstehen, Schule, Essen, Lernen, Essen, Schlafen. Die Sommerferien kamen immer näher und inzwischen reduzierten seine Mitschüler Xavers optische Veränderung auf »Der Xaver ist jetzt voll der Punk«. Ein paar Lehrer regten sich noch über seine Klamotten auf, doch wirkliche Konsequenzen hatte es nicht gegeben, mittlerweile sah es ja auch nicht mehr ganz so krass aus. Selbst Schlicht hatte seit Xavers Abgang damals nichts mehr unternommen, außer demonstrativ wegzuschauen, wenn Xaver in seiner Nähe war.

Zwischen Xaver und Toni war seit Miris Verschwinden jedoch etwas entstanden, was beide nicht so ganz in Worte fassen konnten. Es fühlte sich an, als seien sie miteinander verwachsen. Es gab nur wenige Tage, die sie nicht zusammen waren, und das war verdammt gut so. Ihre Eltern und ihre Mitschüler glaubten allesamt, sie wären ein Paar. Verständlich, denn man sah sie nur noch selten voneinander getrennt, und wenn sie auftauchten, gingen sie meist Arm in Arm oder saßen eng beieinander. Selbst die Nächte verbrachten sie oft gemeinsam.

»Sag mal, sind wir beide jetzt zusammen?«, fragte Xaver an einem Samstagmorgen, als sie in seinem Bett aufwachten. Eigentlich hätten sie schon lange aufstehen müssen, da sie heute Nachmittag alle zu einer Familienfeier bei Großtante Bernadette eingeladen waren. Xaver fand Familienfeiern ja ganz okay, solange sie nicht im Hause seiner spießigen alten Tante stattfanden. Er versuchte zu verdrängen, dass sie schon in einer Stunde zum Buffetaufbau vor Ort sein sollten. Dazu waren sie verpflichtet worden, da die geizige Bernadette ihre Kohle lieber auf der Bank parkte, als in einen Cateringservice zu investieren.

Toni drehte sich herum und wieder einmal konnte Xaver es kaum glauben, wie schön sie am Morgen aussah – sogar mit ganz zerzausten Haaren. »Wie fühlt es sich denn an?«

»Keine Ahnung. Irgendwie weiß ich gar nicht mehr so richtig, was das bedeutet. Ich hatte mir das immer so eindeutig vorgestellt früher. So wie Licht an und Licht aus.«

»Ist es aber nicht, ne?« Toni schaute nachdenklich an die Decke. »Hmm. Lass uns mal eine Liste machen: Was muss passieren, damit man sagt: *Hey, wir sind zusammen?*«

»Knutschen?«

»Weiß nicht.«

»Fummeln?«

»Schon eher.«

»Auf jeden Fall Sex.«

»Was ist mit: gemeinsam die Nacht verbringen?«

»Grenzwertig.«

»Zusammen auf nervige Familienfeste gehen?«

»Boah ... das ist schon echt megakrass. So was erträgt man eigentlich nur, wenn man zusammen oder gar verheiratet ist«, röchelte Toni.

»Na, und was ist jetzt mit unserem Status? Was soll ich in mein Profil eingeben?«, hakte Xaver nach.

»Du machst mich wahnsinnig!«, rief Toni und richtete sich auf. »Was wäre, wenn ich dich jetzt ...« Sie setzte sich auf Xavers Hüfte und hielt seine Hände fest. »... für den Rest deines Lebens hier so festhalte? Was wären wir dann?«

Sie begannen, miteinander zu ringen, Xaver gewann die Kontrolle und fixierte Toni, die jedoch durch eine schwungvolle Drehung direkt wieder das Ruder übernahm. Triumphierend hielt sie ihn umklammert und dann fror die Zeit ein. Sie bewegten ihre Köpfe aufeinander zu und er spürte Tonis Lippen auf seinen. Nach einem ewigen Kuss blieben sie still nebeneinander liegen.

»Bitte aktualisieren Sie Ihren Status ...«, durchbrach Xaver sirimäßig die Stille.

Toni biss sich auf die Unterlippe. »Vielleicht: UBS – Unbekannter Beziehungsstatus?«

Xaver grinste. »Perfekt.«

Er zog Toni näher zu sich. Seine Finger glitten durch ihre Haare. »Also, fürs Protokoll: Status unbekannt und dennoch bis auf Weiteres voller ängstlicher Liebe.«

»Yep. Kitschig, aber okay«, stimmte Toni unbekümmert zu. »Und jetzt lass uns aufstehen! Madame Bernadette wartet schon!«

Natürlich wusste Xaver, dass auch sein Cousin Thommy zu den Gästen gehören würde, doch was war schon dabei? Der Blowjob war Vergangenheit und für Charly interessierte sich Xaver überhaupt nicht mehr. Dennoch war es komisch, ihn nun wiederzusehen. Thommy kam mit wiegendem Schritt langsam auf ihn zu und lächelte überheblich.

»Na, Vetterchen ... Alles überwunden? Hatte ja keine Ahnung, dass du so auf dieses kleine Luder stehst.«

Es ging nicht anders, Xaver spürte unmittelbar seine Halsschlagader pochen.

»Und ich muss sagen, sie war wirklich nicht übel!«, verkündete Thommy. »Hattet ihr beide an dem Abend eigentlich echt ein Date? Krass, dass sie dann mir einen geblasen hat, oder?«

Toni versuchte, Xaver mit sanftem Druck in einen anderen Raum zu lotsen, doch er blieb stehen und atmete tief durch. Es war Zeit, dass er endlich etwas klärte. Für sich selbst.

»Thommy? Lass gut sein«, entgegnete er betont lässig. »Ich muss dir sowieso was gestehen. Ich hab dich immer schon total für deinen Erfolg bei Frauen bewundert, denn ich bin da so ganz anders. Viel zu schüchtern und so.«

Thommy strahlte siegessicher.

»Aber ich frage mich: Wie ist das eigentlich, in den schönsten Frauen so ... na ja, herumzustochern. Ohne zu wissen, wer gerade kurz vorher noch drin war? Und beim Knutschen ... Schmecken die eigentlich noch nach den anderen Typen? Haben die überhaupt noch einen Eigengeschmack? Vielleicht hat die Gruppe der weiblichen und männlichen Sexgötter ja auch einen Einheitsgeschmack? Na ja ... vielleicht erlebe ich ja auch noch mal so etwas, wenn ich irgendwann ein bisschen mutiger bin.«

Thommys Strahlen war völliger Verblüffung gewichen. Auch wenn er sich überlegen gab, verrieten seine pulsierenden Wangenknochen, dass es unter der coolen Fassade brodelte.

Xaver wandte sich ab und ging möglichst lässig in Richtung Wohnzimmer. Es war, als habe gerade Miri durch ihn gesprochen. Alles in ihm rauschte. Doch er grinste, und als Toni und er die Wohnzimmertür hinter sich geschlossen hatten, schauten sie sich mit offenen Mündern an, als könnten sie beide nicht fassen, was eben passiert war. Sie ahmten Thommys Gesichtsausdruck nach und kicherten. Natürlich würde Thommy diese Blamage nicht unkommentiert lassen, aber das war jetzt erst einmal egal.

Etwas später gellte jedoch ein Schrei durch das Haus seiner Großtante. Es folgten drei Sekunden Stille und dann Tumult.

Xaver und Toni eilten in Richtung des Lärms und betraten zusammen die Küche. Sobald die Anwesenden sie erblickten, verstummten sie.

»Ist was?«, fragte Xaver verwirrt.

»Ihr seid doch alle total doof!«, schrie Issy und rannte weinend aus der Küche.

Thommy ging mit einer Schale gehackter Zwiebeln langsam zur Kochinsel in der Küchenmitte. Xavers Blick folgte ihm und er sah nun den Auslöser für den Aufruhr.

Ach du Scheiße.

Auf dem Tisch stand eine Platte mit Mett. Geformt zu einem perfekten weiblichen Unterleib. Thommy war mittlerweile bei dem Riesenteller angekommen und ließ einen Teil der angedeuteten Vagina unter einer Handvoll Zwiebelstücke verschwinden, die sich schamhaargleich auf dem Metthaufen verteilten.

»Ah, Xaver, da bist du ja!«, rief er erfreut. »Issy wollte unbedingt das Mett anrichten. Sieht ... nun ja, ein bisschen ungewöhnlich aus, wie ich finde. Sie meint, das hätte sie bei dir schon mal so gesehen.«

Scheiße. Ausgerechnet Issy hatte Thommy für seine Rache einen perfekten Pass zugespielt, den er natürlich souverän verwandelt hatte.

Xaver schaute sich mit hochrotem Kopf um, überall nur fassungslose Gesichter. Oje, er musste jetzt erst einmal ganz dringend das Haus verlassen. Langsam, aber bestimmt stahl er sich aus der Küche, ging in den Garten, folgte einem schmalen Weg in einen kleinen Wald und setzte sich dort auf einen Baumstumpf.

Er zog sein brummendes Handy aus der Tasche, sah, dass er in einem Beitrag markiert worden war.

Es war ein Foto vom weiblichen Unterleibsmettigel. Thommy hatte es in den Schulchat gepostet und geschrieben:

> Da lässt man das Cousinchen den Mettigel formen und dann so was. Sie meint, der große Bruder Xaver würde das auch immer so machen! Was könnte das sein? ;-)

Xaver nahm Schwung und wollte sein Handy zertrümmern, doch er bremste sich im letzten Moment.

Nimm dich nicht immer so ernst, hatte Miri oft gesagt und ihn ausgelacht. *Dramaqueen,* wäre Leos aktuelles Statement gewesen. Also gut. Erst mal tief durchatmen und nachdenken. Ja, das könnte klappen. Er kommentierte Thommys Beitrag:

> Das ist 'ne HACKPUSSY, du Spießer. Kommt bei uns seit Jahren so auf den Tisch. Kannst du nur Igel?

Sofort brummte sein Handy wieder. Sein Posting hatte innerhalb von Sekunden bereits etliche gehässige Kommentare ausgelöst. Alle gegen Thommy gerichtet.

Grinsend verschob Xaver ein paar unscharfe Fotos in den Papierkorb, um diese und andere Dateien endgültig vom Handy zu verscheuchen. Als sein Daumen über dem Lösch-Symbol schwebte, entdeckte er jedoch ein Video. Er hatte es entfernt, weil er sich nicht erinnern konnte, die Aufnahme gemacht zu haben. Unsicher startete er die Wiedergabe.

Zuerst war da nichts weiter als Dunkelheit, Unschärfe, Rauschen, scheppernde Musik und dann ...

... *Miri.*

Sie kniete sich hin und schaute knapp neben die Linse. Xaver war wie elektrisiert, denn er wusste, was nun kommen würde. Im Video stand er auf, ging zu Miri und sie tanzten und sangen gegen die dunkel werdende Nacht an, als würde es kein Ende geben. Es war ihr Abend auf der Großstadtinsel.

Xaver erschrak sich furchtbar, als er Hände auf seiner Schulter spürte.

»Hab ich dich endlich gefunden.« Toni stand hinter ihm und lächelte ihn erleichtert an. »Du hast ja eben einen ganz schönen Abgang hingelegt.«

»Na komm, peinlicher geht's doch nun echt nicht.« Xaver schüttelte den Kopf. »Wie soll ich meiner Familie je wieder unter die Augen treten?«

»Du Spinner.« Toni lachte, als sei nichts geschehen. »Ich weiß überhaupt nicht, wer das echt gecheckt hat.« Sie überlegte einen Moment. »Gut, dein Vater wohl schon, denn der hat ziemlich flott geschaltet und das Mett anders geformt, dabei aber voll den Lachflash bekommen.«

Xaver musste grinsen, als er sich die Szene vorstellte. Doch dann schaute er zu Toni. »Und was sagst du?«

»Ich sage dazu, dass ich mich zukünftig sehr über vegetarische Snacks bei dir freue.« Toni hauchte ihm einen kleinen Kuss auf die Wange. »Und? Was hast du dir für ein Video angeschaut?«

»Ach, das war … nur so ein Abend mit Miri, der ziemlich okay war.« Weil Toni weiterdrängelte, gab er irgendwann nach und sie schauten sich den Tanz der beiden Inselbewohner gemeinsam an.

»Scheint schon 'ne coole Zeit gewesen zu sein, die ihr da hattet«, sagte Toni am Ende. Doch diesmal klang sie gar nicht traurig.

»Kein Stress damit?«, fragte Xaver unsicher.

»Quatsch. Zusammen tanzen ist immer gut.« Sie setzte sich

auf Xavers Schoß und schnurrte wohlig wie eine Katze. Xaver war verblüfft, wie ein Drama nach dem anderen zerplatzte, und spürte so viel Glück in seinen Adern pulsieren, wie er es selten zuvor erlebt hatte.

Epilog

Einige Wochen später hatte der Herbst den rankenden Wein gestrippt und damit seinen Job als Sichtschutz für das Notizbuch quittiert. Xaver hatte beinahe vergessen, dass es noch vor seinem Fenster baumelte. Nun war es nass und hing schlaff herab wie ein alter benutzter Präser.

Xaver blätterte durch die beschrifteten Seiten und konnte nicht glauben, dass das ganze Projekt erst sechs Monate her sein sollte.

Der Plan war von vorne bis hinten ein lächerlicher Bullshit gewesen. Wenn Projektziele und die Realität so weit auseinanderklaffen, dass in die Lücke ganze Kontinente passen, dann gab es auch nichts mehr schönzureden, dann sollte man das Projekt einfach schleunigst begraben und versuchen, es aus seinen Gedanken zu verbannen.

Tick – Tack – *Fuck,* grinste Xaver.

Mittlerweile war er keine Jungfrau mehr. Und wie stand es um seine Freunde? Leo war wie gewohnt total verpeilt und irre und Flo, der jetzt auch meistens dabei war, war dazu ein echt angenehmer Ruhepol.

Na, und dann gab es noch Toni. Er wollte ja nicht übertreiben, aber diese komische Nicht-Beziehung mit ihr fühlte sich schon ziemlich perfekt an.

Er schlug die erste weiße Seite auf und ließ aus der Tintenpatrone einen dicken Tropfen auf das Blatt fallen, faltete es und betrachtete nach dem Aufklappen grinsend sein Werk. Dann nahm er kurzerhand das Buch, ging zur Feuerschale im Garten, übergoss es mit Spiritus und zündete es an.

Schon komisch. Er war sich so sicher gewesen, allen sofort vom ersten Sex berichten zu wollen. Doch dieses Verlangen war völlig verschwunden, als es mit Miri im Freibad endlich so weit gewesen war.

Vielleicht, weil es zu so viel mehr wurde als bloßes Rein-Raus. Weil letztendlich ihre gemeinsame Geschichte zählte und sein erstes Mal nichts weiter war, als ein Kapitel dieser Geschichte. Eines, von dem er nie jemandem vollständig erzählen könnte, weil keiner die Bedeutung verstehen und so etwas eigentlich sehr Großes seinen Glanz verlieren würde.

Die Flammen ließen die weißen Blätter zu Asche werden. Eine neue Chance für den Phönix.

Danksagung

Mein erstes Buch ist fertig ... Wow!

Zeit, ein paar wichtigen Menschen zu danken, ohne die ich das nicht geschafft hätte.

Das gigantischste Dankeschön geht an meine Frau Dorothee für ihr Vertrauen in mich, ihre Geduld, die mutmachenden Gespräche bei blank liegenden Nerven, ihr Verständnis dafür, wenn mal wieder alles rund um meinen Computer liegen blieb und für ihr pausenloses Mitfiebern. Prost, Doro, es ist vollbracht! :-x

Und ich danke meinen Eltern und Verwandten dafür, dass sie mich in allen Phasen meines Lebens stets darin bestärkt haben, meine Spinnereien auch umzusetzen. Ohne euer ungebremstes Zutrauen, hätte ich es vielleicht nie gewagt, nun ein Buch zu schreiben.

Besonders danken möchte ich auch:

Meinem Agenten Bastian Schlück für seinen Glauben an mich und mein erstes Projekt und das perfekte Miteinander. Yo, wir haben Xaver-Fans gefunden! Der wunderbaren Arena-Familie dafür, dass sie mich und Xaver adoptiert hat. Ich fühle mich jetzt schon sehr zu Hause bei euch!

Ein ganz außerordentlich fetter Dank geht an meine Lektorin Anna Wörner. Was für ein geniales Miteinander voller Begeisterung, leidenschaftlicher Diskussionen, unbeirrbarem messerscharfem Lektoratsblick und unermüdlichem Textstellenhobeln, Feilen und Schleifen. Danke für dein Können und dein Herzblut!

Stefan Wendel, dem großen Lehrmeister meines sehr jungen Autoren-Ichs, für das konstruktive und freundschaftliche Miteinander, wichtiges Schreib- und Verlags-Know-how, jede Menge Klartext und inspirierende Impulse. Wahnsinn, was ich aus dieser eigentlich kurzen Zusammenarbeit alles mitgenommen habe!

Besten Dank auch an Christian Tielmann für seinen unbewussten ersten Impuls, der mich überhaupt zum Schreiben brachte, Claus Vaske für das unermüdliche Beantworten all meiner Fragen rund ums Autoren-Business, R. K. für einen unfassbar orgastischen Glücks-Ausnahmezustand im Februar 2016, Uta Woiwod für das wichtige Lektorat meiner ersten Kapitel, ihr Feedback und ihre bestärkenden Worte, Susanne Wild für ihren therapeutischen Rat für Miri und der Band *Heisskalt* für ihre Musik, die mich besonders oft beim Schreiben begleitet hat. Bei einem ihrer Konzerte entstand übrigens in meinem Kopf auch der Plot zu diesem Buch.

Und ich danke ganz besonders Xaver, Miri und Toni. Es waren verdammt großartige Monate mit euch dreien :-)

David Arnold

Herzdenker

Früher dachte Victor, die Liebe wäre ein System aus Zahlen: der erste Kuss, der zweite Tanz, unendlich viele gebrochene Herzen. Er dachte, die Liebe wäre schwer und schmerzhaft. Das war früher. Als Victor auf Madeline trifft, ist er gerade dabei, die Asche seines Dads in den Hudson River zu streuen. Doch die Botschaft, die er in der Urne findet, ergibt keinen Sinn. Und nur Madeline und ihre seltsame kleine Straßengang können ihm helfen, die Orte zu finden, zu denen sein Dad ihn führen will. Die Suche bringt so manches Geheimnis ans Licht – über Victor, über Mad und darüber, was es eigentlich bedeutet, mit dem Herzen zu denken.

Thomas Thiemeyer

Evolution

978-3-401-60167-0

Die Stadt der Überlebenden

Ahnungslos reisen Lucie und Jem mit einer Austauschgruppe in die USA. Doch als ihr Flugzeug am Denver Airport notlandet, wird ihnen schnell klar: Die Welt, wie sie sie kennen, gibt es nicht mehr. Die Flugbahn überwuchert, das Terminal menschenverlassen, lauern überall Gefahren. Sogar die Tiere scheinen sich gegen sie verschworen zu haben. Was ist bloß geschehen?

978-3-401-60168-7

Der Turm der Gefangenen

Mit letzten Kräften erreichen Lucie und ihre Freunde die Stadt der Überlebenden. Während Jem vor den Toren gegen angreifende Tiere kämpft, hofft Lucie im Inneren endlich Antworten zu finden. Als die Jugendlichen aus verbotenen Büchern erfahren, dass sie nicht die ersten Zeitreisenden sind, entlädt sich der Zorn des Burgherrn.

978-3-401-60169-4

Die Quelle des Lebens

Endlich am Ziel! Nach einer strapaziösen Flucht durch Sümpfe und Wüsten erwacht Jem in der Oase der Zeitspringer. Doch wie ist er hierher gekommen und wo sind seine Freunde? Katta ist verschwunden, Lucie und der kleine Squid liegen im Koma. Als Anführerin GAIA sich seiner annimmt, keimt in Jem Hoffnung: auf Rückkehr, auf ein neues Leben.

Arena

Auch als E-Books erhältlich.
Die Hörbücher erscheinen
bei Rubikon Audio

Jeder Band:
Gebunden
www.arena-verlag.de